KB262028

고려인문학

제1권 연해주 편

고려인문학_제1권 연해주 편

2013년 12월 15일 1판 1쇄 인쇄 / 2013년 12월 25일 1판 1쇄 발행

지은이 이정선 임형모 우정권 / 펴낸이 임은주
펴낸곳 도서출판 청동거울 / 출판등록 1998년 5월 14일 제406-2011-000051호
주소 (413-756) 경기도 파주시 문발동 파주출판도시 534-4 301호
전화 031) 955-1816(관리부) 031) 955-1817(편집부) / 팩스 031) 955-1819
전자우편 cheong1998@hanmail.net / 네이버블로그 청동거울출판사

ISBN 978-89-5749-148-5   (94810)
ISBN 978-89-5749-147-8   (세트)

이 도서의 국립중앙도서관 출판시도서목록(CIP)은 서지정보유통지원시스템 홈페이지
(http://seoji.nl.go.kr)와 국가자료공동목록시스템(http://www.nl.go.kr/kolisnet)에서
이용하실 수 있습니다. (CIP제어번호: CIP2013027084)

이 책은 '아시아와 한류' 사업을 주관한 한국학진흥사업단의 지원을 받았다.

고려인문학

제1권 연해주 편

이정선 · 임형모 · 우정권 지음

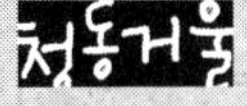

『고려인문학』 전 3권은 러시아 연해주에서 CIS지역에 이르는 고려인의 삶과 문학을 에세이 형식으로 기술한 책이다. 이 책은 한국학진흥사업단의 지원을 받아서 '아시아와 한류'라는 주제로 기획된 과제를 수행한 결과물이다. 주제에 맞게 독자들과의 소통을 염두에 둔 결과 전문 연구서의 형식을 취하지 않았다. 일반 독자들로 쉽게 접할 수 있게 하여 고려인의 삶과 문학에 관심을 갖도록 유도하기 위한 분명한 목적이 있었기 때문이다.

고려인들은 근대사의 질곡 속에서 유이민이 되었고 러시아 연해주에 정착하여 러시아의 소수민족으로 살았다. 이후 1937년에는 CIS지역에 강제적으로 집단이주되어 소비에트 당국의 감시 속에서 살아야했다. 조선인에서 소비에트 공민이 되기까지 파란만장한 삶을 견뎌냈던 것이다. 살아 남기 위해서 러시아혁명에 투신하여 붉은군대의 일원이 되기도 했고 독소전쟁에 참여하여 소비에트를 위해 헌신하기도 했다. 또한 집단농장을 통해 국가 계획경제에 이바지하는 삶을 살았다. 그 속에서 지키고자 했던 조선적 정체성은 거의 상실하고 말았다. 한 국가가 소수민족을 다루는 정책에 휩쓸리며 그 뿌리를 거의 잃고만 것이다.

이 책은 그러한 고려인의 삶을 기억하기 위해 기획되었다. 그리고 그 기억의 방식은 전문적인 연구만으로는 부족하다고 판단했다. 일반 대중과 소통하기 위해서, 그리고 그 대중은 한국의 일반 독자를 비롯해서 CIS 전역에 살고 있는 우리 동포들이기도 하기 때문이다. 근대사의 아픔에서 시작되었지만 그 아픔을 초월하여 세계적으로 흩어진 동포들과의 네트워크 형성을 위한 작은 몸부림으로써 감정이 들어가는 글이 필요했다. 한국근대사에서 만주를 비롯하여 러시아, 맥시코, 하와이 등 세계 각지로 떠나갔던 동포들의 목소리를 기억하는 방식은 이성으로만은 부족한 일 아닐까.

따라서 고려인들과의 인터뷰와 그들이 남긴 기록물인 『레닌기치』 및 『고려일보』 등의 자료가 백분 활용되었다. 1권은 연해주를 중심으로 기술되었으며 2권은 강제이주를 다루었고 3권은 중앙아시아에서의 삶을 다루었다. 많은 부분을 온전하게 담아내지 못한 아쉬움이 짙지만 이는 어쩔 수 없다. 후속 과제로 남겨 두겠다.

끝으로 한국학중앙연구원과 한국학진흥사업단의 지원이 있었기에 이 책은 세상에 나올 수 있었음을, 또한 기억하고 싶다.

2013년 12월
우정권·이정선·임형모

반 세기 동안 묻혀 있었던 이야기

반 세기 동안 묻혀 있었던 이야기

1. 고려인은 누구인가

까레이스키. 중앙아시아에서 새로운 조국을 찾고 새 삶의 터전을 닦은 한인들을 우리는 흔히 이렇게 부른다. 한민족이 주변국 이외의 여러 나라들과 활발하게 교류하게 된 것이 중세 고려시대부터라고 한다. 그렇기 때문에 보통 한민족과 관련된 지칭은 '고려'를 음차한 'Korea (Corea)'가 이용된다. 우리가 흔히 쓰는 '까레이스키(Корейский)'라고 하는 말은 'Korea(Corea)'의 러시아식 형용사형 표현이다. 형용사이기 때문에 '까레이스키'가 단독으로 쓰이는 경우는 없다. 러시아어권에서는 명사형인 '까레예츠(кореец)' 혹은 '소베뜨스키 까레예츠(советский кореец)'가 공식 명칭으로 쓰였다. 그런데 대한민국에서는 '까레이스키'라고 불리는 이유는 뭘까. 아마도 1994년에 한국에서 제작 방송된 드라마의 제목이 '까레이스키'였기 때문이 아닐까 싶다. 그들을 우리는 '고려인'이라고 부른다.

이렇듯 그 명명법조차 어설플 정도로 고려인들은 대한민국 사람들에게 아주 낯선 존재이다. 우리가 흔히 '까레이스키' 또는 '고려인'이라고 부르는 그들은 스스로를 '고려사람(Коресарам)'이라고 부른다. 그것도 그 곳에서 살기 시작한 제정러시아 때부터 그렇게 불러온 것은 아니다. 이주 첫 시기인 1880년대에 그들이 떠나온 땅은 '조선'이라는 나라였다. 그렇기에 그들은 처음에는 스스로를 '조선인', '조선사람'이라고 불렀다. 하지만 한반도가 적대적으로 남북으로 갈리고 서로 다른 국호를 쓰다 보니 이 호명이 어색하게 느껴지게 되었다. 1970년대까지는 북쪽과 주로 교류했기에 별다른 문제가 없었지만, 1980년대 후반 이후 대한민국과 교류하면서는 '조선'이란 명칭이 불편하게 되었다. 그리하여 이후로는 '고려사람'이라는 명칭을 주로 쓰게 되었다.

그들의 존재가 대한민국에서 일반에 공개된 것은 1980년대 후반에서야 가능한 일이었다. 1988년 서울 올림픽을 전후로 해서 이들의 존재가 알려졌다. 그러니 대한민국에서 이들의 존재를 알게 된 것은 전통적인 역사학의 시기 구분으로 한 세대(30년)도 채 안 된 셈이다. 그들이 한반도를 벗어나 연해주에서 살다가 중앙아시아로 이주하여 살아온 세월은 공식적인 문서 기록에 의존하더라도 100년이 넘는다. 그런데 그동안 제대로 된 교류가 없이, 그 존재조차 모르고 살았으니, 우리가 그들에 대해 알고 있는 것은 얼마나 적을 것인가. 그 오랜 세월 동안 잊혀져 살았으니 그들이 우리에게 전해줄 자신들의 이야기는 얼마나 많이 쌓여 있을 것인가.

그러나 고려인들의 존재가 알려지고 나서도 그들이 한반도와 너무도 먼 그 곳에서 살게 된 까닭은 드러나지 않았다. 연해주로 이주해 간 세대로부터 그 후손이 현재 4대나 5대 혹은 6대에 이르렀는데, 그들은 그들의 할아버지, 증조할아버지, 고조할아버지가 어떻게 한반도를 떠나 이 먼 중앙아시아에 와서 살게 되었는지 자세한 내막을 알지 못했다. 현재의 고려인 젊은 세대들은 자신들의 선조의 이야기에 대하여 아는 바가 적어서 우리에게 전해줄 이야기가 없는 셈이다. 그저 막연하게나마 이주의 과정이 순탄치 않았으리라는 슬픔의 역사를 짐작할 뿐이었다. 왜 이런 일이 일어났을까?

고려인들이 연해주에서 중앙아시아로 집단적으로 이동하게 된 것은 자율적인 선택이 아니었다. 소련 당국의 일방적인 결정에 의한 것이었다. 국가 정책적인 결정이었기 때문에 그 결정과 이주 과정 등을 담고 있는 문서가 존재한다. 그러나 이 이주와 관련된 모든 정보와 문서는 50여 년간 극비에 부쳐졌다. 오늘날과 같은 분위기라면, 공식적인 발표가 없더라도 개개인이 입소문으로 그 이주의 정황을 전했을 수도 있겠지만, 당시에는 개개인의 입도 통제됐다. 침묵이 강요되었다. 민족적인 색체를 띠는 이야기는 철저하게 엄금되었다. 민족적인 특성을 드러내는 것은 소련의 정책에 반하는 이적행위로 여겨졌다. 이렇게 말문을 막히고 보니, 한반도와 비슷한 자연환경을 지닌 연해주에서 잘 살다가 도대체 왜 그 멀고도 척박한 곳으로 이주해 가서 살고 있는지 그 이유를 후손들은 알 수가 없었다. 고려인들에게는 그 정황을 말할 자유가 주어지지 않았다.

고려인들의 후손들이 그들 조상의 이주 이야기를 들을 수 있게 된 것은, 고르바쵸프가 페레스트로이카(개혁정책)와 글라스노스트(개방정책)를 선언한 1985년 이후였다. 그러니 한반도에 있는 우리나, 중앙아시아의 고려인 젊은 세대들이나 고려인들이 어떻게 중앙아시아에서 뿌리를 내리게 되었는지 그 역사를 모른다는 점에서는 별 차이가 없었던 셈이다.

소련이 해체되고 신생독립국이 출현한 이후에야 비로소 이런 문서들이 공개되기 시작했다. 그 강제이주의 처참한 정황이 드러나자 사람들은 경악했다. 그러자 1993년에 러시아연방최고소비에트는 강제이주로 핍박받은 고려인들의 명예회복과 역사적 과오에 대해 사과했다. 그러나 문서들이 공개되었다고 해도 모든 사실이 다 드러난 것은 아니다. 자료들이 체계적으로 정리되어 있지 않고 여러 기관에 분산되어 있어서, 그 전모를 파악하는 일은 여전히 진행 중에 있다.

하여튼 이러한 개방의 분위기 속에서 고려인 작품들에서도 이주의 이야기가 형상화 되기 시작하였다. 1937년을 언급하고 있는 작품들은 다음과 같다.

> 전동혁, 「박령감」/연성용, 「카사흐쓰딴아, 나의 절을 받으라」(『씨르다리야의 곡조』, 알마아따, 1975)
>
> 황유리, 「나의 할머니」(『레닌기치』 1987.8.29/9.2)
>
> 김광현, 「부부」(『레닌기치』 1989.2.25)
>
> 한진, 「공포」(『레닌기치』 1989.5.23)
>
> 송 라브렌찌, 「삼각형의 면적」(『레닌기치』 1989.7.8)
>
> 연성용, 「오, 수남촌」(『레닌기치』 1989.11.25)
>
> 박현, 「수심한 세월이 남긴」(『레닌기치』 1989.12.26)
>
> 김기철, 「이주초해」(『레닌기치』 1990.4.11/4.13/4.19)
>
> 오병숙, 「바둑개」(『레닌기치』 1990.7.12)
>
> 강알렉싼드르, 「도라지 까페」(『레닌기치』 1990.9.14)
>
> 한진, 「그 고장 이름은?」(『레닌기치』 1991.7.30)
>
> 최영근, 시나리오 「벼랑길」(『레닌기치』 1993.10.8~1993.11.19)
>
> 연성용, 「피로 물든 강제 이주」(수기, 1995.2.4/2.11/2.18/2.25/3.4)

필자가 확인한 자료 중에서는 1937년을 형상화하고 있는 처음 작품

강 알렉산드르 작가

은 1975년에 알마아따에서 나온 공동 작품집 『씨르다리야의 곡조』에 실린 **전동혁의 「박령감」**(61~62쪽)과 **연성용의 「카사흐쓰딴아, 나의 절을 받으라」**(89쪽)라는 시이다. 하지만 이 시들에서 1937년은 그저 약간 고생한 시절로만 언급될 뿐이다. 인생에 있어서 누구나 겪을 법한 보통의 일로 형상화되어서 그다지 주목을 끌지 않는다. 고려인들이 당의 부름에 물불을 가리지 않고 순종했음과 낯선 곳에서 형제적인 도움을 받았음을 강조할 뿐이었다. 이렇듯 1937년을 언급하되, 다른 이야기에 둘러 싸여 지나치듯 언급하거나 이주 이후의 중앙아시아 원주민들이 보여준 호의를 강조하면서 소비에트적인 친선을 강조하는 방법으로 언급하는 것은, 이후 1990년대 후반까지도 반복되어 나타나는 양상이다. 그렇기 때문에 강제이주를 그 처참한 상황에 집중하여 문제적으로 형상화하는 작품은 오히려 드문 편이다.

누가 쓴 글인지 알 수 없는 「〈봉황의 구슬〉 기록영화, 제작의 기본구

극작가 최영근

상」(『레닌기치』1990.12.11)이라는 영화평론을 보면, 1937년에 대한 기록 영화가 준비되기도 했음을 알 수 있다. 최근에는 송 라브렌찌가 「기억」 등의 기록 영화로 이를 다루기도 했다. 그러나 카자흐스탄 정부의 허가와 지원 속에서 이루어지는 작업들이므로 역시 고려인들의 입장에 집중할 수는 없었다고 한다.

그 외에도 명월봉의 「고대땅에서」(『레닌기치』1990.10.24), 조왈렌찌나의 「부친(조명희 작가)에 대한 추억담」(『레닌기치』1990.11.8), 최예까쩨리나의 「작가 조명희와 그에 대한 회상」(『레닌기치』1991.1.16) 등의 수필에서도 1937년이 부분적으로 언급되기도 하였다. 이렇듯 『씨르다리야의 곡조』에 실린 몇 작품의 예외를 제외하고는, 1989년 이후에야 이주 이야기가 공식적으로 세상으로 나오기 시작했다고 볼 수 있다. 즉 중앙아시아의 고려인들의 존재가 한반도에 알려진지는 30년이 채 안 되고, 그들의 역사가 이야기 된지는 20년이 겨우 넘었을 뿐이다.

16

2. 망각된 기억

　강제 이주가 시행된 지 두 세대가 지나서야, 그 이야기가 침묵의 동굴을 벗어나 드러나기 시작했다. 그러나 그렇게 오랜 시간 침묵을 강요당한 후에 발화되기 시작한 이야기는 제 모습을 그대로 드러낼 수는 없었다. 그 사건은 침묵 속에서 바래지고 잊혀졌을 뿐만 아니라, 발화되지 못하는 채로 왜곡되었다. 옛 소련의 역사책들은 한결같이 이 이주에 대해 "전쟁시기의 사태 혹은 이상에 지적한 민족들(최소한 9개 이상의 민족, 즉 폴란드인, 독일인, 핀족, 에스토니아인, 라트비아인, 한인, 중국인, 깔뮉족 및 이란족 등—인용자)의 《간첩 및 적대활동》을 이주조치로 근절하는 것과 관련하여 부득이 취한 대책"이란 식으로 비슷비슷하게 묘사하고 있다. 어떤 경우에는 "조선인들이 자원적으로 이주"하였다고 왜곡하고도 있다. 물론 자원적인 이주도 있을 수 있다. 예를 들면, 우리에게 잘 알려진 일제시대의 의병장 홍범도의 경우가 그러하다. 물론 이것도 기록마다 차이가 있어서 어떤 것이 진실인지 조사해 보아야 하겠지만, 어떤 기록에는 홍범도는 강제이주의 열차를 타지 않았다고 한다. 그러나 연해주의 한인들이 대부분 중앙아시아로 이주되어 가자, 자신도 뒤따라 중앙아시아로 들어왔다고 한다. 혹시 이런 경우를 자발적인 이주라고 한 것일까? 그러나 삶의 터전을 모두 망가뜨려 살 수 없게 해놓고 그 곳을 떠나는 것을 스스로 떠났다고 할 수는 없다. 더군다나 자유로운 이주였다면, 누가 그런 서리조차 피할 곳이 없는 황무지로 간단 말인가? 이렇듯 공식적인 기록에서도 진실이 왜곡되고 감추어져 있었을 뿐만 아니라, 그 끔찍한 이주를 직접 겪은 고려인들 자신도 이 이주에 대해 함부로 말 할 수가 없었다. "친우들은 고사하고 지어는 부부간에도 할 말을 못 했으며 그 당시 체포선풍이 어찌나 심했든지 출입문에서 초인종 소리만 울려도 실신하는 형편이었고, 밤낮을 자고나야 무사히 하루를 지냈구나 하면서 숨을 내쉬곤 하였다.”(박성훈, 「회상기 : 역사에 왜곡이 있을 수 없다」, 『레닌기치』 1989.8.18~8.19)는 기록은, 이주 정책에 휘둘린 고려인들의 불안한 심리를 고스란히 보여준다.

그리하여 강제이주와 이주 초기를 기억하는 방식은, 소련의 개방 정책 이전까지는 아예 그 기억이 존재하지 않는 듯 침묵하는 것이거나 혹은 '배려'로 기억하는 방식이었다. 망각도 그 자체로 기억의 방식 중 하나인데, 고려인들이 강제이주와 관련하여 보여주는 침묵은 바로 이러한 망각의 기억 방법이었다. 이러한 기억의 방식은 오늘날까지도 남아 있다. 많은 공식문서와 증언들을 통해서 그 비극적 참상이 드러났음에도, '강제이주'라고 부르는 것을 꺼리는 고려인들이 있다. 그것은 무슨 이유 때문일까? 소비에트 연방의 시민들은 날벼락처럼 들이닥친 신생국가로의 독립과 자본주의 체제 때문에 큰 충격을 받았다. 그 때문에 소비에트 연방 시절을 긍정적으로 회상하는 사람들을 만나는 것이 드문 일이 아닌데, 그러한 사고의 연장선상에서, 구관이 명관이라는 식으로 구소련 체제를 긍정적으로만 기억하는 연장선상에서, 그 당시의 소수민족 이주 정책도 긍정적인 의도와 계획에 의거했으리라고 왜곡되게 인식하는 것은 아닐까. 혹은 고려인들의 사회적인 지위와 관련이 있을지도 모르겠다. 고려인들은 소비에트 연방시절에도 그렇고 오늘날에도 그렇고 사회적으로 성공한 사람이 많은 우수한 민족으로 꼽힌다. 그런 우수한 민족이 과거에 그런 말도 안 되는 일을 당했다는 것을 인정하고 싶지 않은 심리가 있는 것은 아닐까.

이러저러한 이유들로, 고려인들은 1937년을 한동안 언급하지 못 했을 뿐 아니라, 언급하는 경우에도 '강제이주'가 아닌 방식으로 표현해 왔다. 이에 대해 고려인 사회에서 논쟁도 있었다. 엠. 우쎄르바예와의

「강제이주」(『레닌기치』 1989. 5.3)란 글은 고려인의 중앙아시아로의 이주를 최초로 '강제이주'란 어휘로 규정한 글로 평가된다. 그 글에 대한 반론에 반론이 한 동안 『레닌기치』를 장식했다. 우세르바예와는 많은 사람들이 이제와서 과거를 들추어내는 것은 미련하고 소용없는 일이라고 하는 것에 대해 반발하면서, 그런 행위야말로 '범인들을 그들의 죄상과 함께 매장'하는 것으로써 과거에 대한 위조나 공백은 후손들을 위해서라도 철저하게 밝혀야 한다고 주장한다. 이에 대한 반론이 리 니꼴라이에 의해 제기된다[1](리 니꼴라이, 「1937년도 이주사건에 대하여」, 『레닌기치』 1989.6.14). 그는 고려인의 이주를 '강제이주'라는 부정적인 어휘로 표현하는 것은 단순히 과거를 기억하는 것이 아니라, 명백한 다른 의도가 개입된 것이라고 생각한다. 그는 "국가에 꼭 요구되는 큰일을 해야 할 때는 매 사람에게 그의 소원을 물어볼 필요"가 없다면서, 화물차에 실려 열악한 환경에서 이주한 것도 따지고 보면 18만 명이나 되는 조선인을 열차로 운반할 수 없었던 현실적인 여건에서 기인한 불가피한 것이었다고 주장한다. 당시 연해주에서 일본간첩의 준동이 심했던 것이 사실이고, 이로 인해 고려인들이 피해를 입는 상황에서 고려인들을 연해주로부터 먼 곳으로 이주시킴으로써 일본침략자들의 앞잡이가 되는 것을 막았으니, 이는 국가의 이익을 위한 필연적이고 옳은 정책이었다고 평가한다. 과정의 문제는 어찌되었든 그 목적의 옳음으로 모두 무마가 된다는 입장이다. 게다가 비록 정든 연해주를 떠나 타지방으로 이주한 것은 섭섭한 일이었지만, 고려인들은 이 이주를 이성적으로 받아들였고, 이주 이후에는 연해주에서보다 훨씬 풍요로운 땅에 보내져 행복하게 살았는데 어떻게 '강제이주'라고 할 수 있는가라고 반문한다. 사실이

---

1 '강제이주'에 대한 논란은 강진구의 「중앙아시아 고려인 문학에 나타난 기억의 양상 연구」(이명재 외,『억압과 망각, 그리고 디아스포라』, 한국문화사, 2004)를 참고했다.

이러한데도 '강제이주' 운운한 것은 "여러 민족들이 다 화목하고 부유하게 살고 있"는 상태를 훼손하기 위한 불순한 의도의 발현으로밖에 볼 수 없다는 것이다.

그의 주장은 우즈베키스탄의 꾸일륙 바자르에서 장사하시던 고려인 할머니의 이야기와 통하는 바가 있다. 소비에트 연방이 해체된 이후 살기가 어려워졌다고 푸념을 하시던 할머니는, 그럼 다시 연해주로 가실 생각은 없냐는 질문에는 펄쩍 뛰셨다. 이 곳 우즈베키스탄이 얼마나 살기 좋은데 그 연해주로 가느냐면서. 이곳은 햇빛이 많아 농사가 잘 되어 살기 좋다고 하셨다. 그렇다. 현재의 상황이, 혹은 가까운 기억이 먼 기억을 왜곡할 수 있다. 현재는 그런대로 살 수 있는 상황, 힘겨운 시간을 지낸 후 어느 정도 자리를 잡은 뒤에는 그 힘겨웠던 기억이 바랠 수 있다. 그나마 살기에 덜 힘겨운 지역으로 이주한 경우나, 이주 1세대의 고생으로 자신은 안정된 삶 속에서 자란 후세대는, 강제이주의 기억을 다르게 간직하고 있을 수도 있을 것이다. 니꼴라이나 바자르의 할머니처럼.

우즈베키스탄 꾸일륙 바자르의 고려인 할머니

그러나 개인의 은밀
한 기억이 아닌 다음
에야, 민족의 기억은
여럿의 이야기가 모여
형성되는 법. 니꼴라
이의 주장은 이주를
직접 경험한 노인들의
회상을 통해 여지 없
이 반박되었다.

　반면에 반대의 경우도 있다. 강제이주의 이야기에 단골로 등장하는
것이 현지인들의 도와주어 그 척박한 상황 속에서 일어설 힘을 얻었다
는 것이다. 그런데 그것을 부정하는 기억도 있다. 카자흐스탄을 방문했
을 때 만난 시인 리 스따니슬라브의 경우가 그러했다. 그는 이주 3세대
인데, 연해주에서의 생활방식 그대로 사신 할머니 덕분에 한반도에서
자란 동년배의 유년의 기억과 그리 다르지 않은 유년의 기억을 가지고
있다고 했다. 그는 고려인들이 중앙아시아에 강제이주 되었을 때, 그 척
박한 땅을 삶의 터전으로 꾸리는 데 현지인의 도움이 컸다는 이야기를
들으면 화가 난다고 했다. 그런 일이 없었다는 것이다. 고려인들은 현지
인들의 배려 없이, 무관심 속에 오로지 고려인들의 피땀으로 살아났다
는 것이다. 그런 이야기들은 현지인들에게 아부하기 위해 만들어진 것
으로 여기는 듯했다. 그의 연배로 보건대, 그는 강제이주를 직접 겪은
세대는 아니다. 아마도 할머니의 기억이 투사되었을 것이다.

이렇듯 강제이주에 대한 이야기들은 여러 결로 나뉜다. 동일한 사건에 대해 이렇듯 상반되게 기억하는 상황이 의미하는 것은 무엇일까. 최근의 역사학에서 이야기하듯이, 역사란 현재의 시점에서 재구성되는 것이라고 할 때, 고려인들의 기억도 현재 그들이 처해 있는 상황과의 연관 속에서 재구성된 것으로 볼 수 있다. 그 속에 투영되어 있는 고려인들 간의 갈등과 그들의 여러 입장에 대해 우리는 매우 세심하게 귀를 기울여야 할 것이다. 어쨌든 그것은 고려인들이 그들의 과거와 역사에 대해 충분히 언급하는 것을 전제로 한다.

고려인의 시 한 수를 보자.

써야 할 글을 아마 힘이 모자라
종이장에 옮기지 못하는 일도 많아도
얼마나 썼다가는 찢어버리였는가
내켜, 치밀려 단숨에 쓴 글까지도
때로 오늘 다시 읽기 시뻐시쁘니
몇 줄의 글을 나는 부끄럼 없이
이 세상을 떠나며 남길 것이가?

그러나 나에게 더 무서운 것은……

한 줄로 끊어진 이 마지막 연도
머릿속에서 절망의 메아리로 울리고나서
훗날에 마음을 에지는 않을것인지,
이리도 자주 꺾이는 붓의 한으로

—리진, 「써야 할 글을 아마 힘이 모자라」

이 시를 쓴 리진은 이미 타계했다. 현재 고려인들 중에 한글을 구사할 수 있는 사람은 극소수이다. 더구나 강제이주를 직접 체험한 세대는 이제 얼마 남아 있지 않다. 부모의 세대가 겪은 강제이주를 듣고 기억하는 고려인들은 얼마나 될까. 자녀들에게는 그 체험을 세세히 언급했을까. 2세대 이후의 고려인들이 부모세대에게 들은 이야기를 더 늦기 전에 우리들에게 들려줄 수 있기를 바라는 것은 욕심일까.

3. 아직 끝나지 않은 이야기

그렇기 때문에 고려인들의 이야기는 아직 끝이 아니다. 아직도 그들이 말해야 할 이야기가, 우리가 들어야 할 이야기가 많다. 중앙아시아 고려인의 뿌리인 강제 이주에 대해 충분히 이야기하고 들어야만 고려인

카자흐스탄 수도 알마티에서 우슈토베로 가는 길, 얕은 구릉 모양의 벌판이 끝도 없이 이어졌다.

들이 자신들에게 들씌워졌던 굴레에서 벗어나 좀 더 자유로워질 수 있을 것이다.

도대체 뭐가 어떻게 된 것인지 이해도 할 수 없는 채로, 거주지 제한 조치를 받으며 모스크바나 레닌그라드 등의 큰 도시로 공부하러 갈 수도 일하러 갈 수도 없이 땅만 파고 살아야 했던 세월. 조국이라 여기던 소련을 위해 전쟁에 나갈 수도 없었던 자괴감 속에서, 고려인으로 태어난 것 자체를 저주하며 살아온 세월이 있었다. 그래도 '대조국전쟁' (2차 대전 중 독일과 소련 간에 벌어진 전쟁을 소련에서 일컫는 말)은 최전선에 나갈 수는 없어도 그 이야기를 할 수는 있었다. 전쟁이 발발한 1941년부터 바로 소설화되어, 1944년까지 7편 이상이 쓰였고, 이후로도 다양한 시각에서 계속 다루어졌다. 그러나 강제이주의 경우에는 이와 전혀 달랐다. 이러한 상황들은 고려인들에게 큰 트라우마가 되어 한동안 고려인들 사이에서는 염세주의자, 비관주의자, 타락자 들이 많았다.

스탈린의 사망과 그로 인한 해빙기로 잠시 동안이나마 새로운 분위기가 감돌았지만, 이 때에도 강제이주는 끝끝내 침묵 속에서 떠오를 줄을 몰랐다. 소련의 해체를 앞두고 벌어진 개혁, 개방의 분위기 속에서야 비로소 미세하게 언급되기 시작한 것이다. 그러나 고려인 문학 작품들을 통해서 보았듯이, 강제이주의 이야기는 아직도 매우 우회적이고 소극적으로 언급되었을 뿐이다.

소비에트 해체 이후 강제 이주는 수면 위로 떠올라 법적인 조치도 뒤따르고, 크게 기념되고 있기도 하다. 1993년에 강제 이주된 고려인들의 명예회복법이 러시아 최고회의를 통과하였다. 비로소 법률적으로도 옛 소련의 과오를 인정하고, 고려인들이 오랜 세월 동안 짊어지고 있었던 멍에를 벗게 되었다.

김병화꼴호즈 앞의 김병화거리. 저 문 위에 처음에는 '북극성꼴호즈'라고 적혔다가(위의 사진) 김병화가 사망한 후에는 '김병화꼴호즈'라고 바뀌어 적혔었는데, 지금은 역사의 격랑 속에 그 문구가 사라졌다.(아래 사진)

1997년은 고려인이 중앙아시아로 강제이주된 지 60년이 된 해였다. 이와 관련된 행사가 옛 소비에트 각 국가의 고려인협회 주최로 개최되었고, '강제이주 회상열차'가 강제이주 당시의 노선을 따라 운행되기도 하였다.

이와 같은 분위기에서 카자흐스탄의 고려인협회는 강제이주 60주년 기념행사 및 학술대회를 개최하였고, 이와 아울러 강제이주 60주년을 결산하면서 당시까지 한국에 통념적으로 알려져 있던 이미지와는 달리 1937년 강제이주 이후 정착한 카자흐스탄 땅에서 카자흐스탄을 제2의 고향으로 여기며 카자흐스탄의 국민으로 자랑스럽게 살아가고 있는 고려인의 모습을 담은 영상물을 제작하기도 하였다.

그러나 이러한 일련의 상황 속에, 강제이주는 제대로 발언되지 못하고 그저 그러했으려니 하는 짐작 속에 석고화되어 가고 있는 것은 아닐까. 그렇다면 고려인들 가슴 속의 응어리는 그대로 무거운 납덩이가 되어 더욱 깊이 가라앉고, 이는 우리가 한 민족으로서 서로 교류하는 것에 일정한 장애로 남을 것이다. 억울한 심정을 크게 토로하지도 못하는 고려인들의 태도는 강제 이주를 기억하는 것만으로도 탄압을 당할지도 모른다고 생각하는 모습을 보여준다. 그 공포와 불안의 크기는 가늠할 수가 없다. 이는 한 순간에 회복될 수 없는 일이다. 고려인들이 그 상처를 안고 살아온 세월보다 더 오랜 시간 동안, 지속적인 관심 속에 환기되고 위무받아야 이 정신적 상흔이 치유될 수 있을 것이다. 이 상처에 대해 함께 아파하지 않고서는 고려인들과 우리의 연대는 두 나라 간의 친선의 관계를 넘지 못 할 것이다.

한국에서는 역사적인 의병장 홍범도에 대해서도 제대로 알려져 있지 않다. 이는 역사학계에서도 더욱 연구해야 할 부분이다.

항일무장투쟁의 전설적 영웅 홍범도 장군은 카자흐스탄 크질오르다시 중앙공동묘지에 잠들어 있다. 공동묘지 입구에서 400m쯤 들어서면 정면으로 마주하게 되는 대리석 묘비와 청동흉상이 바로 그의 묘이다.

69세의 노구를 이끌고 중앙아시아로 강제이주된 장군은 타향 크즐오르다에서 생을 마감하게 되었다. 1943년에 그가 사망했을 때, 그의 묘를 만들기 위해 고려인들은 시에 청원하는 한편 자금을 모았다. 묘비에는 "소련원동에서 소련주권을 위해 온 정열로 투쟁한 한 전설적 대장이 여기에 묻히다"라는 노어 비문이 양각되어 있다. 인근의 제9중학교가 시에 의해서 '홍범도학교'로 지정되어 묘를 관리했다.

묘에서 남서쪽으로 30분 거리에 장군이 살았다는 집이 있던 자리는 '홍범도거리'로 명명되었다.

이 공동묘지에 부모 친척을 모신 고려인들 수백 명이 명절 때면 홍장군의 묘에도 찾아와 예의를 갖추곤 한다.

홍범도 장군의 말년에 대한 증언은, 그의 말년이 고달팠음을 그대로 보여준다. 강태수의 증언에 따르면, 당시 고려인들은 원동에서 강제이

크즐오르다의 홍범도 동상

홍범도 동무를 곡하노라

홍범도 동무는 여러달 동안 숙환으로 집에서 신음하시다가 꼬만 75세를 일기로 하시고 1943년에 십월 25일에 세상을 떠나시었다.

그는 1868년에 조선 평안남도 평양부에서 출생하시어 부모를 어려서 여이고 이럭—저럭 몰아다녀면서 어슴사리로 생을 유지해섰다. 쓸아린 정의 학교를 마춘 그는 일족붙어 착취의 멍에를 대척하여 분투하섰으며 조선 빨찌산 운동의 거두가 되어 혁혁고투하였다.

홍범도 동무는 레닌—쓰딸린당의 충직한 당원으로서 년치가 어리 높앗움에 불구하고 사회사업에 열성있게 참가하셨으며 당의 사명을 구준히 실행하기에 정력을 앗기지 않았다.

용다 조국애와 불세움크담역 픽 충직한신 홍범도 동무는 자긔의 셩와 경보를 진절어 마추고 길어 콤아가시엇다. 홍범도 동무에게 대한 의억은 그들 아는 친우들에게 영원히 남아있을것이다.

감알덕배이, 김불파저마로, 서재욱, 남해룡, 김학립, 김귀순.

부고

홍범도 동무가 여머괄동밤 병환색 재시다가 본월 25일 하오 8시에 별세하엿기에 그의 친우들에게 부고함. 장례식은 1943년 십월 27일 하오 4시에 지행함.

크슬—오록다

정미공장 일꾼ㄴ 일동.

홍범도 장군 부고 - 〈레닌기치〉 1943. 10. 27

주 된 후 '생존을 위한 투쟁'에 정신이 없었기 때문에 노장군을 보살필 형편이 되지 못했다. 그래서 장군은 고려인들에게서조차 별 관심을 받지 못한 채 쓸쓸하게 일생을 마쳤다고 한다.

조선극장 연출가였던 이길수는 홍범도 장군이 크즐오르다에 온 후 시건설위원회 소속으로 시건물과 조선극장 수직일을 봤음을 증언하고 있다. 그리고 장군이 레닌에게서 선물받아 무척 자랑스럽게 여기던 권총을 지방 깡패들에게 빼앗긴 것에 대해 무척 마음 아파했다고 한다.

희곡도 쓰고 소설도 쓴 작가 이정희는 홍범도 장군이 극장의 수직일을 맡았을 때의 일화를 확인된 것은 아니라는 전제를 두고 언급했는데, 장군이 조선극장 수직으로 있을 때 도둑이 들었다고 한다. 이에 장군은 그들을 잡으려다가 오히려 봉변을 당했고, 이 때 얻은 병으로 수개월 동안 앓다가 눈을 감았다고 한다.

민족을 위해 싸운 장군의 안타까운 말년. 그것은 먼 중앙아시아의 우리 피붙이들에 대한 우리의 무관심이 자초한 것은 아닌지 돌아볼 일이다.

새로운 시대의 여명

제2장
새로운 시대의 여명

1. 스탈린의 사망과 고려인의 지위 복권

계속되는 흉년으로 인한 굶주림과 일본 제국주의의 수탈을 피해 보고자 남부여대로 한반도 땅을 떠나온 사람들. 그러나 새 땅에서의 삶도 녹록치는 않았다. 연해주 땅에 건설한 신한촌은 자연 조건이 한반도와 비슷하였지만, 제정러시아를 거쳐 소비에트 혁명까지 그 땅의 정치적 격변의 풍랑에 고려인들의 삶도 휘말릴 수밖에 없었다. 소비에트 혁명뿐만이 아니라 일본 제국주의의 야욕 등으로 동북아는 그야말로 폭풍 속에 놓여 있었다. 이러한 상황 속에서 고려인들이 일본의 간첩이 될 수 있다는 의심을 받아 중앙아시아로 강제이주 되었다는 것은 주지의 사실이다. 고려인들의 중앙아시아에서의 삶의 시작이 그런 비자발적 폭력적 정책에 의한 것이었음을 볼 때, 이후 그 곳에서의 고려인들의 삶이 어떠했을지는 미루어 짐작할 수 있다.

중앙아시아로 이주된 고려인들은 한 달 넘게 실려 온 죽음의 열차로부터 황무지나 진흙벌판에 부려졌다. 그 황량한 땅은 계속해서 죽음을 강요하는 듯했지만, 그 죽음의 땅을 벗어날 수가 없었다. 오랜 시간 화물열차에 실려 짐짝처럼 옮겨오는 동안 심신이 너무도 시달려서 한 발자국 내디딜 힘도 없었겠지만, 그보다는 허가 없이 함부로 이주지를 이탈할 수 없다는 명령이 있었기 때문이었다. 6,000km나 떨어진 곳으로 이동시킨 것도 모자라, 일정한 범위를 벗어날 수 없게 하다니, 대역죄인의 귀양살이가 이러했을까, 인류를 멸망시킬 수도 있는 전염병 보균자에 대한 격리가 이러했을까.

이에 한술 더 떠서 고려인들은 전염병에 걸려 살처분을 당하는 짐승 같은 대우를 받으면서도, 떠나온 땅 고향 연해주를 마음껏 그리워할 자유마저 없었다. 「밭가는 아씨에게」라는 시가 연해주를 고향으로 여기며 그리워하는 마음을 표현한 것이라며 강태수 시인을 수감했던 것은 대표적인 사건이었다. 고려인들에게 이런 혹독한 조치를 이어가는 소련. 고려인들에게는 그 소련만을 조국으로 생각해야한다는 마음의 족쇄가 채워졌다.

무언가를 마음껏 그리워할 자유도, 다른 곳으로 마음대로 이동할 자유도 없이, 억지춘향격으로 소련에 대한 애국심만을 강요당하는, 그야말로 공민 아닌 공민의 삶이었다.

하지만 이런 억압적이고 비인간적인 정책이 영원할 수는 없다. 1950년대에 들어서 고려인들에 대한 소련의 대우가 변화하기 시작했다. 죄인 아닌 죄인이 되어 숨죽여 살기만을 강요당한 고려인들의 지위가 회복된 것이다. 소련 사회를 숙청의 피바람 속에 휘둘리게 하고 많은 소수민족에게 강압적인 이주를 지시했던 스탈린의 사망이 그 계기가 되었다. 독재자의 왕국은 영원하지 않았다. 1953년에 스탈린이 사망하자, 억눌려 있던 소비에트 사회가 술렁거렸다. 공산당 내에서도 그동안 내색하지 못했던 스탈린에 대한 비판이 흘러나오기 시작했다. 1956년에

제20차 소련공산당대회에서 후르시초프가 스탈린의 개인 숭배를 폭로하고 규탄한 것은, 스탈린 비판의 정점을 찍었다. 이러한 사회의 변화와 맞물려 고려인들을 얽매고 있던 여러 제약들이 완화되었다. 공개적인 선포는 없었지만, 고려인들에 대한 거주지 제한이 풀리기 시작했다. 군대에서도 고려인들을 징병하기 시작했다. 비로소 소련의 공민으로 인정받기 시작한 것이다.

이러한 새 시대의 분위기가 고려인 소설 작품에서도 그려지고 있다. **김광현의 「호두나무」**(『레닌기치』 1963.5.12~5.17)라는 소설에는, 1939년에 '정탐'이고 '변절자'라는 혐의로 체포된 대학 2년생 '팔용이'가 등장한다. '팔용'은 바로 강제이주 전후에 갑자기 체포되어 간 고려인 지식인들을 표상하는 인물로 볼 수 있다. '팔용'은 수감되었고, 그의 아버지 홍금노인과 아내 옥금은 죄인처럼 숨죽이며 살아갈 수밖에 없었다. 마을사람들도 두려움 속에 그들 가족들과 가까이 하지 못한다. 하지만 스탈린이 사망하고, 1956년 2월 20차 당 대회에서 이때까지 수많은 사람이 스승으로 아버지로 모시고 살아온 스탈린의 개인숭배 후과로 무고한 사람들이 때아닌 죽음을 맞았다는 것이 밝혀진다. 그러자 마을 사람들은 집에 걸렸던 스탈린의 초상화를 떼고 그 자리에 레닌의 초상화를 바꾸어 달게 된다. 이런 변화된 상황 속에서 팔용의 일로 소원하게 지내던 동네 사람들도 태도를 바꾸어 홍금로인과 옥금을 찾아와 위로하는 등 분위기가 뒤바뀐다. 이러한 마을사람들의 모습은 조변석개하는 모습으로 보이지는 않는다. 그보다는 자신에게 불똥이 튈까 두려워 마음 편히 이웃의 괴로움을 함께 나누지 못하다가, 늦었지만 이제라도 속마음을 표현한 것이었을 것이다. 그리고 이 때 팔용이 돌아온다. 이 이야기는 중앙아시아 고려인 사회에서 충분히 있었을 법한 개연성을 지니고 있다. 1950년대 후반에 고려인들의 지위가 복권되기 전까지, 강제이주와 얽힌 상흔은 그대로 남아 있었을 것이다. 가족 중 한 사람이 갑자기 붙들려가 생사를 알 수 없는 경우의 마음 고생이야 더 말할 것이 없다. 그런데 자신의 가족 중에 끌려간 사람이 없는 경우에도, 이웃에 그런 가정이 있으면 그들과의 관계도 소원해질 수밖에 없었을 것이다. 멀고먼 타향에서, 황무지 같은 척박한 땅에서, 가족을 잃고, 이웃과도 의지하지 못하는 삶이란 얼마나 삭막한 삶일 것인가. 잘못하면 자신에게 화가 미칠까봐 이웃과도 거리를 두고 전전긍긍하며 살아갔을 모습을 떠올리니 가슴이 먹먹해진다.

한진의 「**소나무**」(『레닌기치』 1963.2.24)라는 소설에는 스탈린 시기의 공포 분위기와 스탈린 사망 이후의 변화된 사회 모습이 나란히 그려져 있다. 스탈린 정권 시기에 작은 마을에도 스탈린의 동상을 세우라는 지시가 내려온다. 동상을 세울 자리를 찾다가, 마을의 중심에 있는 구역소비에트 집행위원회의 앞마당에 세우기로 했다. 그런데 그 자리에는 몹시 늙은 소나무가 있었고, 그것이 동상을 세우는 데 방해가 되자 자르고 뽑아버렸다. 오래된 나무를 자르고 뽑아버리는 것은 단순한 일이 아니다. 우리 민족은 예로부터 수령이 오랜 나무에는 영험한 기운이 깃든다고 생각하였고, 그것이 마을을 수호한다고 여기기도 했다. 마을과 떨어진 깊은 산에 있는 경우라고 해도 목재로 쓰기 위해 베어낼 때는 간단하게라도 제를 올린 후에야 자르곤 했다. 그렇지 않고 수령이 오랜 나무를 함부로 상하면 화를 입게 된다고 여겼다. 이러한 오랜 믿음처럼, 소설 속의 소나무가 개인숭배를 위한 동상을 세우기 위해 베어지자 마을에 동티가 나고 만다. 소나무가 서 있던 자리를 흙으로 메우긴 했지만, 비가 오고 땅이 얼었다 녹았다 하는 새에 땅이 꺼지고 결국 스탈린의 동상이 쓰러지고 만 것이다. 이를 지켜보는 마을 사람들은 보안부에서 책임을 추궁하는 호출이 오리라는 불안과 공포 속에서 나날을 보내게 된다. 그렇지만 얼마 안 되어 스탈린이 죽고 개인 우상화의 세월이 끝남으로써 무서운 일은 생기지 않았다는 것으로 마무리되고 있다.

이렇게 스탈린의 사망으로 인해 고려인들의 삶은 조금씩 인간적인 모습을 되찾아가게 되었다. 황무지에 버려져 공민증도 이주의 자유도 없이 숨죽여 지내온 시간의 터널이 마침내 그 끝을 보이게 되었다.

이 시기에 들어 강제이주와 맞물려 체포되고 처형되었던 고려인 문인들에 대한 복권도 이루어졌다. 대표적인 것이 강제이주 직전에 갑자기 연행되어 간 후, 생사도 제대로 알 수 없었던 포석 조명희에 대한 복권이다. 이때까지 도대체 그가 왜 잡혀갔는지, 어디로 잡혀갔는지, 살아는 있는지 어느 것 하나 확실하게 알 수 있는 것이 없었다. 그저 떠도는 소문으로 그가 처형당했음을 짐작할 수 있을 뿐이었다. 그러나 1956년에 그의 지위가 복권되면서, 그가 일본의 간첩이라는 죄목으로 잡혀가 제대로 된 재판도 없이 처형당했음을 비로소 공식적으로 확인할 수 있었다. 하바로프스크 안전위원회 고문서과의 공식 사망신고서에는 그가 1938년 4월 15일 하바로프스크 형무소에서 총살당했다고 적혀 있었다. 그의 재판은 채 30분도 걸리지 않았다고 한다. 이러한 사실을 공식적으

조선 쁘롤레따리 문학의 창시자의 한 사람인 포석 조 명희

(그의 출생 70 주년에 제하여)

조 명희

시 월 의 노 래

[1931년 3월]

봄 잔디밭 우에

누구를 찾아

단편   저 기 압

낙 동 강

김 붕 흠

로 공표한다는 것은, 고려인들을 중앙아시아로 이주시키는 과정에서 있었던 소비에트 정부의 잘못을 일정 부분 인정한 것으로 볼 수 있다. 조명희는 한 개인이라기보다는, 강제이주를 전후해서 잡혀간 수천 명의 사람들을 대표하기 때문이다.

조명희의 간첩 누명이 벗겨지고 복권이 되자, 그의 문학에 대한 대우도 달라졌다. 조명희는 고려인 문인 1세대의 대표 작가 중 한 명으로서, 「짓밟힌 고려」 등의 작품을 발표하였다. 또한 강제이주 전 『선봉』 신문의 '문예페이지'를 통해 적극적으로 후배 문인을 양성하였다. 이러한 그가 강제이주 때에 처형된 후에 약 20년 동안 금기의 대상이 되었다가, 스탈린의 사망과 더불어 복권되자, 조명희문학유산위원회가 조직되고 그들의 주관으로 조명희의 업적을 정리하여 『조명희 선집』(쏘련과학원 동방도서출판사, 1959)을 간행하게 되었다. 이는 1934년에 연해주 하바로프스크에서 발행된 고려인 작가들의 첫 작품집 『로력자의 고향』 이후, 중앙아시아에서 발행된 고려인 시집인 『조선시집』(크즐오르다 카사흐 국영문예출판사, 1958)을 거쳐, 세 번째로 선보이는 고려인 작품집이다. 개인 작품집으로는 첫 번째 성과물이라고 하겠다.

1990년대에 들어서는 우즈베키스탄의 수도 타슈켄트에 있는 나보이 문학 박물관에 '조명희실'이 마련되어 현재까지 이르고 있다. 전체 문학관의 크기에 비해, 조명희에게 할애된 공간은 아주 작지만, 그 의의만큼은 크기를 논할 수 없다. 또한 타슈켄트 시내에는 '조명희거리'도 생겼다. 한국에서는 1994년부터 그의 고향 충북 진천에서 그를 기리는 '포석문화제'가 열리고 있다. 조명희가 한반도를 떠나 망명해서 거주했던 하바로프스크에도 조명희의 묘비가 있고, 중국 연변에서도 해마다 조명희문학제가 열린다고 하니, 한반도와 연해주, 중앙아시아, 중국에서 우리 민족은 우리 문학의 훌륭한 문인 조명희를 함께 기리고 있는 셈이다

우즈베키스탄의 수도 타슈켄트의 〈나보이 문학 박물관〉

나보이 박물관의 조명희 기념실

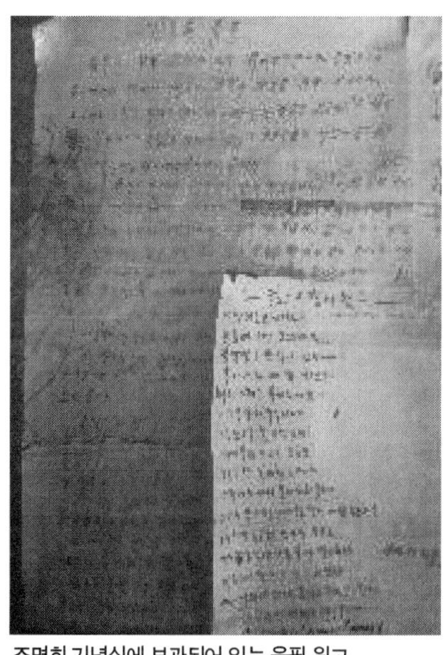

조명희 기념실에 보관되어 있는 육필 원고

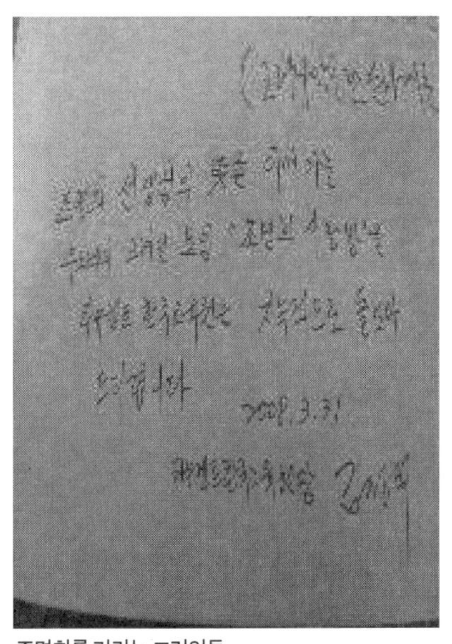

조명희를 기리는 고려인들

이 시기에 복권된 또 한 명의 중요한 고려인 문인으로 강태수가 있다. 그 역시 강제 이주 초기에 소비에트 정권의 희생양이 되어, 1938년부터 소련 북극 아르한겔스크에서의 수용소 생활과 우두무르트에서 거주지 연금 생활로 20여 년을 보냈다. 그리고 1959년에 비로소 복권이 되어 자유로운 몸이 되었다. 이후 강태수는 조명희와 더불어 대표적인 1세대 고려인 문인으로서 2001년에 작고할 때까지 40여 년 동안 많은 작품을 쓰고 작품집도 펴내었다.

강태수 시인

1981년에 러시아어로 간행된 강태수 시집

이런 개인적인 복권 외에도 1958년에는 카자흐스탄의 크즐오르다에서 고려인 문인들의 작품을 모아서 작품집을 발간하였다. 『조선시집』이라는 제목의 이 작품집은 중앙아시아 고려인 작가의 작품이 실린 최초의 작품집이다. 여기에는 박연암·정다산·김삿갓 등의 조선시대 작품으로부터, 김소월·이상화 등의 1920, 30년대 시인들의 작품들과 현대 북한 시인들, 그리고 소련에서 활동하는 고려인 시인들의 작품들이 망라되어 있다.

또한 고려인들은 그동안 러시아어 교육에 밀렸던 우리말 교육에 대한 의지를 새롭게 다졌다. 우리말을 교육하려고 해도 교재가 마땅치 않아 『레닌기치』를 교재로 삼아 교육하기도 했지만, 이 새로운 시기를 맞아 기다렸다는 듯이 우리말 교재를 간행하였다. 이제 우리말을 좀더 떳떳이 내놓고 가르칠 수 있으리라는 희망에 마음이 부풀었을 것이다.

그리하여 작가들은 우리말글을 자랑스럽게 드러내며 한글 창작을 독려한다. **차원철의 시 「글을 쓰라」**(1959.5.5)에 보면, "큰 민족, 작은 민족/모두 한 가정 이루워/공산주의 렬차 타고 내닫거늘;/로동에서 인간 행복 찾으며/너도, 나도 앞장 다투어/문화의 봉화를 울리거늘;/한글 지닌 우리 겨레들아,/글을 쓰라! 〔…중략…〕 움트는 한글 꽃봉우리/눈부시게 활짝 피우라!"라고 하여, 새시대의 기쁨을 한글 작품으로 표현하라고 목소리를 높이고 있음을 알 수 있다.

또한 **박완진의 시 「한글」**(1965.7.11)에서도 "많은 나라 글 가운데/우리 한글 첫째라오"라며 자긍심을 드러내고, 이에서 더 나아가 한글을 모르는 것은 수치이고, 공산주의로 가기 위해서라도 한글을 배워 책을 읽어야 한다고 촉구하고 있다.

이렇듯 한글 교육에 대한 의지가 높아지고 있지만, 아직 변변한 교재도 없는 형편이라서 많은 사람들은 『레닌기치』에 의존하였다. 『레닌기치』는 단순한 신문이 아니라 한글 교재가 되어주었던 것이다. 그리하여 『레닌기치』에 더 많은 문예작품을 실어주기를 바라는 투고도 있었다 (치르치크구역 엥겔스꼴호스 내 중학교 조선어 교원인 김임순, 「문예 작품을 더 많이 실어다구」, 『레닌기치』 1956.5.5).

이런 상황이었으니, 1959년에 모스크바에서 『조선어 독본』이 간행되었을 때 그 기쁨이 얼마나 컸을 것인가.

1960년에는 드디어 고려인들에게 공민증이 발급되었다. 강제이주 되면서 공민증을 빼앗겼다가 20여년만에 다시 공민증을 받게 된 것이다. 공민증이 없는 세월, 고려인들은 법적으로 소비에트 공민으로 인정받지 못한 것이다. 그런데 이러한 법적인 조치는 고려인 사회에 또 하나의 새

◀『조선시집』 간행 기사(『레닌기치』 1959.1.10.)
▲1959년 모스크바에서 발행된 『조선어독본』

로운 바람을 일으켰다. 공민증도 발급받고, 이동의 자유가 생기자 고려
인들 사회가 분산되기 시작하였다. 농사를 짓는 고려인들 중에는 좀더
나은 벌이를 위하여 계절에 따라 이동하며 땅을 빌려 농사를 짓는 '고본
질'을 하는 사람들이 늘었다. 억압적인 사회가 완화되었다고는 해도, 레
닌이 천명했던 대로 모든 사람들에게 땅이 골고루 분배되는 사회는 여
전히 아니었기 때문에, 땅을 가지고 있지 못한 고려인들은 땅을 빌려 농
사를 짓는 방법을 택하게 된 것이다. 부지런한 고려인들은 이주가 자유
로워지자 더 많은 수확을 거둘 수 있는 땅을 찾아 다니며 쉴 새 없이 일
을 하였다. 고정적인 일자리를 찾아서 러시아나 우크라이나, 백러시아
등으로 이주해가기도 하였다. 다른 한편으로는 자식들에게 좀 더 나은
미래를 열어 주기 위해 자식들의 교육을 위해 도시로 이동해 가는 고려
인들도 많아졌다.

　물론 고려인들에 대한 온전한 지위 복권은 아직 먼 미래의 일이었다.
1950년대 후반이나 1960년대까지는 여전히 소련사회에서 1937년을

한글을 제1외국어로 가르치는 알마티의 제르진스키 중등학교

언급하는 것은 금기였고, 그것을 '강제이주'라고 사실대로 언급하는 것은 상상할 수도 없는 일이었다. 그것은 그 후로도 한 세대 즉, 30년 이상의 시간이 흐른 후에나 가능했다. 1993년 4월 1일, 즉 고려인들에게 공민증이 발급된 지 33년 만에, 중앙아시아로 강제이주된 지 56년 만에 〈한인명예회복법안〉 법률안이 러시아 최고회의 민족원(하원)에서 통과되었다. 이로써 1937년의 통한의 이주가 '강제이주'였음이 법적으로 인정되었다(김 피오트르 게르노비치 · 방상현 공저, 『재소 한인이민사— 스탈린의 강제이주』, 탐구당, 1993 참고).

이렇듯 스탈린이 사망하고 개인숭배에 대한 비판이 일던 시기를, 구소련에서는 '해빙기'라고 불렀다. 이 때 소련을 대표하는 문화인 영화에서도 새로운 분위기의 작품들이 만들어지곤 했다. 예를 들면, 제2차대전 중 가장 치열했던 독일과 소련과의 전투를 그리는데 있어, 승리만을 부각시키던 이전의 모습이 변하여, 무명 용사들의 희생을 내세워 전쟁에 대해 근본적으로 문제제기하는 작품들이 만들어지기도 했다.

재쏘고려인의 앞날과 법적지위

1993. 4. 3『고려일보』기사

그러나 이러한 '해빙기'는 다시 되돌아온 겨울에 어느새 밀려나고 말았다. 스탈린 비판을 전면에 내세운 후르시초프가 10년도 안 되어 1964년에 실각하게 되었기 때문이다. 중국과의 이념 대립의 격화로 정치적 불안이 계속되고, 농림산업을 중심으로 한 경제가 정체되어 있는 것이 이유였다. 뒤를 이은 브레즈네프는 역사의 물줄기를 다시 거스르는 정책을 폈다. 또다시 스탈린 비판을 금지하고 공산주의 이념을 강화한 것이다. 이로써 다시 동서냉전의 긴장이 고조되었고, 소련은 1968년에 체코를 침공하고, 1969년에는 중국과 우수리강에서 무력 충돌을 야기하는 등 대립의 수위가 심화되었다. 이런 소련 사회의 혼돈기 속에서 고려인들은 계속 마음을 졸이고 살 수밖에 없었다. 소비에트 땅에 살고 있는 고려인들에게 진정한 '해빙기'는 언제 올 것인가.

2. 『레닌기치』와 조선극장의 지위 격상

스탈린의 사망 이후 문화계에도 변화의 바람이 불었다. 소련의 영화가 새로운 모습을 보였음은 앞서 언급한 바와 같다. 고려인 문화와 관련해서도 고려인 문인들의 지위 복권과 같은 맥락의 일들이 이어졌다.

그 첫 번째 일은 『레닌기치』 신문의 지위 격상이다. 1932년에 연해주에서 발행되기 시작한 『선봉』 신문은, 1937년에 강제 이주되면서 더이상 발행할 수 없었다. 하지만 고육과 문화를 중요하게 여기는 고려인들은 강제이주 이듬해에 바로 『레닌기치』라는 새로운 제호[1]를 단 『선봉』

---

1 『선봉』의 후신 신문의 제호는, 처음에는 『레닌의 기치』였다가 1952년부터는 『레닌기치』, 그리고 1991년에는 『고려일보』로 바뀌었다. 『레닌의 기치』라는 이름이 15년 정도, 『레닌기치』라는 이름이 40년 정도 쓰인 셈이다. 여기서는 『레닌기치』라는 이름으로 통합하여 부르도록 하겠다.

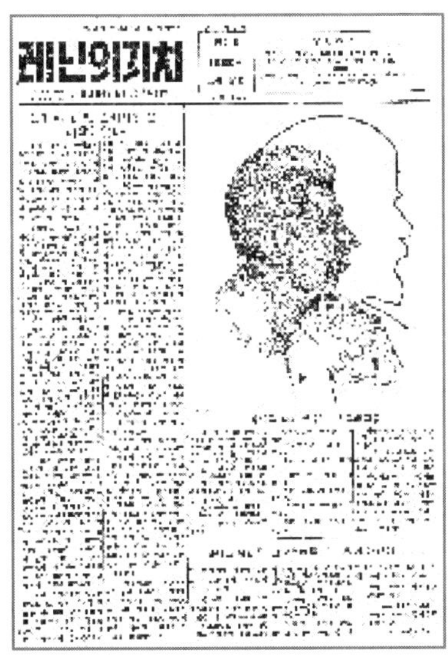

『레닌의긔치』창간호, 1938.5.15

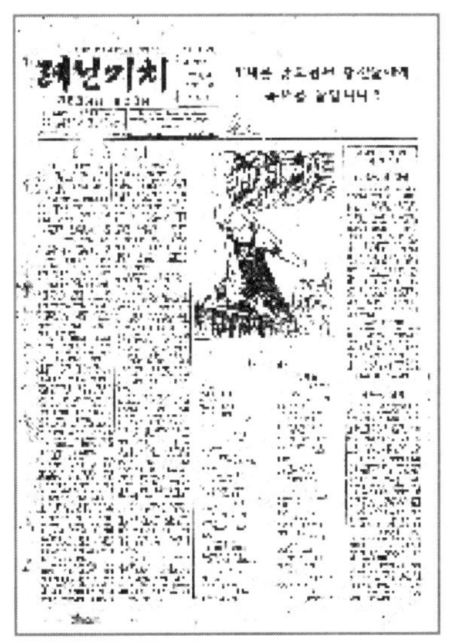

『레닌기치』로 제호 변경, 1952.1.1

의 후신을 발행하여, 고려인 문화의 거점이 되었음은 주지의 사실이다. 하지만 『레닌기치』는 창간 당시 한정적인 지위를 지니고 있었다. 『레닌기치』 신문사는 카자흐스탄의 크즐오르다시에 있었고, 여기에 작품을 발표한 사람들도 대부분 카자흐스탄에 거주하던 사람들이었기 때문에 카자흐스탄의 지역신문의 성격을 지녔었다. 물론 『레닌기치』가 카자스흐탄의 크즐오르다를 중심으로만 읽혔다고 해도, 그 의의를 폄하할 수는 없다. 크즐오르다는 단순한 카자흐스탄의 한 도시가 아니라, 카자흐스탄의 첫 수도였으며, 중앙아시아 고려인들에게는 고려인 문화의 중심지였기 때문이다. 당시 소련에서 발행되던 한글신문으로는 사할린에서 발행되는 『레닌의 길로』도 있었다. 이 신문 역시 사할린이라는 지역에 한정되어 있었다. 이렇게 당시에 발간되던 한글신문들은 기본적으로 지역적인 한계를 지니고 있었다. 하지만 당시의 시대적 배경을 고려한다고 해도 『레닌기치』가 한정적인 지역에서만 읽혔다는 것은 역시 아쉬운

대목이다. 고려인들이 이주되어 거주하던 곳은 크즐오르다만이 아니었는데,『레닌기치』가 특정 지역에 한정되어 있다 보니, 중앙아시아 고려인 사회의 다양한 모습을 담기에는 한계가 있었다. 더구나『레닌기치』는 카작소비에트사회주의공화국 크즐오르다주 당위원회 기관지였기에, 이념적으로도 편향적일 수밖에 없었다.

그러던 것이 1954년에『레닌기치』가 카작소비에트사회주의공화국 공산당 중앙위원회 기관지로 지위가 승격되고, 이어 1960년에는 소련 '공화국간 공동신문'으로 승격되면서 발행지역이 확대되었다. 이로써 『레닌기치』는 소련 전 지역에서 발행되는, 명실공히 중앙아시아 고려인들의 대변지 역할을 하는 신문이 된 것이다. 그리하여 카자흐스탄의 크즐오르다 외에도 우즈베키스탄의 타슈켄트, 키르기즈스탄의 비슈케크, 타지기스탄의 두샨베 등에 지사를 두고 주6회를 발행하는 일간신문으로 성장하여 갔다. 이에 대한 고려인들의 호응도 대단해서 한 때 4만부가 발행된 적도 있었다.

1962년에 실린 글을 통해서 당시 고려인들이 이『레닌기치』를 얼마나 사랑했는지를 엿볼 수 있다. '원동' 꼴호즈에『레닌기치』가 잘 배달이 되지 않자, 58세의 꼴호즈원이 우편국에 가서 직접『레닌기치』를 받아다가 자기의 꼴호즈에 배달하고 있다는 이야기이다. 당시 이 꼴호즈의 어느 고려인의 집에도『레닌기치』가 놓여 있었으며,『레닌기치』기자가 꼴호즈를 방문하면 다투어 그를 맞아서 자신들이 알고 있는 여러 이야기들을 제보하는 데 열성을 내었다고 한다.

이 신문이 고려인 문학에 미친 영향도 지대하다. 고려인 문인들의 거의 유일한 작품 발표 지면이 되었을 뿐만 아니라, 작가들이 이 신문의 기자로 활동하며 한글을 보존하기 위해 애를 썼다. 특히나 1956년부터는『레닌기치』에 '문예페지'가 매주 정기적으로 마련됨으로써 고려인의

1958년 『레닌기치』 기자들

한글 문학창작에 활력을 불어넣었다. 여기에 실린 한글작품들은, 한글 교육 교재가 부족한 상황에서 훌륭한 교재로 활용되기도 하였다. 특히 어린 아이들의 한글 교육에도 세심한 배려를 하여 1968년에는 '아동문예페지'가 마련되고 '학생작품란'까지 만들어졌다.

하지만, 고려인들의 현지화가 빠르게 진행되고, 그에 따라 우리말을 구사할 수 있는 사람의 수도 감소하면서 점점 발행부수가 줄 수밖에 없었다. 1988년 서울 올림픽을 전후하여 남한과의 교류가 빈번해지고, 이어 소련이 해체된 이후에는 카자흐스탄의 자민족 중심주의가 강해져서 고려인들은 소련에서와는 또 다른 상황 속에 놓이게 되었다. 이에 따라 『레닌기치』의 제호도 1991년부터 『고려일보』로 변경하였고, 발행 회수와 부수도 대폭 줄어 주간지처럼 발행되었고, 그나마도 운영이 어려워 잠시 정간되기도 했다. 현재는 한글 사용자가 전체 고려인의 5% 정도밖에 남지 않은 현실적인 여건을 고려하여, 주로 러시아어로 지면을 채우고 한국어는 일부분만을 차지하고 있어 더 이상 '한글신문'으로 부를 수 없는 안타까운 상황이다.

『레닌기치』에는 많은 고려인 문인들이 활동하였는데, 이런 작가들의 모임도 이 시기에 지위가 격상되었다. 1962년에는 카자흐스탄 작가동맹 크즐오르다주 지부 내에 고려인 작가 분과가 조직되었다. 첫 위원장은 김준이 맡았다(『레닌기치』 1962.10.21). 그리고 1970년에는 카자흐스탄 작가동맹에 고려인 작가 분과가 정식으로 결성되었다. 김준이 산문 부문을, 김광현은 시 부문을, 채영과 연성용은 희곡 부문을, 전동혁은 출판 부문을 담당 취급하기로 되었다.

『레닌기치』 신문사는 1978년에 카자흐스탄의 수도가 알마티로 변경된 후, 알마티로 이전하였다.

〈고려극장〉도 이 시기에 그 지위가 높아졌다. 〈고려극장〉은 1932년에 연해주의 신한촌에서 설립되어, 1937년 강제 이주 직후에도 바로 순회 공연을 하면서 한 해도 빠지지 않고 70여 년을 공연해 온, 그야말로 불굴의 공연단체이다. 그들이 강제이주 직후에도 자신과 자신의 가족은 돌보지도 못하면서도, 절망에 빠진 고려인들을 위로하고 고무시키고자 공연에 나선 이야기는 전설처럼 들려온다.

〈고려극장〉은 여러 번 이름이 변경되었는데, 설립 당시에는 〈조선극장〉으로 불리다가 크즐오르다주 주립조선음악연극극장이 되었다가 또다시 1962년 3월 22일 조선음악연극극장으로 개칭하였다. 1964년 카자흐스탄 정부는 조선음악연극극장을 주 소속에서 공화국 소속으로 이관할 것을 결정하였다. 1968년에 카자흐스탄 문화부의 명령에 의해서 크즐오르다에 있던 조선음악여극극장이 수도 알마아따로 이전하면서, 극장 명칭이 고려국립공화국음악연극극장으로 승격되었다. 그 후 공화국음악희극극장으로 변했다.[2]

해빙기에 접어들어 〈고려극장〉의 위상도 변하는데, 1955년에 〈고려극장〉(당시 이름은 〈조선극장〉)이 3등급에서 2등급으로 격상된 것이 그것이다. 그러면서 순회 공연을 하는 지역도 확대되었다. 그 전에는 주로 이주지인 크즐오르다에서만 공연을 하였지만, 지위가 격상되면서 다른 곳으로 공연을 떠날 수도 있게 되었다.

그리하여 당시 수도였던 알마아타로 첫 공연을 떠나게 된다. 림하가 쓴 "딸듸—꾸르간주 조선인 드라마 극단의 공화국 수도 아마—아따 공연"이라는 기사(『레닌기치』 1955.10.16)에 따르면, 이 공연은 고려인들이 집단으로 거주하는 지방 순회 공연을 주로 하던 조선극장이 처음으로 카자흐스탄의 수도에서 공연을 한 것이며, 6일간에 걸쳐 진행되었다고

---

2 조선극장에 대한 설명은 김필영, 위의 책, pp.193~199 참조.

한다. 카자흐스탄의 수도에서 공연하게 된 것을 두고 "조선극장의 공연이 다민족 국가인 소련에서 인정을 받게 되었다는 것을 의미"한다고 평가하고 있다. 이 때 공연된 작품은 리종림 각색의 〈춘향전〉과 태장춘 각색의 〈홍부와 놀부〉 등이었다. "첫날 〈춘향전〉 공연에 있어 공연 시간 저녁 8시가 되기 오래 전부터 카스 공화국 국립 필하르모니야 극장 대합실에는 공화국 수도의 근로자, 과학일꾼, 예술인, 문화인들, 카사흐, 기타 여러 민족 관중이 와글와글 뒤끓고 있었다. 그들은 로어로 출판된 춘향전의 개요-리브레트와 쁘로그람마를 각각 손에 쥐고 조선 말로 되는 공연의 내용을 미리부터 파악하려고 서로 주고 받고 이야기를 하였다."

『레닌기치』 1963.2.22—원동소비에트 정권 창출을 위한 고려인들의 노력 강조

52

고려극장의 순회공연은 가는 곳마다 성황을 이루었다. 그것은 한민족 동포에 대한 열광이었고, 자기 피붙이와 자기말에 대한 그리움의 발로였다.

고려극장이 공연한 작품은 〈심청전〉(1968) 〈토끼전〉(1960) 〈홍길동전〉(1943), 그리고 〈배비장전〉을 각색한 〈애랑〉과 같은 우리 민족 사이에 전해 내려오는 옛이야기와 〈논개〉(1962) 〈홍범도〉(1941)와 같이 우리 민족의 역사에 남아 있는 이야기, 그리고 러시아 작품의 번역극과 고려인 문인들의 창작극 등이 있다.

카자흐스탄에는 130여 개의 소수민족이 있는데, 민족의 언어를 갖고 공연하는 국립극장은 5곳뿐이다. 현재 5세대 배우까지 내려왔다. 카자흐스탄 알마티를 답사했을 때 만난 3대 춘향이였다는 최따찌아나 씨는 한국말을 잘 했다. 연극배우였기 때문에, 한국어로 공연했기 때문에 한국어를 조금 구사할 수 있다고 말했다. 현재는 우리말을 쓰는 고려인이 5% 정도일 뿐이라서, 우리말에 능통한 젊은 배우들이 적고, 우리말 공연을 하더라도 관객이 못 알아듣는다고 한다. 그래서 지금은 한국말로

연출가 최길춘

공훈배우 박춘섭

공화국 인민배우 김진

〈고려극장〉의 연출가와 배우들

만 공연하는 것은 아니다. 한국말을 잘 못하는 배우와 관객 모두를 고려하여 러시아어 공연도 한다. 이에 대해 카자흐스탄의 한 고려인 시인은, 민족극장이 러시아어로 공연하는 것은 옳지 않다면서 서운함을 표현하기도 했다.

현재 카자흐스탄의 고려인들 사이에서는, 고려극장의 러시아어 공연에 대해서 비판적으로 바라보는 시선도 있다. 민족 극장이기 때문에 민족어만으로 공연되어야 한다는 의견인데, 민족어를 거의 잃어버린 현재의 상황에서는, 공연하는 배우들에게도, 그 공연을 관람하는 관객들에게도 민족어로만 공연하는 것은 어려운 일이다. 더군다나 극장의 운영 자금이 넉넉한 편이 아니라서 그들에게만 민족적인 것을 지키라고 강요하는 것은 무책임한 일이다. 〈고려극장〉의 배우로 사는 것의 어려움에 대해서는 카자흐스탄 답사시 우리 일행 차량의 운전을 맡은 사람에게

들은 바가 있다. 그도 전에는 〈고려극장〉의 배우였다고 한다. 우리 일행이 〈고려극장〉을 방문했을 때, 전시해 놓은 공연 사진에서 그의 모습을 찾을 수 있었다. 하지만 배우 월급이 너무 적어서 그 월급만으로는 생활하기가 어려워서 그만두었다고 한다. 이러

『레닌기치』 1966.3.27 연극〈북쪽길〉의 한 장면. 이 연극은 "현대 쏘련 조선 사람들의 선조가 어떤 사람들이였으며 그들은 쏘베트 주권을 위하여 어떻게 싸웠는가?"를 보여준다고 소개되어 있다.

한 생활고 때문인지 〈고려극장〉에는 남자 배우가 부족하다고 한다. 최따찌아나의 증언 중에는, 남자 배우가 부족해서 본래 대본의 내용을 바꾸어 등장인물 중에서 남자의 수를 줄이고 여자의 수를 늘려 공연하기도 했다는 이야기가 있었다. 이야기의 전후 맥락은, 〈고려극장〉이 기존 작품을 새롭게 해석하여 찬사를 받았다는 것이었지만, 그렇게 작품을 개작한 것이 그저 예술적인 영감에 의한 것이라기보다는 생활고에 따른 남자 배우의 부족 때문에 어쩔 수 없이 벌어진 일이었던 듯하여 흔쾌하게만 들리지는 않았다. 하여튼 〈고려극장〉이 여러 어려움 속에서도 민족 문화를 계승하고자 애썼음은 부정할 수 없는 사실이다.

『레닌기치』 1966.9.4―김 알렉산드라의 희곡을 쓰고 싶다는 연성룡

　최근에는 문예부장 최 예브게니 그레고리에비치(한국 이름 최영근)의 인솔로 한국에 와서 공연을 하기도 하였다(2010.6.23 부산시민회관 소극장).

고려인 문화의 새로운 주역

제3장
고려인 문화의 새로운 주역

1. 북한으로 간 고려인, 북한에서 온 망명객

소련은 북한과 긴밀한 관계에 있었다. 독일과의 전쟁을 승리로 이끈 후, 소련의 붉은 군대는 한반도로 갔다. 그 곳에서 제2차대전의 마지막 발악을 하는 일본과 싸우고 '북한을 해방시켰다.' 북한 사람들은 이 때문에 소련을 자신들의 '구원자'로 여기기도 했다. '위대한 조국전쟁'에는 최전선으로 가는 것이 거부되었던 고려인들이었지만, 조선을 위한 해방군에는 참가할 수 있었다. 고려인 1세대 최후의 문학자인 정상진도 이 때 소련군으로 북한에 들어갔다.

이러한 군사적인 교류 이외에도 1950년대 중반에 소련이 북한과 활발한 교류를 했음은, 그 당시를 기록한 영상물들을 통해서도 확인할 수 있다. 전쟁이 끝난 후 1954년에는 북한의 작가들이 알마티를 방문하기도 했다. 1955년에는 알마티 아바이명칭 오페라극장에서 북한음악가들의 연주회가 열렸다. 이 때 북한 및 소련의 문화 및 예술계 종사자들의 만남이 이루어졌다. 또한 1958년에는 프룬제(비쉬켁)에서 카작스탄과 북한의 농구 선수들이 만나기도 했다. 이렇듯 1950년대에는 소련과 북한 사이에 군사적 문화적 교류가 빈번했다.

북한을 해방시키기 위해서, 혹은 북한의 전후 복구를 돕기 위해서 소련으로 간 사람들 중에는 문화예술인들도 많았다. 예를 들면 위에서 언급한 정상진과 조기천을 들 수 있다.

조기천은 우수리스크에서 태어나서 옴스크의 고리키사범대학 러시아문학과를 졸업하고 한때 중앙아시아의 조선사범대학에서 고려인들을 가르치기도 했다. 해방군으로 소련군과 함께 북한에 들어갔다가 1948년에 북한정권이 수립되자 조선작가동맹부위원장을 맡았다. 6·25 전쟁 때에는 종군작가로 참전했고 1951년 평양에서 미군 비행기의 폭격으로 사망했다. 그가 원동소왕령 사범전문학교에 다닐 때 쓴, 「49」라는 단편소설은 연해주에서의 조선인 빠르찌산들의 영웅적 투쟁을 묘사한 것이었다. 대표작품으로는 장편서사시『백두산』이 있는데, 이외에도 일련의 장편서사시를 여러 편 창작하여서, 해방 후 북한의 문학 발전, 특히 장편서사시 발전에 커다란 공로를 쌓은 것으로 평가되고 있다.

1950년대는 소련만이 아니라, 북한에서도 정치적 격변기였다. 소련파, 연안파, 만주파가 대립하고 있다가, 만주파가 나머지 계파를 숙청하며 권력을 장악하기 시작했다. 이런 칼바람을 피해 소련으로 망명하는 북한 사람들이 생겼다. 이진, 한진, 양원식, 남철, 박현, 정추 등이 그들이다.

정추는 전남 광주에서 태어나 일본에서 음악학교를 졸업한 뒤 해방 후 월북하였다. 1950년대 전반 조선의 국비장학생으로 모스크바에 유학할 때 소련으로 망명하였다. 그는 고려인들이 집단으로 거주하고 있는 우슈토베의 우슈토빈스키 쏩호스, 광산도시 체껠리의 노인상조회를 방문하여 민요를 채집하고, 그 연구 결과를 바탕으로 카작스탄과학원

『레닌기치』, 1963.11.16

문학예술연구소에서 준비한 『소비에트 고려인들의 가요 문화』라는 논
문으로 1978년 국립레닌그라드극장박물관영화대학의 음악예술 박사후
보 학위를 받았다. 이 논문은 고려인 학자가 소비에트 중아아시아 고려
인 사회의 민요를 수집하여 학술적으로 분석한 최초의 연구이다. 최근
에 한국에서는 그를 모델로 한 소설 『인간의 악보』(정철훈 작, 민음사,
2009)가 출간되었다.

맹동욱(1931~?)은 함북 명천 출생으로, 1950년대에 조선의 국비장학
생으로 모스크바에 유학할 때 소련으로 망명하였다. 모스크바극장대학
을 졸업하였으며, 카작스탄 조선극장에서 극작가와 연출가로 일하였고,
소련작가동맹 회원이었다. 한국에서 그의 자전적 이야기가 『모스크바
의 민들레』라는 제목으로 출간되었다. 여기에는 그의 북한 탈출 과정과
모스크바에서 북한 정보부 사람들의 추적을 받던 일, 그리고 〈고려극장
〉에서 활동하던 이야기들이 고스란히 담겨져 있다.

리진(1930~2002)은 본명이 리경진이다. 함남 함흥에서 출생하였다.
1950년 김일성대학 영문학과 재학 중 상위로 한반도 동란에 참전하였
고, 전쟁 중에 조선 국비유학생으로 선발되었다. 모스크바에 있는 전연
방영화대학 희곡과에 유학 시 소련으로 망명하였다. 『레닌기치』에 시
「까라딸 강반에서」(1960)를 발표하면서 창작 활동을 시작하였으며, 한
국에서 그의 시를 묶어서 『리진서정시집』이 출간되었다. 보통 한국에서
출간되는 시집을 4~5권 정도를 묶은 분량이다. 여기에는 현지의 발표
매체인 〈레닌기치〉에 발표되지 않은 작품들도 수록되어 있다.

박현(1936~1998)은 본명이 박영준으로 평양에서 태어났다. 박 예브
게니라는 이름으로 작품을 발표하기도 하였다. 김일성대학교 문학부에
다니다가 소련으로 망명하였다. 『레닌기치』 신문사에서 문예부 기자로
일하였으며, 80년대 말에는 카작스탄 조선말라디오방송국 해설위원을

역임하였다.

한진(1931~1993)은 본명이 한 대용으로 평양에서 출생하였다. 1950년 한반도 동란에 참전한 뒤 조선의 국비유학생으로 모스크바에서 유학하던 중 소련으로 망명하였고, 전연방영화대학 희곡과를 졸업하였다. 조선극장의 문화부장 역임을 하며 여러 편의 희곡을 창작하였고 몇 편의 소설을 발표하였다. 그의 희곡들에는 남북한의 대치를 안타까워하는 마음이 담겨 있다. 「나무를 흔들지 마라」같은 작품은 한국에서도 공연된 적이 있다.

이처럼 소비에트연방의 공민으로서 해방 이후 북한으로 들어가서 북한의 문화 지도자가 된 사람도 있고, 소련으로 유학 왔다가 김일성에 반대하며 망명하여 중앙아시아 고려인 문화의 새로운 일꾼들이 된 사람들도 있다. 이들의 활약으로 북한과 중앙아시아 사이의 문화의 교류가 활발했다. 이들 덕분에 물리적으로 너무도 먼 선조들의 고향땅이지만, 중앙아시아 고려인들이 계속 한반도와 연결된 감정을 지닐 수 있었을 것이다.

2. 또 하나의 고향 사할린

영토의 개념으로 보았을 때, 소련의 영토에 포함되는 외떨어진 땅이 있다. 바로 사할린섬이다. 일본과 러시아는 이미 17세기 이 섬에 천연자원이 풍부한 것을 알고 영토 문제로 갈등해 왔다.

이 곳에도 한민족이 살고 있다. 사할린섬에 우리 민족이 살게 된 것은, 다른 러시아 땅으로의 이주와 마찬가지로 1870~80년대이다. 시기는 일제시대로 거슬러 올라간다. 일본은 러일전쟁에서 승리하여 남부

사할린을 차지하게 되었다. 그 후 1905~1945년 동안 남부 사할린 지역을 점령하고, 이곳의 탄광, 철도, 항공시설. 석유 기지 등에 한인들을 강제로 징용하여갔다. 물론 우리 민족의 사할린으로의 이주 경로나 과정 등은 앞으로 더 연구해야 할 분야이다. 일제시대 때 강제로 끌려간 사람들은 해방전에는 일본 국적으로 있다가 해방 후에는 무국적자의 신세가 된다. 왜냐하면 일본은 패망 후 자신들의 공민인 사할린의 한인들을 방치했기 때문이다. 일본의 패망 이후 이곳은 원래의 주인인 소련의 땅이 된다. 그러나 소련 당국은 본토의 고려인들에게 그러했듯이, 사할린의 고려인들에게도 가혹하였다. 그리하여 이들에게 국적취득이 허가된 것은, 1950년대에 들어선 후였다. 그러나 사할린 사람들은 법적으로 국적을 취득할 수 있는 길이 열렸어도 국적을 취득하지 않는 경우가 많았다. 왜냐하면 그들이 원한 것은 한반도로의 귀국이었기 때문이다.

이렇듯 북한에서 온 망명객들과 더불어 사할린에서 온 사람들이 중앙아시아 고려인 문화의 새로운 담당자가 되었다. 그런데 이들은 중앙아시아가 아닌 곳에서 태어나 성인이 된 후에 중앙아시아로 영입된 사람들이다. 이들과는 달리 아주 어린 시기에 이주하여 왔거나 강제이주 직후에 출생한 세대들도 새로운 문화 담당자가 되었다. 이들은 부모 세대의 헌신을 통해 교육적인 지원을 누린 세대이다. 더구나 스탈린의 사망으로 인한 새 역사의 수혜도 받았다. 그리하여 이들은 1950년대 중반 이후 모스크바, 레닌그라드 및 유럽러시아의 공업중심 도시로 유학을 가고 혹은 이주해 갔다. 이 때부터 소련 전역에서 전형적인 고려인의 대도시 집중 이주 및 거주현상이 전반적으로 나타나게 되며, 러시아에서 현재의 모스크바와 상트페테르부르그를 중심으로 젊은 세대의 전문인 중심 고려인사회가 형성되기 시작하였다. 부모 세대들과 달리 강제이주 이후 태어난 2세들은 1950년대 중반부터 고등교육을 받고 전문 엔지니어로 성장하는 경우가 많았다.

1960년대 이후에는 전문직으로 진출한 고려인들이 많아지자, 카자흐스탄에서는 이들을 조명하는 영상물이 많이 제작되었다. 전문직으로 진출한 고려인으로 가장 빈번히 영상물에 비춰진 경우는 카작스탄 공화국의 재무부장관직을 1961년부터 1974년까지 수행한 김 일리야 루키치이다. 김 일리야 루키치는 이후 그가 재무부 장관에서 물러나는 1974년까지 거의 매년 영상물에 등장하고 있다. 이외에도 1976년 몬트리올 올림픽 체조에서 소련대표로 나온 김 넬리에 대한 영상물도 2회 제작되어 방영되었다. 1958년에는 알마티에서 열린 국제빙상경기를 소개하는 필름에서 카작스탄 대표로 출전하여 우승한 고려사람 빙상선수인 고경희가 나와 있다. 1961년에는 벼농사 이외에 전문분야에 종사하고 있는 고려인이 최초로 소개된 영상물이 제작되었다. 크즐오르다주 – 아랄해 항해. 우즈벡 – 카작간 화물선 선장 이도하 편에서는 현재는 사해가 되다시피한 아랄해의 1960년대 모습과 함께, 아랄해를 항해하는 화물선 선장 이도하의 모습이 나오고 있다. 1963년에 이도하에 대한 영상물이 한 차례 더 제작되었다.

고려민족극장 배우로 당시 데뷔 30년을 맞이한 카작공화국 인민배우 김 진의 '데뷔 30주년 축하' 영상물도 제작되었다. 이 필름에서는 연해주 고려민족극장에서 배우로 데뷔하여 강제이주를 직접 경험하고, 한국어를 100% 구사한 작가, 연출가 겸 배우인 김진의 모습이 생생하게 남아있다.

중앙아시아 고려인들에 대한 인상은, 초기에는 강제 이주된 지역에 자발적으로 집단농장을 설립하고 새로운 농업인 벼농사를 도입하여 이를 성공시키는 우수한 소비에트 시민의 이미지로 묘사되었다. 그러나 1960년대 이후에는 벼농사와 직접 관련된 영상물은 더 이상 제작되지 않고, 소련 전체사회나 카작공화국내에서 공헌한 개인을 부각시키는 필름이 다수를 차지하고 있다(김상철, 「카작스탄 영상 매체에서 나타난 고려인(韓人) 역사와 이미지」, 『국제지역연구』, 제7권 제3호, 2003.).

이렇듯 성공한 고려인들을 칭송하는 문학 작품도 창작이 되었다. 그 중 한 편을 감상해보자.

청춘이 닻을 내린 땅-박사 리창원 교수에게 드립니다

남철

뉘라서 나서자란 고장만이
고향이라더냐
키운 정 낳은정보다
더 크다 하거늘
내 대지를 밟고 활보하는 이 땅
쩰리노그라드는 진정 내고향

내 여기서 진실한 생의 의미
진정한 청춘의 의미
참된 양심의 의미를
삶의 보람과 함께
자각하고 맛보았나니

내 여기서
첫 처녀지개간자들을 마중했고

66

그들과 함께 무쇠보섭날
천년묵은 처녀지땅에 박았고
아름아름 팔뚝같은 첫이삭 받아안고
한없는 즐거움에 춤을 추었더라

내 여기서
처녀지와 이어진
새 도시의 새 이름
쩰리노그라드라 사랑담아 불렀거늘
이 땅은 내 삶의 요람
이 땅은 내 청춘이 닻을 내린 곳
이 땅은 생이 뿌리 뻗은 곳
이 땅은 진정 어머니 젖줄기 땅이여라

내 이땅에서 도시와 함께 자라
처녀지 대학의 교수로, 박사로
성장하였고
두 아들 학사로, 대학교원으로
두 며느리 학사로, 의사로 자란 곳

어엿한 학자의 일가로
어엿한 교육자의 일가로
따뜻한 한품에 키워준 땅
쩰리노그라드라는 정녕 나의 집
쩰리노그라드라는 진정 내고향

기억하고 싶지 않지만 잊을래야 잊히지 않는 강제이주. 그로부터 한 세대의 시간이 흐르면서, 이제 중앙아시아는 고려인들의 엄연한 삶의 근거지로서 뿌리를 내리고 자리를 잡게 되었다.

제4장

고려인 역사의
뿌리를 찾아서

1. 선조의 고향 연해주 이야기

이제 중앙아시아는 더 이상 언제든 다시 떠나야 할 곳이 아니라, 삶의 새로운 근거지로서 자리 잡았다. 정치적으로도 그들을 억눌렀던 분위기가 바로 잡히고 있었다. 이제 이 새 땅에 뿌리를 내리기 위해서 고려인들은 자신들이 어떤 존재인지를 알아야했다. 자신들이 이 땅에 뿌리내리기에 부족함이 없는 존재들임을, 이 땅에 죄인으로서 유배되어 온 것이 아님을 스스로에게도 다른 민족들에게도 인식시키고자 했다. 그리하여 고려인들은 자신들의 과거를, 선조들의 역사를 기억하고 기록하기 시작했다.

역사를 기록하는 것과 마찬가지로 역사적 사실을 소설로 형상화하는 데에도 어떤 사건을 선택할 것인가의 문제가 대두된다. 역사서든 역사 소재 소설이든 발생한 모든 사건을 기록할 수는 없기 때문이다. 따라서 역사적 사건을 소재로 하여 소설을 집필함에 있어서 어떤 사건을 선택했든지 그 소재 자체가 이미 그것을 선택한 사람의 역사인식의 한 부분을 드러내게 된다.

그렇다면 고려인 소설은 과연 어떤 역사적 사건을 선택하여 다루고 있는가.

소련에서는 스탈린이 사망하고 후르시초프가 집권하면서 스탈린 개인 숭배를 비판하는 분위기가 일었다. 민족을 드러내는 것은 소련의 정책에 반하는 것으로서 금기시 되었던 이전의 분위기도 바뀌었다. 이런 변화 속에서 고려인 소설도 자신들의 역사를 이야기하기 시작했다. 그리하여 1950년대 후반부터 고려인 소설에서는 역사를 소재로 한 작품들이 등장했다.

고려인 소설에서 소재로 다뤄지고 있는 주요 역사적 사건은 항일 무장 투쟁과 볼세비키 혁명, 독소전쟁이다. 그리고 글라스노스트와 페레스트로이카를 들고 나온 고르바초프가 집권한 이후에는 그간 금기의 대상이었던 강제이주가 소재로 등장했다. 또한 1950년대에 소련으로 망명하여, 고려인 문학의 새로운 담당자로 등장한 북측 유학생들의 작품들에서는 6·25전쟁이 형상화되기도 했다. 그 중 고려인 소설에서 가장 먼저 다뤄진 사건은 독소전쟁이었다. 그런데 독소전쟁을 다룬 작품들이 창작된 때는 주로 1940년대, 즉 독소전쟁 기간과 그 직후이다. 따라서 이 작품들은 '역사'라기보다는 '지금 현실'의 소재로서 독소전쟁을 다루었다고 하겠다. 이와는 다르게 고려인 소설이 어떤 사건이나 시기를 '역사'로서 작품 속에 형상화하고 있는 첫 대상은 1920년대를 전후한 시기이다. 1950년대 후반 이후부터 1980년대 후반에 강제이주가 다뤄지기 이전까지, 고려인 소설이 주목하고 있는 역사적 시기는 주로 이 시기였다. 1920년대를 전후한 시기를 형상화하고 있는 작품들은 다음과 같다.

김준, 「해당화」, 『레닌기치』, 1958.3.19(이후 합동작품집 『시월의 해빛』

(1971)에「나그네」라는 제목으로 재수록)

김준,「지홍련」,『레닌기치』, 1960.10.2 /「지홍련 Ⅱ」,『레닌기치』, 1962.7.22

태장춘,「어린수남의 운명」, 1959(『시월의 해빛』, 1971에 수록)

림하,「불타는 키쓰」,『레닌기치』, 1959.1.27

장윤기,『삼형제』, 싸할린, 1961

김준,『십오만원사건』, 1964

전동혁,「뼈자루칼」,『레닌기치』, 1965.6.6(『시월의 해빛』, 1971에 재수록)

김남석,「청송」,『레닌기치』, 1967.1.4

김세일,『홍범도』, 1967

김기철,「복별」,『레닌기치』, 1969.11.15

김남석,「뚠구스 빠르찌산」.『레닌기치』, 1971.11.29(이후 합동작품집『씨르다리야의 곡조』에 재수록)

김철수,「새날이 밝을 무렵」,『레닌기치』, 1973.5.19

박성훈,「정의의 앙갚음」,『레닌기치』, 1973.12.1(이후 합동작품집『행복의 고향』, 1988에「살인귀의 말로」라는 제목으로 재수록)

전동혁,「하모니카」,『레닌기치』, 1975.7.12

리동언,「아름다운 마음씨를 가진 사람들」,『레닌기치』, 1975.10.22

한 아뽈론,「새날이 밝아올 때」,『레닌기치』, 1977.9.8

전동혁,「권총」,『레닌기치』, 1979.11.21

리동언,「즐거운 날에」,『레닌기치』, 1981.1.30

명철,「마을 사람들」,『레닌기치』, 1981.9.30

명철,「흠집의 사연」,『레닌기치』, 1982.6.29

남철,「민들레꽃 필 무렵」,『레닌기치』, 1983.8.31

또한 이 시기는 고려인 소설 중 단 두 편 뿐인 장편소설이 집중하고 있는 시기이기도 하다. 고려인 소설 중 장편소설은 두 편이다. 김준의 『십오만원사건』(1964)과 김세일의 『홍범도』(1967)가 그것이다. 『십오만원사건』은 1920년에 있었던 일본은행 돈 탈취 사건을 다루고 있고, 『홍범도』는 홍범도의 일생을 그리고 있지만, 1910~1920년대 초반까지의 홍범도부대의 활약에 초점이 맞춰져 있다. 사할린에서 발행된 고려인문학이라는 특이성을 지닌 장윤기의 『삼형제』도 이 시기를 배경으로 하고 있다.

고려인 소설은 왜 이 시기를 자꾸 불러들이는가. 고려인 소설들이 이 시기를 어떻게 형상화하고 있는가를 살펴봄으로써, 고려인들이 이 시기를 형상화하는 이유와 그 의미를 추론해 볼 수 있을 것이다.

1920년대는 한반도의 역사로 보자면 1919년의 3·1운동과 관련하여 이해되는 시기이다. 하지만 고려인들에게는 이미 한반도를 벗어나 러시아 땅에서 살기 시작한 때이기 때문에, 한반도의 역사보다는 러시아 혁명과 더 연관된 시기이다. 고려인 소설에서 이 시기는, 1917년의 러시아 혁명의 여파가 고려인들이 살고 있는 극동지방에까지 번져오던 시기로 이해된다. 고려인들은 이 시기를 작품 속에 불러들이면서, 항일무장투쟁의 빛나는 공적을 드러내고, 단순한 물리적인 고향이 아닌 원동 소비에트 성립과 관련된 사상적 고향으로서 연해주를 재현한다.

고려인들에게 러시아혁명은 어떤 의미였을까. 처음에는 혁명의 내용은 잘 알려지지 않고 막연하게 다가올 뿐이어서 고려인들은 이 혁명에 대해 단순하게 환영하지 못했다. 그래서 볼세비키들과 백파잔당의 대결에서 불똥이 튈 것만을 걱정하는 모습도 보인다.

김철수의 「새날이 밝을 무렵」과 한 아뽈론의 「새날이 밝아올 때」 등에는 러시아 혁명을 지켜보는 고려인들의 모습이 그려져 있다. 그것은 그저 희망적이고 긍정적인 모습만은 아니다. 전쟁이 끝나면 백성들이 좀 숨을 쉬리라고 생각하였는데, 볼세비키 혁명이 일어나서 신구당이 싸우자 고려인들은 도무지 세상 돌아가는 형편을 짐작할 수가 없어 혼란스러워한다(김철수,「새날이 밝을 무렵」,『레닌기치』, 1973.5.19). 날마다 총소리가 나는 중에 신당이 어떤 존재인지, 구당이 어떤 존재인지 알 수가 없었다. 낡은 법이 바뀌어 새 법을 낸다는 것에 희망을 가져보기도 한다. 왜냐하면 그 법은 우리 민족처럼 구차한 사람들을 위한 법이라고 하기 때문이다. 하지만 그 희망은 곧 이 땅의 주인이 아닌 우리민족들에게도 해당될까 싶은 마음에 꺾인다(한 아뽈론,「새날이 밝아올 때」,『레닌기치』, 1977. 9. 8).

이처럼 고려인들은 처음에는 러시아혁명에 대해 실감하지도 못하고 혼란스러워했다. 그렇기 때문에 마을에 빠르찌산 부대가 들어왔을 때도 "청하지도 않은 사람들이 마당에 가득 찼는데 그들이 어떤 사람들인지 잘 알수 없으니 더욱 마음이 불안"(한 아뽈론,「새날이 밝아올 때」,『레닌기치』, 1977.9.8)하였다. 김준의 「나그네」(1958)는 1920년대 북만주 '일란거우'라는 산골짜기 조선 마을에 병을 앓는 독립군 장도철이 찾아와 도움을 청하자 위험을 무릅쓰고 이를 돕는 부부의 이야기이인데, 여기서도 독립군을 돕는 것은 특별한 이념적 공감 때문은 아니다. 혹시라도 그를 돕다가 곤란을 겪게 될 것을 걱정하다가, 아픈 사람을 그냥 보낼 수 없다는 측은지심에서 그를 돕는 것으로 그려져 있다.

그러나 차츰 고려인들이 이 혁명의 내용을 이해하면서, 적극적으로 나서는 모습으로 드러난다.

전동혁의 「하모니카」(『레닌기치』, 1975.7.12)의 인물들인 벌마을에 사는 조선 사람들은 모두다 자기 토지가 없는 소작농민들이었다. 이 지방에서는 빠르찌산과 백파들 간의 사소한 충돌이 종종 있었다. 빠르찌산과 백파가 모두 이 마을을 들락거리는데, 마을 사람들은 쏘베트주권이 수립되는 때면 조선 소작농민도 토지를 받아 지주와 자본가 없는 나라에서 동등권을 가지고 살게 될 것이라는 빠르찌산들의 연설에 감동하여, 빠르찌산들을 응원한다.

리동언의 「아름다운 마음씨를 가진 사람들」(『레닌기치』, 1975.10.22)에도 비슷한 고려인들의 모습이 보인다. 시월혁명이 승리하였으나 아직 쏘베트 정권이 원동에까지 미치지 못한 이때에도 고려인들은 신문과 책을 열심히 구독하여 밝아오는 새 세상의 전망을 옳게 이해하고 있었다. 빠르찌산을 도왔다는 죄목으로 부모가 잡혀가 고아가 된 아이들도 있었지만, 마을 사람들은 이런 아이들을 거두어 훌륭하게 키워냈다.

그런데 고려인들이 이렇게 빠르찌산들에게 동조하게 된 이유는 무엇일까. 소설 작품 속에는 그것이 막연하여 잘 드러나지 않는 경우가 많다. 이미 그것에 대해서는 말할 것도 없다는 공감대가 형성되어 있기 때문일 수도 있다.

한편 신당에 들어 활동하다가 죽은 남편을 따라 신당에 들어가고자 하는 과부 지홍련의 이야기인 **김준의 「지홍련」**(1960)에서는 그들이 지향하는 바가 좀더 구체적으로 드러난다. 그것은 신당과 힘을 합쳐 백파만 무찌르는 것이 아니라 일본도 물리치기 위함이다. 그렇게 되면 "이 땅을 화세 없이 갈아 먹"을 수 있기 때문이다. 고려인들의 소망은 내 땅 한 쪽을 갖는 소박한 것이었고, 볼세비키들이 내세우는 이념을 그런 소원을 이뤄주는 것이라고 이해된 것이다.

고려인들이 이렇듯 땅을 갖고 싶어 한 것은, 지주들의 횡포가 러시아 땅에서도 여전했기 때문이다. 또한 일제의 만행도 한반도에서만큼은 아니더라도 여전히 고려인들의 삶을 옭죄어왔기 때문에, 신당과 힘을 합쳐 그들을 물리치고 싶었던 것이다. 그런데 고려인 문학 작품 속에서는 이러한 고려인들의 일상적인 어려움이 구체적으로 드러나는 경우는 드물다. **태장춘의 「어린 수남의 운명」**(1959)과 **박성훈의 「살인귀의 말로」** (1973)[1]는 한민족의 참상을 구체적으로 형상화하고 있는 드문 작품 작품들이다. 일제나 백파 혹은 독일군을 싸워야 할 적으로 그리고 있는 작품들이 대부분 그 이유에 대해서는 구체적으로 형상화하고 있지 못한 것에 비해 이 작품들은 그 악행을 구체적으로 언급하고 있다.

「어린 수남의 운명」은 1920년대 초 연해주를 배경으로 하고 있다. 당시 연해주는 부자집 아이들은 뱃놀이를 하며 노는 반면, 수남이 같은 아이들은 끼니도 못 찾아먹고 힘겨운 노동을 해야하는 등 계급 격차가 심각했다. 수남이와 친구들은 먹을 것을 얻기 위해 군함의 증기 가마 속에 들어가 그것을 닦는 일을 하는데, 이때 굶주려 기진한 '수남'이 정신을 잃고 촛불을 떨어뜨리고 만다. 이 일로 가마 속에 불이 나자 그 속의 '수남'을 구하는 것이 아니라 "너희보다 가마가 더 귀중하다"며 가마 문을 닫는 선장의 모습은 야차의 모습이다. 이렇게 아들이 참혹하게 희생된 줄도 모르고, 어린 '수남'이가 무엇인가를 벌어오길 어둠 속에서 기다리는 어머니의 지친 모습은 연해주 고려인들의 힘겨운 삶을 대변한다.

박성훈의 「살인귀의 말로」(1973)는 1945년에 사할린에서 일하던 조선인 토목공 35명을 학살한 일제의 만행을 폭로하고 있다.[2] 사할린으로 끌려간 사람들은 철도를 놓는 일에 투입되어 노예처럼 일을 했다. 구타는 일상적이었고 노역은 힘에 부쳤다. 그 곳에서 굶어죽고 맞아 죽은 자들의 수가 철도의 침목수보다 더 많았다고 하니, 그 참상을 미루어 짐작

---

1 이 작품은 1973년에 『정의의 앙갚음』이란 제목으로 『레닌기치』에 발표되었다가 이후 합동작품집 『행복의 고향』(1988)에 「살인귀들의 말로」로 제목을 바꾸어 다시 실은 작품이다. 김연수가 엮어서 한국에서 발행된 재소한인작품집 『쟈밀라, 너는 나의 生命』(인문당, 1989)에도 「살인귀의 말로」라는 제목으로 실렸다.

할 만하다. 게다가 일제는 이러한 노예노역에 동원하는 것으로 그친 것
이 아니라, 학살하기까지 했다. 일본제국주의자들에게 조선 사람은 착
취의 대상이면서 다른 한편으로는 만일 소련과 전쟁을 하게 된다면 일
본을 배반하고 소련 편으로 넘어갈 적이었다. 그리하여 소련과 전쟁이
벌어지면 남부사할린 조선 사람들을 전멸시키라는 극악무도한 극비명
령서가 내려왔던 것이다.

연해주는 이렇게 한반도와 마찬가지로 계급 격차가 심하고 일제의
마수가 강하게 뻗은 곳이었지만, 그래도 러시아땅으로서 러시아 혁명
의 불길이 닿으리라는 희망 또한 공존하던 곳이었다. 실제로 이 곳에
서는 원동소비에트가 수립되기도 하였다. 그리하여 고려인들은 잊을
수 없는 고향으로서 영광스러운 선조들의 땅으로서 연해주를 기억해
내는 것이다.

김세일의 시「내 고향 원동을 자랑하노라」(1962.9.23)에 나타난 것처
럼, 고려인들에게 연해주는 "그 곳 떠난지 스물 다섯해건만/잊을래 잊
을 수 없는 그 고장이/생시면 맘 속에 숨어 있다가도/꿈이면 나타나 보
이군" 하는 곳이다.

이렇듯 연해주에 대한 기억의 복원은 시와 소설에만 국한된 것이 아
니라 희곡에서도 드러났다. 맹동욱의 희곡「북쪽길」(1966)은 소비에트
고려사람들의 선조가 어떤 사람사람이었으며 그들이 소비에트 주권을

---

2 이 소설이 실제 사건을 형상화하고 있는지는 확인이 더 필요하다. 사할린에서의 한인 학살 사
  건으로는 '미즈호 사건'이 잘 알려져 있다. 1945년 패망직후 사할린의 미즈호 마을의 일본 주
  민들이 흉기로 마을의 한인 27명을 학살한 사건이다. 현장 조차 제대로 남아 있지 않은 '가미시
  스카 학살 사건'도 있다. 패전의 두려움을 달래려고 술을 많이 마신 일본군들이 빨치산에 동조
  할 우려가 있다면서 유치장에 가둬둔 양민들에게 무차별 총격을 가한 후 불을 지른 사건이다.
  이 때 구사일생으로 살아남은 사람이 한 명 있어서 이 사건이 알려졌다고 한다. 여럿이 불에 태
  워져 학살 당하는 중에 한 명이 살아남았다는 소설의 줄거리로 보건데, 미즈호 사건과 유사한
  면이 있으나 학살된 인원수 등은 차이를 보인다.

78

위하여 어떻게 싸웠는가를 묘사한 작품이다.

2. 항일 빨치산 부대의 활약상 복원

이렇게 고려인들이 과거를 기억하고 선조들의 고향 연해주를 문학적으로 형상화화게 된 것에는,『레닌기치』의 현상 공모도 일조를 했다. 김세일의 장편『홍범도』는 바로 이 현상공모에서 1등을 차지한 작품이다. 2등은 김준의 「주옥천」, 시 부문 1등은 장만금의 「조국의 해와 달」, 2등은 리진의 「전승절」, 오체르크 부문 1등은 리한표의 「바다의 요사들」과 「교편을 잡고 30년」, 2등은 김원봉의 「녀성 브리가지르」「청년 기사장」

현 상 모 집

본사는 독자들의 문예에 대한 요구를 고려하여 문학 예술부를 새로 조직하였으며 금번 5월 5일 출판절을 계기로 필자들의 창작 사업을 장려하기 위하여 우수한 작품들에 대한 현상을 다음과 같이 광포한다.

I. 시
  일등 1편—80 루불라
  이등 2편—60 루불리씩
  삼등 3편—40 루불리씩
시는 20 행으로부터 100 행 미만

II. 단편 소설
  일등 1편—150 루불리
  이등 1편—100 루불리씩
  삼등 2편—80 루불리씩
500 행으로부터 1000 행 미만.

III. 오체르크
  일등 1편—100 루불리
  이등 1편—80 루불리씩
  삼등 2편—60 루불리씩
300 행으로부터 600 행 미만

IV. 펠레톤
  일등 1편—80 루불리
  이등 2편—60 루불리씩
  삼등 3편—40 루불리씩
150 행으로부터 400 행 미만.
현상 모집 기한은 12월까지 현상 모집 자료는 물론 조선 글로 써서 보내되, 《현상 모집 자료》라고 표지에 꼭 가록하고 주소와 작업 및 성명을 생략하지 말고 똑똑히 써서 보내주시기를 바라는 바이다.

소비에트 출판절을 맞아 문예 현상 공모를 낸 『레닌기치』 1965. 5. 5

「산전에서도」, 3등은 리 오씨브의 「위신의 원천」「가파로운 굽인돌이에서」, 4등은 김종수의 「우리 시대의 등대」「공훈」 등이었다. 이 중에 많은 작품들이 선조들의 항일투쟁과 소비에트혁명에 협력한 업적을 내세우고 있다.

물론 현상 공모가 있기 전부터도 역사에 대한 복원은 시작되었다. 김준의 『십오만 원 사건』(알마아따, 카스흐국영문학예술출판사, 1964)은 단행본으로 출판된 소비에트 중앙아시아 고려인 작가의 최초의 장편소설인데, 만주에서 일본은행돈 15만원을 강탈했던 실화를 바탕으로 쓰여진 소설이다. 등장인물들은 철혈광복단 소속으로 조국의 광복을 위해 목숨을 걸고 싸울 것을 다짐한 사람들이다. 이들의 기지와 용기로 독립군의 무기를 마련할 돈 15만원을 강탈한다. 이 사건은 일본돈을 강탈하는 것은 성공했지만, 무기를 구하는 과정에서 뜻을 완전히 이루지 못하고 검거되어, 가담자들은 한 사람만 남기고 모두 죽임을 당한 비극적 사건이다. 그러나 소설은 비극적 어조로 끝나지 않고, 그들의 뜻을 이어받은 사람들이 있음을 암시하면서 긍정적인 여운을 남긴다.

김준의 소설은 대부분 연해주를 배경으로 한 작품들로 독립군 활동이나 지주 계급을 타파한 사회주의를 주제로 다루고 있다. 『십오만 원 사건』(1964) 외에도 「지홍련」(1962.7.22), 「나그네」(『시월의 해빛』 1971) 등이 그것이다.

채영와 렴사일이 공동창작한 희곡 「잊을 수 없는 그때」(1963)도 연해주 소비에트 정권 수립기를 배경으로, 조선인 빨치산 부대와 조선 근로자들이 일본에 대항하여 싸우던 일을 형상화하고 있다. 이 작품은 1963년 3월 초순에 카자흐스공화국 연극 극장들의 현대극 경연에 참가한 작품이기도 하다.

현상공모에서 당선된 김세일의 『홍범도』가 대표적이기는 하나, 이 작품 외에도 홍범도를 그리는 작품들도 많다. 항일 투쟁의 선봉에 있었던 의병장으로서, 중앙아시아로 함께 이주해 와 말년을 고려인들과 함께 보내었기에, 다른 애국지사들보다 더욱 친근하고 존경을 받았을 것이다. 홍범도를 형상화한 작품들도 많이 창작되었다.

고려인 작가들이 선택한 역사적 시기 중 1920년대를 전후한 시기는, 그들이 새롭게 뿌리내리고 사는 중앙아시아의 역사보다는 한반도의 역사와 더 긴밀한 사건이 펼쳐지던 시기이다. 고려인 소설이 이 시기를 일제와의 투쟁으로 그려내든, 볼세비키와 협력하여 백파 잔당을 물리치는 것으로 그려내든, 그것이 궁극적으로 지향하는 바는 한반도에서 일제를 몰아내는 것이었다. 소설 속의 인물들이 볼세비키에게 협력한 것은, 볼세비키들이 지향하는 혁명의 이념에 동조하면서도, 결국에는 혁명 자체보다는 러시아 혁명을 성공시킨 이후에 볼세비키들과 함께 한반도에서

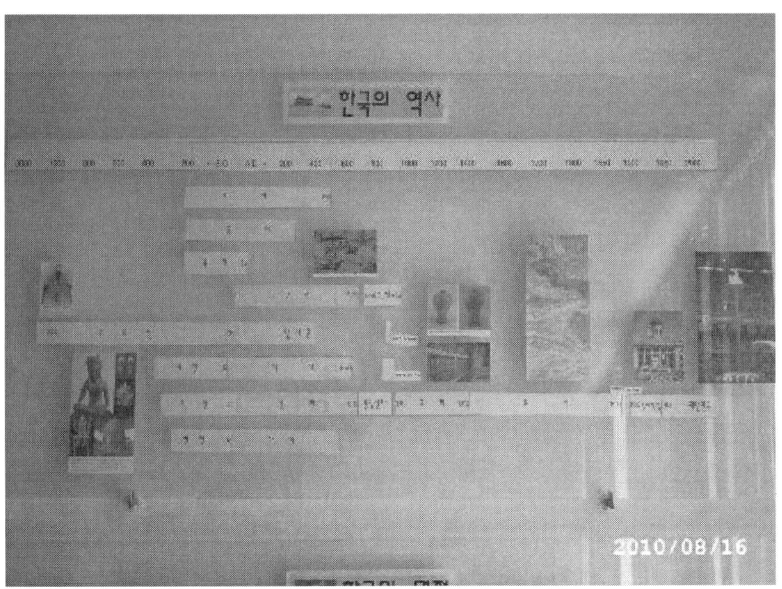

우슈토베의 제르젠스키중등학교의 〈한국의 역사〉 게시물

일제를 몰아낼 수 있을 것이라는 희망 속에서 다뤄진다.

이후 북한과의 교류와 1988년 서울 올림픽을 계기로 한 남한과의 교류 등으로 중앙아시아의 고려인들은 한민족의 역사를 좀더 많이 알게 되었을 것이다. 항일 투쟁으로 한정되어 있던 그들의 선조들의 역사에 대한 기억이 새롭게 개화할 여건이 마련된 것이다.

우수토베의 제르젠스키 중등학교는 한국어를 제1외국어로 가르치는 유일한 학교인데, 그 학교의 교실에는 한국의 역사 연표가 게시되어 있었다. 고려인들 사이의 민족사 교육은 거의 없다고 하지만, 이러한 작은 움직임들로 인해 고려인들은 이제 연해주의 기억을 넘어 민족의 역사를 함께 공유하게 될 것이다.

문학작품 해설

문학작품 해설

1970

리호선, 「깡충이와 꿀꿀이」, 『레닌기치』, 1970.1.29, 3쪽. (우화)

주제 타인을 배려하는 마음.

인물 꿀꿀이, 깡충이 등.

사건 꿀꿀이와 깡충이가 배를 따서 먹는 이야기.

배경 가을날.

줄거리 꿀꿀이가 배를 따고자 하는데, 깡충이가 이를 보고 꿀꿀이의 어깨에 올라 배를 따게 된다. 두 알은 크기가 같고 한 알은 작은데, 꿀꿀이는 큰 것을 집고 깡충이는 작은 것을 집는다. 깡충이는 작은 것을 먼저 먹고 다른 한 알을 집었다. 꿀꿀이는 깡충이가 두 개를 먹기 위해 작은 것을 잡았다고 생각하는데, 깡충이는 이때 "넌 나보다 몸집이 크니까 더 먹어야 돼" 하고 큰 배를 꿀꿀이에게 내민다.

조형국, 「이상한 맷돌」, 『레닌기치』, 1970.1.29, 3쪽. (옛이야기)

주제 인간의 욕심에 대한 경계. 권선징악.

인물 할아버지, 박지주, 용철, 용철의 어머니, 가난한 동네 사람들 등.

사건 이상한 맷돌을 둘러싼 인간의 욕심.

배경 오랜 옛날.

줄거리 할아버지에게는 대대손손 내려오는 맷돌이 있다. 이를 물려주어야 하나 물려줄 사람이 없었기에 물려줄 사람을 찾아 길을 떠난다. 그는 넓은 벌을 독차지한 박 지주 집을 들르나 대접도 못받고 쫓겨난다. 할아버지는 용철의 집에 들러 죽을 얻어먹는다. 할아버지는 용철에게 맷돌을 오른쪽으로 돌리면 원하는 것이 나오고 왼쪽으로 돌리며 그만이라 외치면 된다고 알려준다. 이에 용철의 어머니는 가난한 동네사람들에게 쌀과 돈을 나누어준다. 사실을 알게 된 박 지주는 맷돌을 훔쳐 온 가족을 데리고 밤에 마을을 떠난다. 배를 타고 가던 중 배 위에서 배가 고파 쌀을 달라고 맷돌을 돌리게 되는데, 멈추는 법을 몰라 배가 물 속으로 가라앉고 만다.

김세일, 「카라고스: 알마아따조선국립극장에서의 첫공연」, 『레닌기치』, 1970.2.12, 3쪽. (극평)

대상 엠. 아우에소브 작, 한진 번역, 김이오씨프 연출의 「카라고스」.

내용 처녀 카라고스가 사랑하는 남자는 아끈 쓰름인데, 그녀는 그와 결혼하지 못하고 나르샤란 청년에게 시집을 간다. 그러나 그녀는 나르샤와는 서로 사랑하지 못하고 정신병자가 된다. 이에 카라고스는 결국 죽게 되고, 모든 것이 낡은 도덕풍습의 죄임을 깨닫는다는 연극이다. 카라고스의 역을 이행한 박마이야의 정신병자 연기는 너무나 일률적이어서 관중에게 부자연한 느낌을 주었다. 이는 연출가의 잘못도 있다. 쓰름의 역을 이행한 전에두아르드의 연기는 신파적 요소가 있으며, 또한 조선어를 잘 구사하지 못하고 발음이 분명하지 않았다. 나르샤 역의 김블라지미르, 카라고스 할머니 역의 최봉도, 나르샤의 친구 아싼 역의 리니꼴라이 빼뜨로위츠, 나르샤의 어머니역의 리경희, 카라고스 아버지 역의 박춘섭, 쓰름의 아버지 역의 리용수, 카라고스의 시누이 역의 박쏘피야 등의 연기는 훌륭했다. 부단히 조선어를 공부해야 할 것이다.

윤수찬, 「행복의 척도」, 『레닌기치』, 1970.7.28, 3쪽. (수필)

주제 진정한 행복의 의미.

인물

　　① 중심인물: 련일, 련일의 친구(창고주임) 등.

　　② 주변인물: 정애(친구의 아내), 꼴랴(친구의 자식) 등.

사건 옛 친구와의 만남.

배경 정거장 쁠라트포르마, 친구의 집(공간). 구체적 지명은 생략되었음.

　줄거리 분주한 정거장. 련일은 10년 만에 이 도시를 찾는다. 도시는 너무나 많이 변했다. 우연히 같이 공부하던 동창생이 아는 척을 한다. 함께 걷자는 '나'의 제안에 친구는 택시를 타고 멀지 않은 자신의 집까지 이동을 한다. 동창생은 자신의 물질적 생활에 만족하며 은근히 이를 자랑한다. '나'는 냉동기나 차동차 등의 구입에 행복의 척도를 두고 있는 친구와 얘기를 하다 그의 집을 나온다.

주제어 택시, 냉동기, 자동차, 행복 등.

강태수, 「악싸칼」, 『레닌기치』, 1970.7.28, 3~4쪽. (단편소설)

주제 변하지 않는 인정의 그리움.

인물 나, 마흐무트 악싸칼, 악싸칼의 부인 등.

사건

　① 중심사건: 악싸칼과의 만남.

　② 주변사건: 바다를 여의고 타지로 옴.

배경 씨르다리야 강, H시 등.

줄거리 바다를 여의고 타지로 온 '나'는 씨르다리야 강을 배회한다. 이런 '나'를 본 낙타의 주인은 '나'에게 수박을 주고 간다. '나'는 불쾌감에 빠진다(동냥 빌러 다니는 사람으로 착각했다 생각함). '나'는 속히 돌아오기 위해 지름길로 들어섰고 넓다란 물판을 만나 건너다가 빠지고 만다. 순간 나무꼬쟁이를 붙잡았고, 한 악싸칼이 '나'를 구한다. 그는 '나'를 친절하게 보살펴주며 돔부라도 연주해 주고 자신을 잊지 말라고 한다. 그리고 20년 후 H시를 찾은 '나'는 악싸칼과 재회하게 되고 모든 것이 변한 도시 속에서 변하지 않은 따뜻한 인정을 느낀다.

주제어 씨르다리야 강, 돔부라 등.

김세일, 「사랑」, 『레닌기치』, 1970.8.18, 3쪽 / 8.19, 3쪽 / 8.20, 3쪽 / 8.21, 3~4쪽 / 8.22, 3쪽. (단편소설)

주제 이민족 간의 사랑과 결혼. 민족을 뛰어 넘는 사랑.

인물

① 중심인물: 창길, 영애, 비비굴(카사흐 처녀), 만실(창길의 아들), 파찌마(비비굴의 딸).

② 주변인물: 창길의 할아버지(선도), 영애의 할아버지, 창길의 아버지(모범어부, 해삼의학 전문학교에서 공부), 리웅호(젊은 선도), 비비굴의 아버지와 할아버지, 련옥(창길의 부인) 등.

사건

① 중심사건: 창길과 비비굴 간의 사랑과 이별. 만실과 파찌마의 연애와 결혼 등.

② 주변사건: 창길과 영애의 사랑, 원동에서 카사흐쓰딴으로의 이동 등.

배경 원동 뽀씨예트 동해 바닷가 후두왜(사루비노), 1937년 카사흐쓰딴 아랄쓰크, 씨르다리야 강변, 알마아따 등.

줄거리 창길네와 영애네는 원동 뽀씨예트 동해 바닷가 후두왜(사루비노)란 곳에서 수십 년을 살았다. 이 고장은 창길의 할아버지와 영애의 할아버지가 개척을 했다. 1920년대 말 이곳에 국영어장이 조직되어 어장부락이 형성되었다. 학교도 소학교에서 7년제 학교인 중학교로 승급이 되었다. 문학 선생은 창길과 영애를 "시의 마음"을 가진 사람들이라 칭찬하는데, 창길은 항해사의 꿈을, 영애는 교사의 꿈을 키워간다. 그러나 1937년 카사흐쓰딴 아랄쓰크로 어장 꼴호스가 이사를 하게 된다. 영애는 노워씨비르쓰크에 와서 목욕 후에 폐렴에 걸리고 이것이 폐병으로 발전을 한다. 창길과 영애는 고향산천을 그리워하는데, 영애는 고향을 그리워하다가 시를 남기고 죽고 만다.

영애를 그리워하던 창길은 우연히 비비굴이라는 카사흐 처녀를 만난다. 그녀는 영애와 쌍둥이처럼 닮았다. 5월초 씨르다리야 강이 비로 인해 불고 비비굴이 물에 빠진다. 창길이 비비굴을 구하고 창길의 아버지가 그녀를 치료한다. 비비굴의 아버지는 양 한 마리를 선물하고 그 답례로 창길의 아버지는 쌀 한 마대를 보내기도 한다. 이후 비비굴과 친해지면서 창길은 영애를 잊어간다. 비비굴을 만나면서 이 고장의 자연도 사랑하게 되며 비비굴에게서 시의 마음을 보고 전체 카사흐들에게서 시의 마음을 찾게 된다. 창길이는 따스껜트수리관개대학에 가서 공부할 꿈을 키우고 비비굴 또한 농학사의 꿈을 키운다. 그러나 둘의 사랑은 완고한 비비굴의 할아버지를 비롯한 가족들의 반대에 직면한다. 이후 비비굴의 아버지가 군대에 정모되어 가고, 결국 할아버지에 의해 비비굴은 이사를 가게 된다. 창길이는 귀걸이를 선물하고 몇 번의 편지 왕래가 있었으나 비비굴의 부탁으로 편지가 끊어지고 만다.

이후 창길네는 할아버지의 사망 이후 따스껜트 상치르치크구역으로 이사를 한다. 창길은 수리관개대학에서 영애를 닮은 조선 처녀 련옥을 만나고 그녀에게서 시의 마음을 보고 결혼을 한다. 창길은 현재 학사원을 졸업하고 교편을 잡고 있고 련옥은 중학교 교원이다. 이들의 아들 만실은 알마아따 농업 대학에 다니고 있었다. 만실은 거기서 알마아따 처녀를 만나 약혼을 한다. 사돈보기를 하기 위해 창길네는 알마아따로 가고 거기서 파찌마의 어머니가 비비굴임을 알게 된다. 그녀는 과거 자신이 건네 준 귀걸이를 하고 있었다. 비비굴은 할아버지가 강제하여 결혼을 해야 할 위기에서 외삼촌의 도움으로 아라쓰크로 갔으며 그곳에서 지금의 남편을 만났다고 한다. 알마아따농업대학에서 학사원으로 있으면서 학생들의 면접을 보게 되었고 만실에게서 창길을 보았으며 만실이 그의 아들임을 확인했다는 것이다. 비비굴은 귀걸이를 파찌마에게 건넨다.

주제어 시의 마음, 귀걸이, 카사흐 처녀, 학사원 등.

정상진, 「단편소설 '복별'을 읽고서」, 『레닌기치』, 1970.9.16, 3쪽. (평론)

대상 김기철의 「복별」.

내용 「복별」은 1920년대 초기까지 원동 조선인민근로자들의 억울한 운명과 비참함을 다룬 작품이다. 「복별」에서는 작품의 생기와 고유한 조선언어의 냄새와 그 내용의 진실성과 소박성이 느껴진다. 작가는 그야말로 무식하여 그 어떤 '이론'도 '주의'도 모르던 사람들이 반항의 길에, 혁명의 길에 나서는 행정을 아주 장황한 설명이 없이 예술적으로 선명하게, 실감있게 묘사했다. 구성이 좋으며, 주인공들의 계급적 자아의식이 성숙되어 가는 행정이 잘 묘사되었다. 이 작품에는 거짓이 없으며 예술의 원쑤는 거짓이다.

김기철, 「로숙한 작가 김준: 그의 출생 70주년에 즈음하여」, 『레닌기치』, 1970.10.6, 3쪽. (평론)

대상 작가 김준.

내용 출생 70년 주년을 기념하며 그의 전기적 삶과 작품을 소개하는 글이다.

연구자료 사료적 가치가 있다.

성점모, 「장마비」, 『레닌기치』, 1970.10.10, 3쪽. (단편소설)

주제 진정한 삶의 의미.

인물 나, 사나이(영길), 일선(사나이의 아내) 등.

사건

　① 중심사건: 나와 사나이의 만남. 그의 얘기를 전해 듣는 나 등.

　② 주변사건: 사나이의 방황과 정착 등.

배경 열차 안, 마까로브, 산판 등.

줄거리 아침부터 비가 내리고 '나'는 담배가 비에 젖었다. 앞에 앉은 사나이가 '나'에게 담배를 권하고 그에게서 근심과 애수를 본다. 그 사나이는 1943년 18세에 일제의 강제징모에 끌려 싸할린으로 와서 2년간 생지옥살이를 했다. 해방이 되었으나 배우지 못한 관계로 10여년을 보람없이 보냈다. 림산사업소에 취직하여 기술을 배워 벌목 명수가 되고 결혼도 하였다. 그러나 아내 일선은 도시로 가자고 한다. 일선에게서 허영을 보는 영길과 영길에게서 쓸데없는 고집을 보는 일선. 그들은 싸우게 되고 일선은 떠났다고 한다. 그는 마까로브에서 내리고 장마비는 계속해서 내린다.

주제어 열차, 강제징모, 벌목 명수, 도시 등.

정상진, 「질투」, 『레닌기치』, 1970.11.4, 3쪽. (유모르소품)

주제 질투로 인한 오해.

인물 남편, 선금(아내), 큰 자식 등.

사건 아내에 대한 남편의 오해.

배경 남편의 생일.

줄거리 남편의 생일에 선금은 시장에서 장을 봤다. 많이 산 것 같지 않으나 돈이 축이 났다. 때문에 손가락을 헤아리며 회계를 하고 있었다. 남편이 들어서고 남편은 오해의 말들을 건넨다. 아내는 자식에게 영화 구경하라고 준 돈을 떠 올리는데 남편은 아내가 군 서방을 만날 날을 헤아린다고 생각한다. 큰 아이는 가장 무도회 때문에 남편의 모자와 옷을 입고 다녔고, 남편은 이를 아내의 군 서방이라 오해를 한 것이다.

리정희, 「이라와 제비」, 『레닌기치』, 1970.11.21, 3쪽. (동화)

주제 제비를 위하는 동심.

인물 이라(딸), 이라의 엄마 등.

사건 제비집에서 떨어진 제비를 고양이로부터 구하는 이라.

배경 계절의 순환. 이라의 집.

줄거리 제비를 좋아하는 이라. 이라는 계절이 바뀌어 제비가 떠나자 제비가 돌아오기만을 기다린다. 제비가 돌아오고 이라는 땅에 떨어진 제비를 고양이로부터 구한다. 이라의 엄마가 다시 제비를 제비집에 넣어준다.

주제어 제비, 고양이 등.

주동일, 「백양나무」, 『레닌기치』, 1970.12.5, 3쪽. (단편소설)

주제 이민족 간의 우정.

인물

　　① 중심인물: 나(엄마), 노인, 아흐메또브(카사흐 사람), 라우산(아흐메또브의 부인) 등.

　　② 주변인물: 옥년(나의 딸), 우메르베크와 알마스(아흐메또브의 아들) 등.

사건

　　① 외화: 나는 오랜만에 아흐메또브를 찾아감.

　　② 내화: 카사흐인 아흐메또브와 친해지게 된 과정.

배경 무더운 8월(외화), 전쟁 시기(내화)

줄거리 무더운 8월 '나'는 자동차를 타고 꼴호스로 나갔다. 거리는 몰라보게 변했다. 과거 '나'는 전쟁에 밀려 이 고장으로 이사를 왔다. 40km되는 거리를 화물자동차를 타고 다녔다. 어느 날 중간에서 차가 고장이 나고 노인의 만류에도 불구하고 '나'는 아이들 걱정으로 혼자 길을 나섰다. 도중에 '나'는 길을 잃었으며 소리를 쳤고, 잠시 후 말을 탄 사람과 노인이 함께 나타났다. 노인은 자신의 딸같은 젊은이를 걱정하여 쫓아왔다고 한다. 남편은 노력전선에 나갔으며 집에는 6살과 2살 아이가 있었다. 카사흐 부부는 '나'를 집까지 데려다 주었다. '나'는 카사흐 부부에게 형제의 정을 느꼈다. 그리고 전쟁이 끝나고 우리 꼴호스와 이웃 꼴호스가 연합을 했으며, '나'는 거기서 카사흐 부부를 다시 만난다. 서로 친척이 되었고, 그들 부부의 집보기에 백양나무를 들고 가 같이 심는다. 시간이 흐른 현재 그들 집 마당에 가득한 백양나무를 본다.

주제어 꼴호스, 카사흐 부부, 형제, 친구, 백양나무 등.

연구자료 이민족 간의 우정의 중요성.

리와씰리, 「뜨거운 인정」, 『레닌기치』, 1970.12.19. 3쪽 / 12.22, 3~4쪽. (단편소설)

주제 민족을 초월한 인간의 따뜻한 정.

인물

① 중심인물: 리일(농업기사).

② 주변인물: 농부들, 지부장동무, 노인, 오글리 마메드, 산아원 보
모, 검사원, 간호원, 외과의사 뽀뽀브, 마메드의 아내,
조선여자 등.

사건 이륙하는 비행기 바람갑이에 치인 리일과 수혈 과정.

배경 4~5월 벼 파종기 철.

줄거리 농업기사 리일은 벼 파종기에 고민이 많다. 추운 날씨와 더불어 자동차가 고장이 나서 일군들이 농장으로 제때 나오지 못해, 새벽에 뿌리기로 했던 살초제를 뿌리지 못했기 때문이다. 그래서 리일은 지부장에게 도움을 요청해 직승 비행기에 살초제를 실어 뿌리기로 했다. 살초제가 제대로 담겨 매달리는지 확인하기 위해 비행기 옆에서 살펴보던 리일은 이륙한다는 소리에 피한다고는 했지만, 그만 바람갑이에 치여 왼쪽 상반신과 머리를 다쳐 쓰러졌다. 병원으로 옮겨진 리일은 피를 많이 흘려 천 그램 정도의 피와 수십 명의 살이 필요했지만, 쉽사리 맞는 피를 찾을 수가 없었다. 그럼에도 많은 이들이 리일을 위해 자기의 피를 뽑아 달라고 했고, 더 많이 뽑아 달라고 하는 사람까지 있었다. 어렵게 수술을 받아 정신이 든 리일은 자신의 몸에 카사흐와 조선 그리고 러시

아 세 민족의 피가 흐르고 있음에 감동을 받는다.

주제어 피, 살, 카사흐, 조선, 러시아, 민족, 구원, 직승 비행기 등.

연구자료 인간의 희생정신과 정을 통한 조선인민과 카사흐, 러시아 민족의 합일.

김광현, 「이웃에 살던 사람들」, 『레닌기치』, 1970.12.19, 3쪽. (단편소설)

주제 '인연'의 소중함.

인물

　① 중심인물: 인순(50세, 영실의 엄마), 영실(27세 무남독녀, 의학학사) 등.

　② 주변인물: 김일만(영실의 신랑감, 이르꾸트쓰크에서 건축기사), 김성수(일만의 아버지), 김신애(일만의 어머니) 등.

사건

　① 중심사건: 인순은 조국전쟁시기 'H'구역 소재지에서 이웃으로 살던 인정많고 고마웠던 신애네를 떠올림.

　② 주변 사건: 영실은 인순에게 정든 남자가 있다고 그의 부모님 애기와 함께 고백함.

배경

　① 시간적 배경: 가을(현재), 1943년 겨울(과거) 등.

　② 공간적 배경: 쑤찬, '사랴'엠떼에쓰, 까라간다탄광, 이르꾸트쓰크 등.

줄거리 인순은 시집 갈 나이가 다 된 딸 때문에 걱정이 많았다. 영실은 어머니가 자기로 인해 몸이 나빠지신 걸 보고 고민 끝에 좋아하는 사람이 있음을 고백하였다. 둘이 알게 된 것은 영실이 파견을 나갔을 때 몸이 좋지 않아 일만이 병원을 찾아오면서부터였다. 영실은 일만의 아버지와 어머니 성함을 말씀드렸고, 인순은 조국전쟁시기 이웃에 살던 신애네를 떠올리게 된다. 그때 어려운 가정형편으로 살기가 너무 힘들었는데, 이웃집에 살던 신애의 도움으로 배고파 죽어가던 영실을 살려낼 수 있었다. 인순은 그 착하고 인정 많았던 이웃을 잊을 수 없었다. 인순은 영실의 입에서 그 고마운 분들의 이름을 듣게 되어 무척 기뻤다. 영실도 기뻐하시는 어머님을 보며, 일만이 있는 곳으로 얼른 돌아가고 싶었다.

주제어 출가, 짝, 제비, 조국전쟁시기, 이웃, 배필 등.

연구자료 배고픔보다 민족적 긍지의 우선시. 조국전쟁시기. 1943년 러·일 전쟁 등.

1971

김시철, 「사상예술적으로 보다 더 고상한 작품들을」, 『레닌기치』, 1971.1.1, 3쪽.

주제 조선인 작가들은 공산주의적 교양에 보람찬 기여를 하자.

내용 『레닌기치』 문예페지에 실린 조선인 작가들이 쓴 작품의 성향은 크게 레닌을 테마로 한 작품과 창조적인 영예의 로동, 꼴호스 건설, 인간문제, 행복을 위한 투쟁을 주제로 한 작품들이 큰 자리를 차지하고 있다. 레닌을 테마로 한 작품으로는 김세일의 「레닌의 전기를 읽으며」(장편 서사시), 춘산의 「레닌의 거룩한 모습」, 강태수의 「예니쎄이강」, 연성룡의 「우리를 부르는 기발」 등의 시와 전동혁의 「흰두루마기 입은 레닌」이라는 단편소설이 있고, 카사흐인민을 주제로 한 작품으로는 김준의 「알리야」(장편서사시), 김광현의 「고맙기도 하더니」, 김세일의 「체낄리」, 연성룡의 「카사흐쓰딴아 나의 절을 받으라」 등의 시와 소설로는 김세일의 「사랑」, 강태수의 「악싸깔」, 주동일의 「백양나무」 등이 있다. 또한 노동, 인간, 꼴호스 건설, 행복을 위한 투쟁을 테마로 한 작품으로는 성점모의 「장마비」, 김광현의 「이웃에 살던 사람들」, 리와씰리의 「뜨거운 인정」, 윤수찬의 「행복의 척도」 등의 단편소설과 시로는 리동언의 「강물의 노래」, 최희천의 「꼴호스의 봄」, 주촌의 「꽃마을」 등이 있다. 이 가운데 주송원의 「심장의 고백」, 김광현의 「별들을 우러러」(장편서사시), 한 아뽈론의 「어찌 잊을손가」 등은 우수한 작품이다.

주제어 조선 작가, 레닌기치, 시, 소설 등.

정상진, 「삶의 탄생」, 『레닌기치』, 1971.1.1, 3쪽. (새해이야기)

주제 어제와 다른 새롭게 시작되는 오늘의 기쁨.

인물 나, 여인(산모), 간호원(나와 호감을 갖게 되는 사이), 산과의사 등.

사건 신년야회에 가는 도중 해산이 임박한 산모를 도와줌.

배경 12월 31일 K도시.

줄거리 애인이 있는 친구들과의 신년야회. '나'는 애인이 없어 새해맞이가 기쁘지 않다. 친구들을 만나러 가던 중, 어느 여자의 비명 소리가 들렸고 '나'는 소리를 따라 걸음을 옮겼다. 그곳엔 출장 간 남편을 기다리는 산모가 출산을 앞두고 도움을 요청하고 있었다. 곧 의사를 불렀고,

잠시 뒤 그 여인은 해산을 하였다. 아이의 울음소리는 밤거리 새해 찬 공기에 어떤 뜨거움을 전해주는 것 같았다. 잠시 뒤, 산모의 오빠라고 속였던 '나'는 전후사정을 다 얘기했고 '나'의 얘기를 들은 간호사는 좋은 사람이라며 다정스레 말해주었고, '나'는 그런 그녀가 좋아 '나'도 몰래 손을 잡았다. 그렇게 시간이 지나 '나'는 그녀를 만나러 간다.

주제어 새해, 신년야회, 청춘, 산과의사, 산모, 갓난 애기, 해산, 삶, 탄생 등.

우블라지미르, 「구상과 실현: "레닌기치" 신문에 실린 단편소설들에 대하여」, 『레닌기치』, 1971.1.9, 3쪽.

주제 소련에서의 조선문학의 특징.

내용 소련에서의 조선문학이 가지고 있는 특징이 있다. 첫째, 실생활에서 뒤떨어지며 오늘을 주제로 한 작품들이 적다. 둘째, 사상 – 예술적 수준이 높지 못하다. 셋째, 문예평론들은 주관적 성격을 띠며 작품분석이 표면적일 때가 있다. 그러나 좋은 개별적 논설도 있다. 김세일의 「홍범도」에 대한 리상희의 논설, 작가 김준 출생 70주년에 쓴 김기철의 논문 등이다. 넷째, 문예의 어떤 장르는 평론가들의 붓이 전혀 미치지 않았다. 오직 김준의 「알리야」에 대한 정산진의 평론이 있을 뿐이다. 주송원, 김광현, 김증손, 강태수 및 다른 시인들의 시들이 평론을 기다리고 있다. 더불어 김준, 김세일, 채영, 태장춘, 김기철, 전동혁 등의 산문 극작가도 그러하다. 이처럼 『레닌기치』 신문은 문예평론을 적극화하는 사업을 조직해야 할 것이다.

주제어 소련, 조선문학, 사상, 예술, 문예평론, 「홍범도」, 「알리야」, 정

상진, 리상희, 김세일, 김기철, 김준, 태장춘, 전동혁, 주송원, 강태수
등.

정상진, 「성실한 인간에 대한 이야기」, 『레닌기치』, 1971.6.2, 3쪽. (평론)

대상 김세일, 「노을」/김준, 「밟지 않은 오솔길」/성점모, 「정드는 곳」.

내용 세 작품에 대한 작품평. 세 편의 단편 소설에서 새로운 공산주의
적 인간의 성장을 볼 수 있다.

연구자료 정상진의 평론의 힘이 매우 약해졌다. 다양한 분석과 비판이
사라졌다.

김종세, 「한 개구리의 신기한 려행」, 『레닌기치』, 1971.6.26, 3쪽. (동화)

주제 개구리가 낯선 곳에 오게 된 이유.

인물 손님 개구리, 뻬쨔, 뻬쨔의 아버지, 뻬쨔의 어머니 등.

사건 손님 개구리가 자신이 이곳에 오게 된 과정을 설명함.

배경 봄날 등.

줄거리 우연히 인간의 낚시주머니에 들어간 개구리가 뻬쨔의 가정을
보게 되고, 그의 아버지가 개구리는 물 없이는 살 수 없다고 늪에 가져
다주라고 한다. 개구리는 레닌 사진 등이 있는 이 집에서 살고 싶다는
생각도 한다. 뻬쨔가 늪에 던져져 이곳으로 오게 되었다고 한다.

주제어 개구리, 레닌사진 등.

김광현, 「명숙 아주머니」, 『레닌기치』, 1971.7.17, 3쪽. (단편소설)

주제 평생 기억하고 싶은 한 사람의 삶에 대한 예찬. 살신성인 등.

인물

　①외화: 나(경철: 초반부), 나(경철선생으로 이야기를 들은 나) 등.

　②내화: 나(경철), 명숙 아주머니(이돌의 누이), 이돌(나의 친구), 광
호(나의 사촌형) 등.

사건

　①중심사건: 나(경철)가 명숙 아주머니의 삶을 전달함.

　②주변사건: 나에게 있어 잊지 못할 명숙 아주머니.

배경 외화(현재). 내화(나의 어린시절부터 현재까지). 카싸흐쓰딴 등.

줄거리 명숙 누나는 '나'의 친구인 이돌의 누님이다. '나'는 명숙 누나를 따른다. 한번은 나물을 팔러 가는 명숙 누나를 따라가서 도시 구경도 하고 올 때는 비가 내려 누이가 업어주기도 했다. '나'의 사촌인 광호형이 명숙 누이를 좋아해서 매일같이 찾아오고 둘은 결혼을 한다. '나'는 섭섭함을 느끼고 명숙 아주머니는 시집 간 이후 공청동맹에 들어 사회사업에서 모범이 된다. 1937년도에는 카사흐쓰딴으로 이주 딸듸 꾸르간주 'H'촌에 기거하면서 꼴호즈 당비서로 일하며 성심을 다해 사람들을 도우며 생활을 했다. '나'는 명숙 아주머니가 결혼하던 때 빼앗긴 듯하던 따뜻한 정을 몇 십 년만에 다시 느낀다. 경철선생으로부터 이야기를 들은 '나'는 명숙 아주머니를 자신도 아는 것처럼 느낀다.

주제어 나물, 도시, 시집, 공청동맹, 카사흐쓰딴, 꼴호즈 당비서, 따뜻한 정 등.

김남석, 「며느리」, 『레닌기치』, 1971.7.28, 4쪽. (단막풍자극)

주제 돈만 아는 세태 풍자. 웃어른을 공경해야 함.

인물

　① 중심인물: 김안나(시어머니), 고영희(친정어머니), 리상수(남편),
　　　김웨라(며느리) 등.

　② 주변인물: 박정숙(김안나의 친구), 리수라(안나의 딸), 김택선(안나
　　　의 사위) 등.

사건

　① 중심사건: 시어머니와 남편을 무시하는 며느리.

　② 주변사건: 손자를 안지 못하게 하는 며느리, 시어머니의 생신보
　　　다 돈을 중시하는 며느리 등.

배경 구체적이지 않음.

줄거리 며느리가 아이를 낳아 오는 것에 기대에 부푼 안나. 그러나 며
느리 웨라는 목욕하지 않은 몸으로 아이를 안을 수 없다고 한다. 이를
친정 어머니가 역성을 든다. 안나는 며느리에게 밥을 먹으라고 하나 며
느리는 먹을 것이 없다고 한다. 이 또한 친정 어머니가 역성을 든다. 안
나는 며느리를 위해 미역국과 돼지고기로 국을 끓인다. 친정 어머니는
집으로 가서 닭을 고아 먹자고 한다. 안나는 닭을 먹으면 젖이 없어진다
기에 잡지 않았다 항변한다. 안나는 졸도를 하고 안나는 병원에 있다가
2주 후에 퇴원한다. 암탉을 잡자는 남편의 말에 수탉을 잡자는 며느리.
어머니의 생신을 준비하라고 주는 돈은 두었다가 꼴랴 생일 때 쓴다고
한다. 아내가 돈이 제일이라고 하자 남편은 이 집에서 나가 당신 마음대
로 살라고 한다.

주제어 며느리, 생신, 돈 등.

연구자료 시어머니에게 고분고분한 며느리의 모습이 없음. 또한 사돈을 어려워하는 모습도 찾아보기 힘들다.

강태수, 「휴가 중에 만난 사람들」, 『레닌기치』, 1971.8.3, 4쪽 / 8.4, 4쪽 / 8.5, 4쪽 / 8.6, 4쪽. (단편소설)

주제 인간에 대한 믿음과 노동 생산성과의 상관성. 믿음과 사랑의 중요성.

인물

① 중심인물: 나(동식, 소설을 씀), 김원일(꼴호스 농업 기사장, 나의 친구), 아주머님(부모 대신 나를 길러줌), 춘식(아주머님의 자식, 젖소 페르마 주임), 왈랴(붉은별 꼴호스 젖소 페르마 주임) 등.

② 주변인물: 위짜(춘식의 아들), 웨라(원일의 아내) 등.

사건

① 중심사건: 나의 휴가 중에 만난 사람들.

② 주변사건: 춘식의 젖소 페르마 방문, 왈랴의 젖소 페르마 방문.

배경 아주머님 댁, 젖소 페르마 등.

줄거리 동식은 오랜만에 고향을 방문한다. 친구 원일을 만나고 동식은 고아가 된 자신을 친자식처럼 키워준 아주머님을 찾는다. 그녀는 자신을 포함하여 일곱을 길렀다. 아주머님의 아들 내외인 춘식을 만나고, 다음 날 동식은 춘식이 주임으로 있는 젖소 페르마를 방문한다. 춘식은 모든 열쇠를 혼자 관리하는 등 아주 엄한 규율 속에서 사람을 다루고 페르마를 운영한다. 그리고 인간보다 기계를 신임한다. 그럼에도 불구하고 경쟁하는 붉은별 꼴호스가 두 배나 많이 젖을 생산하는 것을 목격한다. 다음 날 동식은 원일을 방문하고 원일은 현대과학을 부정한다. 그는 땅을 사랑하지 않으면 뜨락또르도 소용없고 지식도 소용이 없다고 한다. 땅을 사랑함이 으뜸 영농술이라는 것이다. 원일은 동식에게 왈랴를 소개하고, 그녀는 춘식의 경재 페르마의 책임자이다. 그녀는 진심과 믿음으로 사람을 대하고 꼴호스를 운영한다. 동식은 지도자들의 오산과 경솔성이 원치 않는 간격과 결과를 가져올 수 있음을 깨닫는다.

주제어 아주머님, 젖소 페르마, 기계, 현대과학, 땅을 사랑함, 진심, 믿음 등.

심화자료 기계를 거부하는 모습과 인간에 대한 신뢰.

정석, 「유일한 나의 어머니」, 『레닌기치』, 1971.8.10, 4쪽. (실화)

주제 아이를 위한 자기희생. 피보다 중요한 사랑.

인물 나(이야기를 전달하는 사람), 순애, 성수(순애의 남편. 바람둥이), 겐나(남편의 여자가 버리고 감, 순애의 아들) 등.

사건 남편의 여자가 버리고 간 아이를 키우는 어머니.

배경 1944년에서 현재까지, 두산베 등.

줄거리 '나'는 한 여인의 삶을 전달한다. 실명을 거론하지 않고 가명으로 이야기를 시작한다. 1944년 순애는 따스켄트 의학전문학교를 졸업하고 두산베의 병원에서 근무를 시작했다. 거기서 공업대학을 졸업하고 공장에서 기사로 일하는 성수를 만났다. 순애는 예쁘지도 않고 지식도 없는 자신을 사랑해주기에 행복하기만 했다. 그러나 결혼 생활은 순탄치 않았다. 남편은 다른 여자를 만났고 자신은 9년 동안 아이가 생기지 않았다. 어느 날 한 여인이 아이를 안고 와 놓고 갔다. 순애는 아이의 이름을 게나라 지었다. 게나가 두 살되는 해인 1953년 남편은 다른 여자와 떠났다. 순애는 18년 동안 많은 유혹 속에서도 아이를 홀로 키웠다. 18년만에 성수가 나타났고 그는 게나와 사흘 동안 이야기를 했다. 게나는 방을 나와 성수를 모른다고 하며 순애를 유일한 어머니라 말한다. 성수는 쓸쓸히 떠나고 순애는 그래도 성수를 증오하지 않는다고 한다. 어째든 아이의 아버지라는 것이다.

주제어 유일한 어머니 등.

성점모, 「공장길」, 『레닌기치』, 1971.8.28, 3~4쪽. (단편소설)

주제 신·구세대 간의 생각의 차이. 젊은 청년들이 열어가는 미래.

인물

  ① 중심인물: 정혜옥(제지꼼비나트 교대직장장), 창수(설계공), 창수의 아버지(조목장 마쓰쩨르) 등.

  ② 주변인물: 정삼수(혜옥의 아버지. 사망하고 없음), 안드레이 이와노위츠(공장기사) 등.

사건

  ① 중심사건: 세망 소제의 기계화 작업.

  ② 주변사건: 세망 소제의 기계화 작업은 힘들 거라는 창수 아버지의 생각.

배경 싸할린, 제지꼼비나트 등.

줄거리 혜옥은 레닌그라드 제지공업대학을 졸업하고 고향인 싸할린으로 왔다. 창수의 아버지는 혜옥을 칭찬한다. 그가 보기에 혜옥은 교대직장장의 역할을 훌륭하게 수행하고 있다는 것이다. 혜옥은 증산을 위해 제지기를 세우지 않고 세망을 소제할 방도를 궁리한다. 창수가 혜옥을 돕게 되면서 둘 사이에 연애감정이 싹튼다. 창수는 이 일을 아버지에게 얘기하고 창수의 아버지는 안 될 거라고 한다. 창수는 새로움을 추구하고 그의 아버지는 경험으로 안 될 거라 생각하는 것이다. 그러나 혜옥과 창수는 제지기 세망 소제의 기계화를 완성한다. 창수의 아버지는 정말 자신이 낡았다고 생각한다. 공장길 위를 걷는 창수와 혜옥을 보는 창수 아버지의 얼굴에는 환한 웃음이 가득히 피어난다.

주제어 제지기 세망 소제의 기계화, 공장길 등.

연구자료 아버지 세대의 역할 축소와 그 의미.

조정봉, 「의사 부부」, 『레닌기치』, 1971.9.25, 3~4쪽. (단편소설)

주제 부부 간의 이해와 사랑. 부부 간의 따사로운 인정 등.

인물

    ① 중심인물: 리순자(아내, 내과의), 박현무(남편, 외과의), 꼴랴(박현무와의 결혼 전 낳은 리순자의 아들) 등.

    ② 주변인물: 리순자와 박현무의 딸, 물에 빠진 소녀 등.

사건

    ① 중심사건: 아내에 대한 남편의 오해와 해소.

    ② 주변사건: 꼴랴가 물에 빠진 소녀를 구함.

배경 1965년 7월(시간) K시(공간).

줄거리 1965년 7월 어느 날 저녁 식사 후 집을 나간 아내 리순자가 돌아오지 않는다. 박현무는 아내를 찾으러 나갔다가 아내가 한 남자를 만나고 있는 모습을 목격하고 질투심에 사로잡힌다. 아내와는 20년 전 의과대학에서 만났으며 1947년 5월 산보를 나갔다가 결혼을 약속했고 정식으로 부부생활을 한 지는 16년이다. 박현무는 자신 부부의 만남과 현재까지의 생활을 회상하다가 사건의 진실을 밝힐 필요가 있다고 생각한다. 이튿날 공휴일 목욕터에서 박현무는 아내의 마음을 떠 보는데, 이때 한 소녀가 물에 빠지고 용감한 조선청년이 이를 구한다. 그날 밤 새벽 리순자는 집을 나와 결혼 전 낳은 아들인 꼴랴를 다시 만난다. 이를 지켜본 박현무는 남자가 낮에 본 조선 청년임을 확인한다, 자신이 두 번째 남편임을 깨달으며 어쨌든 친부에 못지않게 의부의 도리를 물심양면으로 하겠다는 각오를 한다. 아내가 돌아오고 남편은 당신은 훌륭한 아들을 두었다고 칭찬한다. 그리고 결혼 당시 솔직하게 말했어도 당신에 대한 열정을 가라앉히지는 못했을 것이라며 꼴랴를 데려 오라고 한다. 불행한 사랑의 열매인 꼴랴는 외할머님 손에서 자랐으며 현재는 T시 종합대학수리학부 3학년에 진급했는데 방학이라 외할머니한테로 가던 길에 여기 들러서 여관에서 기숙하며 아내와 만났던 것이다. 그리고 사실 꼴랴는 10년 전에 아내가 자신의 언니 아이라며 수술을 부탁해서 남편이 살린 아이였다. 박현무는 20년간 긴장 속에 살아온 리순자를 따사로운 인정으로 감싸준다.

주제어 의사, 질투심, 불행한 사랑의 열매, 긴장, 따사로운 인정 등.

연구자료 결혼 전 아이가 있음을 속이고 결혼한 아내에게 화를 내는 것이 아니라 너무나 쉽게 자신의 마음을 다잡고 아내를 포용하는 모습.

리은영, 「꾀꼬리가 찾아왔네」, 『레닌기치』, 1971.10.16, 3쪽. (이야기)

주제 개인 사리사욕의 경계와 진실성의 강조.

인물 순한 토끼, 욕심쟁이 토끼, 사람들, 토끼 새끼들 등.

사건

　　① 중심사건: 욕심쟁이 토끼의 꾀꼬리 포획과 순한 토끼의 억울함.

　　② 주변사건: 꾀꼬리의 죽음, 꾀꼬리의 귀환.

배경 토끼낙원, 기아의 벌 등.

줄거리 척박한 기아의 벌을 사람들이 개척해서 행복하게 살고 있다. 이 땅에 토끼들이 방문하여 인간들에게 같이 살기를 부탁한다. 사람들의 도움으로 토끼들은 행복하게 살게 된다. 여기에 꾀꼬리가 찾아와 노래를 한다. 욕심쟁이 토끼는 꾀꼬리의 노랫소리를 혼자만 듣기 위해 새끼들을 시켜 꾀꼬리를 잡아오라고 한다. 자유를 잃은 꾀꼬리는 한탄하고 그 한탄을 토끼는 노래로 듣는다. 결국 꾀꼬리는 죽고 남은 꾀꼬리는 떠난다. 욕심쟁이 꾀꼬리는 죽은 꾀꼬리를 땅 속에 묻는다. 토끼들의 심사가 열리고 욕심쟁이 토끼는 순한 토끼를 모함하여 착한 토끼는 추방당을 당한다. 이후 추방당했던 토끼가 돌아오고 자신은 죄가 없다고 항변한다. 다시 공동살림을 이루게 되고 욕심쟁이 토끼는 마을에서 사라진다. 꾀꼬리가 다시 돌아와 노래를 하게 된다.

주제어 기아의 벌, 욕심쟁이 토끼, 순한 토끼, 꾀꼬리의 노래 등.

연구자료 어린이를 청자로 한 가사 문학 형식.

드미뜨리 라브렌찌예브, 「쏘베트문학 발전에서 장편소설」, 『레닌기치』, 1971.10.21, 4쪽. (논문)

내용 농촌 노동에서 기계화와 자동화의 초석은 과학기술의 진보와 문화기술 수준의 제고에 있다. 따라서 근로자들의 문화기술수준제고가 없이는 농업에 현대 과학과 기술의 성과를 이용하기가 불가능하다. 열쇠는 인민교육발전에 있다. 1959년 현재 쏘련적으로 유식자는 98.7%이며 농촌은 98.2%이다. 그러나 고등지식과 중등지식 면에서는 도시보다 농촌이 뒤떨어진다. 1970년에 실시한 조사에서 도시민의 중등지식과 고등지식의 소유가 75%라면 농촌은 50%이다. 따라서 광범한 인민교육이 실시되어야 한다. 고등 및 중등 지식을 소유한 전문가들의 양성체계 개선은 점점 더 많아지는 기계공간부 양성사업과 병행되고 있다. 공업노동과 농업노동을 결부하는 사회적 노동으로서의 유일한 공업노동이 발생하게 될 것이다. 이에 노동계급과 농민들 간의 사회적 차이를 소멸시켜야 한다. 쏘련과 또 기타 사회주의 국가들에서 보게 되는 인민교육, 전문가들의 계획적 양성에서 거두는 성과는 자본주의 사회에 비해서 사회주의의 확연한 우월성에 대한 명확한 증거가 되는 것이다.

연구자료 제목은 '쏘베트문학 발전에서 장편소설'인데 장편소설과 관련한 언급은 어디에도 없고 오로지 지식을 강조하고 있다. 또한 우리말 사용이 심각하게 훼손되고 있다.

전동혁, 「위훈」, 『레닌기치』, 1971.10.29, 4쪽. (단편소설)

주제 공공을 위한 자기 희생. 전쟁을 통한 동료의식의 확인.

인물 나, 안 동무, 로씨야 승객, 악질 지주의 아들 등.

사건

　① 중심사건: 안 동무와 로씨야 승객과의 만남.

　② 주변사건: 전쟁 중 로씨야 승객의 몸을 던지 희생.

배경 모쓰크와 행 급행열차(외화)/1946년 3월 1일 평양(내화).

줄거리 '나'와 안 동무가 타고 있는 모쓰크와 행 급행열차가 C역에 당도한다. 한 로씨야 승객이 열차에 오르고 서로 인사를 한다. 로씨야 승객의 왼쪽 가슴에 달린 적기 훈장과 조선해방 메달이 안 동무의 시선을 끈다. 그는 쏘련 군대의 군관으로서 조선해방전쟁에 참가하였다고 한다. 그의 오른손은 엄지손가락과 새끼손가락밖에 없었다. 안 동무도 쏘련 군대의 군무자로서 3년 동안 평양에서 복무하였다. 로씨야 승객은 1946년 조선이 일본제국주의자들로부터 해방된 어느 날 평양 역전 광장에서 열린 군중대회에 참가했다. 당시에 누군가 폭탄을 던졌고, 이를 발견한 자신이 재빨리 밖으로 던지려 했으나 손에서 폭발했다고 한다. 수류탄을 던지 사람은 토지를 몰수당한 악질 지주의 아들이었다. 이에 대한 공로로 로씨야 승객은 적기 훈장을 수여받았다고 한다. 이에 안 동무와 로씨야 승객은 옛친구를 만난 듯이 반가워한다.

주제어 적기 훈장, 조선해방 메달, 조선해방전쟁, 수류탄, 옛친구 등.

리와씰리, 「상봉 후」, 『레닌기치』, 1971.10.30, 3쪽. (단편소설)

주제 친구의 우정과 쏩호스 생활의 건강함.

인물 황길용, 윤성길, 주당위워회 제일 비서 등.

사건

① 중심사건: 고향에 남아 고향을 일으킴.

② 주변사건: 길용의 떠남과 귀환.

배경 쏩호스 등.

줄거리 성길과 길용은 소학교에서 함께 공부한 친구이다. 길용은 꼴호스 마을을 북망산 같이 인식하고 행복은 돈에 있다며 마을을 떠나갔다. 이후 주당위원회에서는 성길에게 쏩호스 지배인을 맡겼다. 성길은 이후 경험의 힘으로 자신에게 반대하는 사람들을 "사회주의제도에서는 기후도, 농업도, 사람의 노력도 변해집니다"라고 말하며 지도해 나갔다. 떠났던 길용이 돌아왔다. 몰라보게 발전한 쏩호스를 보고 길용은 친구를 찾아간다. 길용은 따쓰껜트에서 몇 해 동안 고본 농사를 지었다고 한다. 성길은 막일을 하면서 농업대학 통신과를 졸업하고 농업기사가 되었다고 한다. 성길은 실패한 친구에게 자신의 쏩호스의 브리가지르나 지부장으로 오라고 권유한다.

주제어 돈, 농업기사, 쏩호스, 고본농사 등.

김상철, 「호수가에서」, 『레닌기치』, 1971.11.17, 4쪽. (단편소설)

주제 전통적 사고로부터 자유로운 젊은 세대와 이를 이해하는 아버지.

인물

① 중심인물: 안드레이, 박그리고리(안드레이의 아버지, 65세) 등.

② 주변인물: 까쭈사(안드레이의 아내, 농업 기사), 따냐 아주머니(그리고리의 이웃), 와랴(따냐 아주머니의 딸) 등.

사건

① 중심사건: 아들의 자유로운 사고방식.

② 주변사건: 아들의 방문과 낚시.

배경 호수가 등.

줄거리 아버지 그리고리는 내일 떠나는 아들을 기쁘게 하기 위하여 호수가로 같이 낚시를 하러 간다. 작년에 농업대학을 졸업한 안드레이는 갑자기 장가를 든다고 자신에게 편지를 보냈던 것이다. 때문에 그리고리는 아들에게 아내가 될 처녀와 같이 오라고 답장을 했다. 아들에게서 그렇게 하겠다는 답장이 왔다. 이웃인 따냐 아주머니는 자신의 딸과 안드레이가 결혼하기를 바랐다. 그러나 아이들은 자유연애를 했다. 온다던 아들은 그 해에 아내인 까쭈사의 집에 먼저 가게 되어서 올 수 없다고 한다. 또한 아들을 낳았는데 할아버지를 닮아서 그리사라 부르기로 했다고 한다. 그리고리는 손자를 위해 쓰라고 자신의 한 달 연금을 몽땅 자식에게 보낸다. 아들은 아버지에게 자신들과 같이 살자고 한다. 그리고리는 이 고장을 떠나지 않을 것이라고 말하며 명년에는 세 식구가 꼭 같이 오라고 당부한다.

주제어 호수가, 낚시, 장가, 편지 등.

주동일, 「아버지」, 『레닌기치』, 1971.11.18, 4쪽. (실화)

주제 가족의 재회와 가족 간의 이해와 사랑.

인물

① 중심인물: 주꼰쓰딴찐 빼뜨로위츠(60세 가까운 나이), 엠마(빼뜨로위츠의 딸, 소아과 의사), 송올랴(빼뜨로위츠의 아내) 등.

② 주변인물: 알라(빼뜨로위츠와 송올랴의 딸), 이고리(엠마의 남편, 내

과 의사), 스웨따(이고리의 딸) 등.

사건

① 중심사건: 전화와 편지를 통한 아버지와 딸의 해후.

② 주변사건: 엠마와 알랴의 만남.

배경 9월 어느 날.

줄거리 9월 어느 날 저녁에 주꼰쓰딴찐 뻬뜨로위츠는 한 통의 전화를 받았는데, 저쪽에서 자신을 '아버지'라 불렀다. 엠마는 서른 세 해만에 '아버지'라고 불렀던 것이다. 뻬뜨로위츠는 '엠마'를 떠올린다. 교환수가 시간이 끝났다고 알려 엠마는 편지를 기다리라고 했다. 과거 대학을 졸업한 뻬뜨로위츠는 곧 결혼을 했으나 이름까지 지어놓은 아이의 첫울음소리도 듣지 못하고 아내와 헤어졌다. 아이가 태어난 것을 알고 있었으나 만날 방법이 없었다. 이후 10년이 지나고 두 번째 공업대학을 졸업하고 1950년 송올랴와 결혼하여 딸도 낳았다. 뻬뜨로위츠는 엠마와 통화한 사실을 아내 송올야에게 말한다. 올랴는 딸이 하나 더 생겼다고 좋아하고 빨리 오라고 전보하라고 한다. 이후 한꺼번에 알라와 엠마에게서 편지가 동시에 왔다. 모쓰크와에서 동생 알라를 만나 아버지를 찾게 되었다는 것이다. 그녀는 남편과 손녀가 있다고 알려온다. 곧바로 가고 싶으나 자격향상강습 중이라 나중에 간다고 한다.

주제어 전화, 아버지 등.

연구자료 너무도 쉽게 '엠마'를 자신의 딸로 인정하는 아내 송올랴.

김보리쓰, 「비행장 곁에서」, 『레닌기치』, 1971.11.20, 3쪽. (단편소설)

주제 일하지 않는 여인의 일상과 애수.

인물 김로만, 나자(여인), 쌰쌰(여인의 남편), 사내아이 등.

사건 비행장 곁에서의 한 여인과 그 가족과의 조우.

배경 9월의 가을 등.

줄거리 김로만은 비행기를 놓쳤다. 비행기를 놓친 것에 대해 자책하며 의자에 앉아 있는데, 한 여인이 사내아이와 함께 와서 앞 의자에 앉았다. 김로만은 그 여인을 보고 여인의 눈에서 '질문을 하는 듯한 빛'이나 '어떤 잘못으로 고민하는 듯한 감', '불안'을 보며, '이곳 여성이 아니'며 '아무데서도 일을 하는 상싶지 않'다고 판단하기도 하고 '이 고장이 마음에 들지 않'으며 '큰 도시에 산 모양'이라 느낀다. 그래서 여기 사느냐 묻고 여인은 따쓰켄트에서 왔으며 온 지 한 해라고 답한다. 그녀는 여기서는 사람 보기가 힘들다고 한다. 왜 일을 하지 않느냐는 로만의 물음에 여인은 자신은 모형 제작공이라 말한다. 로만은 여인은 '큰 도시로 가구 싶어서 저러는가 보다' 생각한다. 남편에 관해서 묻는 질문에 아이가 자동차 운전수라고 말한다. 여인은 아버지를 자랑하는 아이의 말 다음에 무슨 말인가를 하려 했으나 그들 곁에 자동차가 와서 선다. 로만은 남편이 '아내가 정자 밑에 와 있는 것을 이상히 여기지 않는 것을 보고' 놀랐다. 남편은 페르마의 다리야 아주머니가 아픈데 갈 수 있느냐고 묻고 여인은 '아마도 가야지'라고 말한다. 로만은 이 말을 듣고 '이것은 자기에게 하는 대답이기도 하다는 것을 알아 차'린다.

주제어 비행장, 따쓰켄트, 모형 제작공, 큰 도시, 자동차 운전수 등.

김남석, 「뚠구쓰 빠르찌산」, 『레닌기치』, 1971.11.20, 3~4쪽 / 11.23, 4쪽. (단편소설)

주제 뚠구쓰 빠르찌산의 활약상.

인물

　① 중심인물: 박성철, 포마 이와노브(선장 경력), 쎄르게이 곤차로브(기관수 경력), 로만이와놉쓰끼(철공 경력) 등.

　② 주변인물: 셉추쿠(빠르찌산 대장), 이와넨꼬 이완 안드레예위츠(뚱뚱보), 매코 표도르(어장청부업자), 기타 노동자 등.

사건 어장 배의 탈취.

배경 봄, 꾸르강, 하바롭쓰크, 전쟁 등.

줄거리 박성철은 빠르찌산 사령부의 명령으로 어장 노동자로 위장을 했다. 이와넨꼬가 전쟁 중이라 노동자를 구하기 힘들다는 말을 듣고 돌아온 것이다. 빠르찌산의 목적은 원동에서 원쑤들을 섬멸하고 쏘베트 주권을 세우는 것이다. 그러나 식료가 부족하고 운수 수단이 없는 것이 문제였다. 따라서 노동자로 위장하여 어장지배인과 청부업자를 죽이고 배를 끌고 오는 것이 임무였다. 박성철은 다른 세 명과 함께 길을 떠났다. 어장 지배인은 성철을 믿기에 은밀하게 성철에게 동료인 다른 세 명의 노동자를 감시하라고 한다. 성철은 거짓보고로 일관하고 비로소 배가 뜨자 다른 노동자들은 술을 먹여 재우고 배를 탈취하여 무사히 귀환을 한다.

주제어 빠르찌산, 쏘베트 주권, 어장노동자 등.

리춘, 「맹꽁이」, 『레닌기치』, 1971.12.04, 3쪽. (이야기)

주제 거짓에 대한 징벌.

인물 맹꽁이, 메뚜기, 딱쟁이, 불개미 등.

사건 맹꽁이의 거짓과 이에 대한 벌레들의 징벌.

줄거리 맹꽁이가 벌레들에게 자신의 말을 들으라고 했다. 자신과 자신의 아버지 뚝장군과 어머니 막장군이 논물을 끌어다 너희들의 놀이터인 논배미를 지었으니 그 은혜를 잊지 말라는 것이다. 이에 행동을 함부로 하는 맹꽁이에게 화가 난 벌레들이 맹꽁이를 잡아서 따진다. 비로소 협잡과 농간으로 벌레의 세상을 맹꽁이의 세상으로 만들려는 심사가 드러난다. 이에 벌레들이 맹꽁이를 모레의 나라로 정배를 보낸다.

주제어 맹꽁이, 벌레들, 협잡, 농간, 정배 등.

1972

김빠웰, 「쟈밀라, 너는 나의 생명이다」, 『레닌기치』, 1972.5.13, 3쪽. (단편소설)

주제 결혼 문제에 대한 부모 자식 간의 갈등.

인물 일남, 어머니, 쟈밀라, 소제부 아주머니, 배달부 카사흐 로인 등.

사건 이민족 간의 결혼을 반대하는 어머니.

배경 씨르다리야 강이 흐르는 고향 마을.

줄거리 제대를 하고 집으로 가는 급행열차 안. 일남은 옛 추억을 더듬고 있었다. 그가 사랑하는 쟈밀라. 그러나 어머니의 반대로 그들은 더 이상 만날 수가 없었다. 어머니는 쟈밀라에게 떠나라고 말했고 쟈밀라는 그곳을 떠났다. 그러나 군대에 입대한 일남은 쟈밀라 주소를 알아내어 찾아가게 된다. 그리고 그곳에서 만난 둘은 변하지 않은 서로의 마음을 확인하게 된다. 그리고 휴가를 나올 때마다 일남은 쟈밀라와 함께 시간을 보냈다. 그가 군생활을 하는 동안 어머니 앞으로는 이름이 적히지 않은 소포가 계속해서 오고, 어머니는 일남이 보내준 것으로 알고 기뻐하지만 사실은 쟈밀라가 일남도 모르게 어머니가 걱정되어 보냈던 소포였다. 배달부 노인이 보낸 사람이 부탁해서 말하지 않아야 하는데, 어쩔수 없이 말해야겠다며 먼 곳에서 쟈밀라가 보낸 것임을 일남의 어머니에게 말한다. 일남의 어머니는 감동을 받게 되고 쟈밀라의 정성에 감동하여 일남과의 결혼을 허락하게 된다.

주제어 군대, 행복, 조선처녀, 소포, 제대, 결혼, 도리, 며느리, 금가락지 등.

김보리쓰, 「할머니」, 『레닌기치』, 1972.7.29, 3쪽. (단편소설)

주제 가족의 따뜻한 정. 고향인 꼴호즈.
인물 할머니, 나(성철), 아내, 따마라 등.
사건 꼴호스로 돌아가기를 희망하는 어머니.
배경 주택, 꼴호스 등.
줄거리 어릴 때 어머니를 잃은 외손녀를 할머니는 갖은 고생을 하며 키웠다. 외손녀가 성철과 결혼하고 증손자도 생겨, 할머니는 그들과 함께 살았다. 할머니는 가사를 맡았고, 손녀네 부부도 할머니가 계셔서 적적하지 않았다. 할머니도 처음에는 잘 지냈지만, 꼴호스로 가고 싶었다.

왜냐하면 그곳에서 살아왔고 동무노파들도 그곳에 있기 때문이다. 결국 할머니는 짐을 싸서 꼴호스로 향했다. 그런 지 한 달이 지났을 때쯤, 부부는 할머니가 계시지 않아 생활도 불편하고 허전하여 애석해했다. 할머니를 자주 방문하기는 했지만 빈자리는 너무나 컸다. 그러던 중 주일날 할머니가 집으로 돌아오셨고, 부부는 매우 기뻐하였다.

주제어 할머니, 주택, 꼴호스, 동무 등.

웨.뽈라꼬브, 「신기한 목소리」, 『레닌기치』, 1972.10.14, 3쪽.

주제 양심으로 인해 긍정적으로 변한 삶.

인물 나, 아내, 목소리, 아이, 진료소 의사, 치과 의사 등.

사건 어느 날부터 들리는 알 수 없는 목소리.

배경 집 등.

줄거리 어느 날부터 목소리가 들렸다. '뻬드로브에게 빌린 돈을 갚아라, 아내에게 인사하고 입을 맞추고, 꽃도 사주어라, 저녁을 먹고 나면 그릇을 씻어라, 아이를 데리고 산보를 가라, 자격 향상 강습소를 다니라, 아내와 함께 영화 구경을 가라'는 목소리가 들리고 '나'는 싫지만 목소리가 시키는 대로 모두 한다. 아내는 변한 남편 모습에 졸도하고, 진료소로 향한다. 진료 의사는 '이것은 당신께서 양심이 깨어난 것이다. 의학이 무능력한 일이지만 불안해 할 것 없다. 양심과 같이 살 수 있으니까'라고 한다. 그러나 '나'는 고치려고 요술을 잘 한다는 치과 의사를 찾아갔으나, 목소리는 사라지지 않았다.

주제어 목소리, 의사, 묘술, 양심 등.

작자미상, 「소 한 마리 대신 열 마리 받은 사람」, 『레닌기치』, 1972.10.14, 3쪽.
(벨로루씨야 이야기)

주제 진실한 마음을 갖자. 욕심을 부리지 말자.

인물 승려, 농민, 소, 농민의 아내 등.

사건 승려가 신자들에게 소 한 마리를 바치면, 열 마리로 되돌려주겠다고 함.

배경 예배당, 숲속 등.

줄거리 젖소 한 마리를 내어주면 하느님께 기도드려 봄에 열 마리로 만들어주겠다고, 사람들을 속이는 승려가 있었다. 그러나 그걸 모르는 한 농민은 어려운 형편에 딱 한 마리의 소를 가지고 있었는데, 그에게 소를 내어주며 진심으로 기도해달라고 부탁한다. 승려는 소를 받자마자 외양간에 몰아넣고 그 후 봄이 되자 방목장으로 소들을 몰아 보내었다. 그러자 농민의 젖소는 길을 따라 전 주인의 집으로 도망쳤고, 그 뒤를 따라 승려의 아홉 마리 소들도 전 주인의 집으로 들어왔다. 이 사실을 알게 된 승려가 농민을 찾아와서는 소들을 몰아가려고 했지만, 농민은 예전에 승려가 해주었던 말을 되짚으며 더 이상 고생하지 않겠다고 말한다.

주제어 승려, 예배, 하느님, 젖소, 기도, 고생 등.

작자미상, 「사람들의 시비」, 『레닌기치』, 1972.10.14, 3쪽. (우크라이나 이야기)

주제 사람을 평등으로 대하는 자세의 중요성.

인물 부자가 된 농민, 마을 사람들 등.

사건 농민의 말을 믿어주지 않는 마을 사람들. 천행으로 부자가 되어 촌장이 된 농민.

공간 마을 등.

줄거리 성실하고 지혜롭지만 가난한 농민이 있었다. 마을 사람들은 그가 무슨 말이라도 하면, 뭘 알겠냐면서 믿지 않았다. 그러던 차에 천행으로 그가 부자가 되어 촌장까지 되었다. 그는 사람들을 불러 모아 놓고 이런저런 애기를 하던 중, 보습날을 쥐가 갉아 먹었다는 거짓말을 한다. 그러자 마을 사람들은 그럴 수도 있다며 그의 말을 믿는다고 했다. 애기를 듣고 있던 그는, 자신이 가난했을 때는 아무도 자신이 말하는 진심을 믿어주지 않더니, 이제는 부자가 되어 거짓말을 했음에도 불구하고 옳다고 말하는 사람들을 보니 옳고 그른 것을 가리는 것은 어려운 것인 것 같다고 한다.

주제어 가난, 농민, 천행, 부자, 보습날, 옳다, 거짓말 등.

에ㄹ.똘쓰또이, 「여우의 재판」, 『레닌기치』, 1972.10.14, 3쪽. (로씨야 이야기)

주제 진실한 행동을 했을 때 복 받을 수 있다. 권선징악.

인물 나무꾼, 범, 여우 등.

사건 함정에 빠진 범.

배경 산 속 등.

주제어 어진 나무꾼이 산 속에서 함정에 빠진 범 한 마리를 발견한다. 살려주면 반드시 은혜를 갚겠다는 범의 처지가 딱해 나무꾼은 그 범을 살려준다. 그러나 밖으로 나오자마자 범은 살리는 거 끝까지 살리라며 잡아먹겠다고 한다. 그때 마침 그곳을 지나가던 여우가 나무꾼의 이야기를 들고는 시비를 가리기 어렵다며 처음 이 사건이 일어났을 때의 상황처럼 재연해보라고 한다. 범은 함정에 빠졌고 나무꾼이 그 앞에 서자, 여우는 나무꾼에게 가려던 길을 계속 가고 범은 그대로 있으라고 하고 지나간다.

주제어 나무꾼, 범, 은덕, 함정, 여우 등.

에ㄹ.똘쓰또이, 「농민과 물귀신」, 『레닌기치』, 1972.10.14, 3쪽. (로씨야 이야기)

주제 사람은 진실해야 한다. 권선징악.

인물 농민, 물귀신 등.

배경 강물 등.

줄거리 농민이 강물에 도끼를 떨구고 안타까워하자, 물귀신이 나타나 금도끼를 주며 농민의 것이냐고 물었다. 농민은 자신의 것이 아니라고 답했고, 물귀신은 다시 은도끼를 주며 물었지만 농민은 자신의 것이 아니라고 했다. 마지막으로 물귀신이 정작 도끼를 가지고 나와 묻자, 농민은 자신의 것이라고 대답하자 솔직한 농민에게 감동한 물귀신은 도끼 세 개를 모두 선물로 주었다. 집에 돌아온 농민은 주변 사람들에게 보여주며 있었던 일을 얘기해주었다. 욕심 많은 다른 농민은 그 얘기를 듣자마자 그 장소로 달려가 똑같은 행동을 했고, 그때 물귀신이 나타나 금도끼를 보여주며 묻자 농민은 자신의 것이라고 답했다. 거짓말을 하는 농민이 괘씸했던 물귀신은 금도끼도 주지 않고, 농민의 도끼도 주지 않았다.

주제어 농민, 강물, 물귀신, 금도끼 등.

웨, 싸스노브, 「청년의 길」, 『레닌기치』, 1972.10.28, 3쪽. (소품)

주제 조국 수호의 꿈을 꾸는 젊은이들.

인물 전사 리유리, 하사 쎄르게이 보리쏘브, 유리할아버지(빨찌산), 최니꼴라이 등.

사건 포병중대의 화력진지 탐색. 땅에서 발견한 녹슨 탄피와 군용남비.

배경 애솔 밭, 원동 등.

주제어 전사 리유리와 하사 쎄르게이 보리쏘브는 부대 지휘관의 명령으로 포병중대의 화력진지를 탐색하게 된다. 그러던 중 유리는 빨찌산이었던 자신의 할아버지가 당의 과제를 맡아 백파군대를 격파했던 이야기를 쎄르게이에게 들려준다. 공부를 많이 한 두 젊은이는 자신들의 진로에 대한 이야기를 나누지만, 무엇을 해야 할지 고민스러워 한다. 훈련전투가 시작되던 날, 기관총을 설치하기 위해 땅을 파던 중 니꼴라이는 녹슨 탄피를 발견한다. 그리고 '백파들에게 복수하라, 1919년'이라는 글자가 쓰인 녹슨 군용냄비를 발견하게 된다. 그리고 멀지 않은 곳에 붉은 별이 그려진 말뚝을 발견한다. 백파무리들과 마지막까지 싸우다 잠든 사람들에게 그들은 모두 군모를 벗고 예의를 갖추었다. 쏘베트주권수립을 위해 목숨을 희생한 그분들의 성스러운 모습에 유리는 포병이 되어 할아버지처럼 조국을 수호하는 사람이 되어야겠다고 생각한다. 그 후 유리는 혼인을 치르고 원동으로 복무하러 떠난다.

주제어 전사, 빨찌산, 당, 선전삐라, 백파, 쏘베트주권수립, 조국, 수호, 원동 등.

연구자료 한인의용대(빨찌산) 활동. 백위파가 득세하던 시기(1918~1920). 1918년 여름 이후 일본, 미국, 영국, 프랑스 등 연합 간섭군의 무력 개입으로 국제적 성격을 띠게 된 시베리아 내전이 본격화되면서 러시아 한인 사회 역시 전면적 변화의 계기를 맞게 되었다. 시베리아 내전에서 한인 농민들의 대거 러시아 빨치산 활동에 참가하는 등 러시아의 정치적 변혁 과정에 휩쓸리게 되었다.

예쓰. 미할꼬보, 「화가 코끼리」, 『레닌기치』, 1972.10.28, 3쪽. (우화)

주제 소신 있는 사람이 되자.

인물 화가 코끼리, 악어, 해표, 돼지, 곰 등.

사건 친구들에게 자신이 그린 그림의 평가를 부탁함.

줄거리 화가 코끼리가 풍경화 그림 한 점을 그린 후, 친구들을 불러 보여주었다. 그는 자신이 그림으로 성공할 수 없을지도 모른다는 불안감을 지니고 있었다. 친구들은 저마다 그림을 보며 아쉬운 점들을 말하였고, 코끼리는 친구들의 지적 사항을 모두 고쳐 그들을 만족시키고자 하였다. 그러나 친구들은 그런 코끼리의 모습을 보며, 지혜 없이 남의 충고만을 중요시 여기는 코끼리처럼 되지 말자고 한다.

주제어 풍경화, 전람회, 비판, 호평, 만족, 충고, 지혜, 해독 등.

최한수, 「한 조선애의 운명」, 『레닌기치』, 1972.11.25, 3쪽 / 11.28, 4쪽 / 11.29, 4쪽. (실화)

주제 헤어진 부모와의 상봉. 로씨야와 로씨야인에 대한 감사 등.

인물

① 중심인물: 김정선 노인(3대 독자), 할머니, 호철(아들), 금선(호철
의 아내), 귀동(손자, 월로쨔), 빼뜨로브(쏘련 병사, 귀동
의 양아버지), 최익선(금선의 두 번째 남편) 등.
② 주변인물: 한 지주, 곽 지주, 최익선 내외의 아들 딸 등.

사건 부모를 잃은 귀동이 다시 부모와 만나게 됨. 갈 곳 없는 귀동을
구해준 로씨야인.

배경 청진시 교외 조그만 농촌 마을. 2차 대전. 레닌그라드.

줄거리 3대 독자인 김정선 노인의 집에 손자가 태어난다. 왜놈들과 지
주의 등쌀에 살기가 힘드나 그래도 손자 귀동이를 위해 할머니는 은가
락지를 팔아 닭을 구해온다, 또한 돌잔치를 위해 집의 유일한 재산인 새
끼 밴 소를 끌고 한 지주의 소달구지 모집에 참여해 잔치를 치른다. 소
가 새끼를 낳았으나 곽 지주는 빚 대신 어미 소를 끌고 간다. 증조부 때
에 보리쌀 한 말을 꾸어다 먹은 것이 그리 된 것이었다. 어미 없는 새끼
소는 할아버지의 보살핌으로 잘 자랐다. 왜놈들은 조선 사람들을 끌어
다가 전쟁에 필요한 온갖 고역을 다 강요하는가 하면 청부업자들을 내
세워 남화태(싸할린)가 돈벌이 좋다는 소문을 퍼트려 일부 조선 사람들
을 그곳으로 끌고 가려는 흉계를 꾸민다. 호철네 부부도 참여하고 호철
네 부부는 늙은 부모와 귀동을 두고 떠난다. 이후 김정선 노인은 간난
송아지로 생계를 연명했으나 왜놈들은 소를 끌고 가 버렸으며, 구두발
에 채인 할아버지는 신음하다가 세상을 뜨고 할머니 또한 죽고 귀동은
마을에서 동냥밥을 얻어먹다가 사라진다.

1945년 8월 15일 해방이 되고 쏘련군의 혜택으로 자유를 찾는다. 쏘
련 병사 빼뜨로브는 헐벗은 조선 어린 아이를 병영으로 데리고 오고 연
대장의 허락을 받아 레닌그라드로 돌아간다. 그는 짐작가는 대로 나이
를 정하고 월로쨔라는 이름을 지어준다.

월로쨔는 커서 자동차 운전수가 되고 월로쨔가 취직한 기계수리소에는 조선인도 있었는데, 그곳에서 만능 기술자 최익선을 만난다. 월로쨔는 최익선의 집에 초대를 받고 익선의 아내 금선은 월로쨔의 모습에서 첫 남편 호철의 모습을 본다. 금선의 남편 호철은 탄갱이 무너져 세상을 떠났다. 이후 금선은 왜놈의 집에서 일을 하다가 해방 후 바느질 공장에서 일하며 지금의 남편을 만난 것이다. 금선은 월로쨔를 본 이후 일이 손에 잡히지 않았다. 금선은 월로쨔에게 집 주소를 묻고 월로쨔의 남편에게 편지를 써서 월로쨔에 관해 물어보나 돌아온 대답은 월로쨔가 자신에 대해서 말한 것과 다르지 않았다. 하루는 익선의 생일에 다시 방문한 월로쨔가 세수하는 모습을 지켜보던 금선은 문득 '귀동'이라 부른다. 금선은 귀동의 등에 박힌 삼태성 기미를 보고 귀동임을 확인한 것이다. 귀동 또한 어린 시절 자신을 귀동이라 부르던 기억을 떠올리게 된다. 이듬해 빼뜨로브를 방문한다.

주제어 왜놈, 지주, 남화태, 해방, 로씨야인, 삼태성 기미, 상봉 등.

연구자료 왜놈들은 조선사람들을 끌어다가 전쟁에 필요한 온갖 고역을 다 강요하는가 하면 다른 편으로는 청부업자들을 내세워 남화태(싸할린)가 돈벌이 좋다는 소문을 퍼트려 일부 조선사람들을 그곳으로 끌어가도록 흉계를 꾸몄다.

오.유렌꼬, 「신기한 일」, 『레닌기치』, 1972.12.14, 3쪽. (단편소설)

주제 아름다움의 공유.

인물

　① 중심인물: 나딸리야 이와노브나 크와사, 와씰리 쎄묘노위츠(남

편) 등.

②주변인물: 이웃, 쩨흐 사람들 등.

사건

①중심사건: 아끼는 꽃들의 사라짐과 쩨흐에서 발견한 꽃.

②주변사건: 꽃으로 가득한 나딸리야의 집을 벌통이라 놀리는 이웃.

배경 깝까스, 공장 쩨흐 등.

줄거리 나딸리야 이와노브나 크와사는 멋도 알고 꽃을 매우 좋아한다. 항상 꽃으로 가득한 집을 이웃 사람들이 벌통이라 놀릴 때는 화가 났다. "녀성의 시대의 새벽은 전혀 다르며 할머니와 어머니의 것이 아니며 오직 나딸리야의 것"이라 생각하는 그녀는 여름마다 여행을 한다. 그러나 이번 여름은 혼자 여행을 했다. 그녀는 어머니가 되어 보지 못했으며 꽃이 자식과도 같은 존재였다. 집에 돌아온 그녀는 꽃들이 사라진 사실을 발견하고 남편은 공구 쩨흐에 있다고 말해준다. 그녀는 곧바로 도시 변방에 있는 "시월" 공장으로 달려갔다. 그녀는 그곳에서 "꽃들이 모두다 제것인 듯 자랑"하는 모습에서 감동을 받는다.

주제어 꽃, 벙통, 공장 쩨흐, 신기한 일 등.

강윤기, 「두 할머니」, 『레닌기치』, 1972.12.30, 5쪽 / 1973.1.3, 4쪽. (단편소설)

주제 은혜를 입은 일에 대한 보답. 민족을 초월한 가족애 등.

인물

①중심인물: 경호, 따마라(경호의 동생), 경호의 어머니 련이, 알렉
쌘드라 쑤워로와(경호 어머니의 동생), 박치하, 련이(박

126

치하의 아내) 등.

② 주변인물: 아르까샤(따마라의 남편), 이와노브(로씨야인) 등.

사건

① 중심사건: 경호의 고향 방문과 경호 어머니의 회갑연.

② 주변사건: 련이네를 구한 로씨야인과 수라 부인네를 구한 련이네.

배경 K비행장과 회갑연(외화). 1941년 조국전쟁 시기, 카사흐쓰딴 크슬오르다(내화).

줄거리 경호는 K비행장에 내렸고, 경호의 로씨야인 여동생 따마라와 동생들이 마중을 나왔다. 이미 몇 해 전에 어머니의 회갑은 지났지만 맏아들인 경호의 방문에 맞춰 회갑연을 차리기로 했던 것이다. 잔치로 분주한 가운데 로씨야 할머니 알렉싼드라 쑤워로와는 경호 어머니에게 성님이라 부르고 사람들은 의아해한다. 두 집안은 몇 십 년 전부터 친형제처럼 지내는 사이였다. 싸할린에서 온 맏아들 경호 내외가 먼저 절을 하는 것으로 잔치를 시작되었다. 따마라 부부도 절을 올렸다. 알렉싼드라 쑤워로와는 회상에 잠겼다.

1941년의 조국전쟁 시기에 카사흐쓰딴 크슬오르다에 많은 피난민이 나타났다. 하루는 박치하네 집 앞을 지나는 로씨야인 중년 여성과 두 딸이 있었다. 박치하의 아내 련이는 그들을 자신의 집으로 인도하여 보살폈다. 치하는 13살 때 원동과 국경을 접한 동만주에서 살았는데, 일본 경관과 그들의 앞잡이들이 아버지를 체포해 갔고 아버지가 총살을 당하자 어머니는 원동에 있는 삼촌을 찾아 길을 떠났다. 추위와 배고픔으로 길에 쓰러졌고 로씨야인 산직이 이와노브가 그들을 구해줬다. 결국 딸하나는 목숨을 잃었다. 그때를 생각하고 박치하는 로씨야인 가족을 구한 것이다. 수라 부인은 언니를 찾아가려던 생각을 단념하고 련이네와 지내게 되었다. 다음 날 수라는 련이에게 털이불을 선물한다. 당시 추위에 떨던 수라는 자신에게 이불을 건네 련이의 선물이 너무도 감사해서 평생 잊지 못했다. 그렇게 그들은 한 가족으로 살아왔던 것이다.

주제어 회갑연, 조국 전쟁, 친형제 등.

연구자료 민족을 초월한 가족주의.

1973

떼.누르마간베또브, 「제비둥지」, 『레닌기치』, 1973.3.3, 3쪽 / 3.6, 4쪽 / 3.7, 8쪽 / 3.10, 4쪽 / 3.13, 4쪽 / 3.14, 4쪽. (단편소설)

주제 할머니에 대한 그리움. 가족에 대한 원망과 그리움.

인물

  ① 중심인물: 오스따이 할머니, 소르만(할머니의 손자), 끼얀베크(오스따이 할머니의 친척), 사바르꿀리(끼얀베크의 아내) 등.

  ② 주변인물: 소까따이(뜨락또르 운전수), 소까따이의 아내, 사라이(아이바르사의 남편), 무라트베크(동네 아이), 싸근(동네 아이), 아이바르사(소르만의 엄마), 예쎈솔(소르만의 아빠), 굴리산(끼얀베크의 손녀) 등.

사건

  ① 중심사건: 할머니와 떨어져 친척 집에서 지내게 된 소르만.

  ② 주변사건: 제비집의 헐림으로 새끼 제비를 구한 소르만.

배경 아울 등.

128

줄거리 오스따이 할머니는 병에 걸려 손자 소르만을 친척인 끼얀베크
에게 보낸다. 할머니의 병은 안중에 없고 어린 손자는 자동차를 타는 것
만 좋았다. 소르만은 친척 집에서 벽돌 나르는 일을 했다. 하루는 끼얀
베크 내외가 아이바르사의 얘기를 하는 것을 듣고 소르만은 한없이 좋
았던 여인 아이바르사를 생각했다. 그녀에게는 사라이라는 남편이 있었
고 그는 소르만을 좋아하지 않았다. 소르만은 집에 돌아가고 싶었고 운
전수 소까따이에게 집에 가고 싶다고 말하나 그는 할머니가 도시로 갔
다고 일러준다. 그리고 귓속말로 끼얀베크 내외에게 무슨 말을 했다.

　다음 날 마을 사람들은 뜨락또르를 타고 어딘가에 가고 소르만은 혼자
남아 집을 보게 되었다. 심심하던 차에 동네 아이들이 찾아오고 같이 놀
게 되나 소르만이 아끼는 제비 둥지의 알을 꺼내자는 아이들의 제안에
이를 거부하다가 싸울 뻔한 것을 소까따이의 아내가 나타나 아이들은
도망한다. 소르만은 할머니를 생각하고 자신이 싸웠을 때 동네 사람들
이 자신에게 "예쎈솔처럼 눈도 푸르무레하고 싸움도 좋아한다"라고 했
던 말을 떠올린다. 또한 온갖 역경을 이기고 약을 구해 와서 어린 아이
를 구한 할머니가 해준 제비 이야기를 생각한다. 어딘가로 떠났던 마을
사람들이 돌아오고 소까따이는 아직 할머니가 돌아오지 않았다고 한다.

　하루는 끼얀베크의 딸과 사위가 오고 그들에게는 굴리산이라는 딸이
있었다. 굴리산과는 빨리 친해졌으나 사바르꿀리 아주머니가 굴리산을
위하는 모습과 "여전히 끼얀베크의 낡은 솜옷을 베고 벽가까이 누워 헌
이불로 몸을 가"린 자신을 인식한다. 할머니가 더욱 그리워졌다. 또한
아이바르사가 자신을 찾아왔을 때 함께 잠자리에 눕던 일을 떠올렸다.
굴리산은 도시로 돌아가고, 지붕을 이기 시작하여 소르만의 벽돌 나르
는 일도 끝이 났다. 그러나 받침대가 필요해지자 그 위에 집을 짓고 사
는 제비가 걱정되기 시작했다. 그러나 끼얀베크는 제비에 대한 배려가

없었고 소르만은 제비 새끼를 꺼내 다른 곳에 집을 만들어 넣어준다. 어미 새끼가 와서 새끼를 찾았으나 오양간 쪽으로 오라는 소르만의 신호를 보지 못하고 그대로 날아가 버렸다. 다음 날도 마찬가지였다. 그리고 끼얀베크 내외의 말을 듣고 있다가 할머니가 돌아가신 사실을 알게 된다. 소까따이가 원망스러웠다. 소르만은 제비 새끼를 찾았다. 제비 새끼만이 자신의 처지를 알아줄 것으로 생각했다. 제비는 다 커서 비로소 날아갔다. 제비를 보내며 소르만은 자신을 버린 부모를 원망했다. 그리고 날아간 제비를 기다렸다.

주제어 할머니, 제비, 그리움 등.

연구자료 보기 드물게 행복한 결말 구조를 갖지 않음.

게.뜨로쁠쓰끼, 강태수 역, 「련결수 쩨렌찌뻬뜨로위츠」, 『레닌기치』, 1973.4.20, 3쪽 / 4.21, 4쪽 / 4.25, 4쪽 / 4.26, 4쪽 / 4.27, 4쪽 / 5.2, 4쪽 / 5.5, 4쪽 / 5.8, 4쪽. (단편소설)

주제 사리사욕의 경계와 꼴호스 공동소유 의식의 강조. 왜곡된 현실 고발의 중요성.

인물

　　① 중심인물: 쩨렌찌뻬뜨로위츠(련결수), 꼬쓰쨔(뻬뜨로위츠의 동료) 등.

　　② 주변인물: 치하예브(구역농업기사장), 네도슬룝낀(구역집행위원회 위원장) 등.

사건

　　① 중심사건: 술을 마시지 않고 맨 정신으로 사회적 모순을 고발함.

② 주변사건: 술을 마시고 꼴호스 사람들의 사리사욕을 비난함.

배경 꼴호스 등.

줄거리 쩨렌찌뻬뜨로위츠의 외양은 체소하고 볼품이 없으나 꼴호스 사람들은 그를 매우 존대한다. 그의 직업은 련결수이다. '련결수'는 농기계를 조정하는 사람이다. 그의 노력적 성과는 칭찬할 만하다. 또한 그는 명절 때 한두 번 진창 술을 마셔도 정신이 온전했다. 술에 취하면 술의 힘을 빌려 꼴호스의 공동소유를 무시하고 개인적 이득을 취한 사람들을 비난하기도 했다. 뻬뜨로위츠는 춘기 파종 시 농사를 잘 모르는 윗사람인 구역농업기사장인 치하예브와 구역집행위원회위원장인 네도슬룝낀의 명령에도 굴하지 않고 자신의 신념대로 행동했다. 이후 좋은 설과를 이룬다. 이러한 성과를 발표하는 구역선진농업일군회의에서 그는 연설을 하게 된다. 그는 그곳에서 자신에게 명령하던 이들을 보면서 우울해지고, 좋은 연설을 위해 술을 권하는 꼬쓰쨔의 권유에도 불구하고 술을 마시지 않는다. 그는 술없이 모순을 고발하기에 이른다.

주제어 련결수, 꼴호스, 술, 비난, 연설, 현실고발 등.

김철수, 「새날이 밝을 무렵」, 『레닌기치』, 1973.5.19, 3쪽 / 5.22, 4쪽 / 5.23, 4쪽 / 5.25, 4쪽. (단편소설)

주제 과거 삶의 아픔과 사회주의의 새 세상을 맞는 기대감.

인물

① 중심인물: 어머니, 나(아들), 두 누이, 친정 조카, 작은 오라버니 등.

② 주변인물: 생룡(마을 아이), 페자, 금녀 아버지 등.

사건

　① 외화: 자식들에게 과거 아버지와 자신의 삶을 이야기 함.

　② 내화: 아버지가 구당과의 싸움에서 용감하게 전사함.

배경 1922년 가을 원동 어느 한 산촌(외화). 조선에서부터 원동까지 (내화)

줄거리 가을 추석 무렵 어머니는 아황성에서 레닌이란 인물의 가르침을 받은 신당파가 부자들을 타파하고 새 세상을 만들었다는 생각에 빠져 있었다. '나'는 아이들이 놀자고 하나 어머니의 불쾌한 기색에 나가지도 못한다. 어머니는 '나'에게 아버지가 없는 것을 안타까워하나 '나'는 아버지가 없어도 자신은 놀이에서 신당파 대장이라 자랑을 한다. 저녁에 누이들이 오고 어머니는 누이들에게 좋은 세상이 온다고 얘기한다.

어머니는 시집살이 5년 동안 지주 김부자로 인해서 너무도 힘든 소작살이를 했다고 한다. 결국 아버지는 돈벌이를 위해 마을 사람들과 함께 강동으로 떠났다. 남정네가 없어 삶은 더 고달파지고 10년이 지나도 온다는 소식은 없고 남편들이 죽었다는 소식만 돌아왔다. 어머니는 결국 친정 조카네가 강동으로 가는 차에 딸들을 데리고 남편을 찾아 떠났다. 해삼에 당도하고 한 객주에서 정신을 잃었으나 우연히 그곳에서 작은 오라버니를 만나 그의 집으로 갔다. 오라버니는 보행군을 풀어 아버지를 수소문하고 아버지는 보행군과 함께 돌아왔다. 그러나 10년 동안 번 것이라고는 아무것도 없었다. 그러나 가족이 모여 살게 된 이후 아들도 태어났다. 그러나 구라파전쟁이 끝나도 원동에는 일본, 미국, 영국 등이 찾아들어 살기가 힘들었다. 그러한 때에 아버지는 방산하러 갔다가 2개월 후에 돌아오고 이후 로씨야 사람 페자가 아버지를 찾아온 다음 동네 사람들이 우리 집에 모여 무슨 공론을 했다. 하룻밤 총소리가 나고 아버지는 돌아오지 않았고 이웃집 할머니는 일본군인이 누군가를 즉살

했다는 소식을 전해왔다. 금녀 아버지와 페자가 찾아오고 그들의 안내로 아버지의 임종을 지켰다 한다. 어머니는 자식들이 새 세상에서 살 것이 기쁘기에 그 날이 올 때까지는 말조심을 하라고 이른다. 아버지는 구당놈들과의 싸움에서 세상을 떠난 것이었다.

주제어 추석, 원동, 레닌, 신당파, 구당놈, 새 세상 등.

1974

아나톨리 이화, 「손님」, 『레닌기치』, 1974.2.2, 3쪽 / 2.5, 4쪽. (단편소설)

주제 사회주의 사회의 새로움과 사유재산에 대한 기대와 허망함.

인물

　　① 중심인물: 예고르 뽈로쑤힌(쏩호스 부기원), 니끼따(예고르의 형,
　　　　　　　　57세 재봉사), 올리가(예고르의 아내), 글레브 뽈로쑤힌
　　　　　　　　(지주, 예고르와 니끼따의 할아버지), 꾸시마(예고르와 니
　　　　　　　　끼따의 아버지), 꾸시마의 아내 등.

　　② 주변인물: 니꼬짐 스원쩨브(쏩호스 지배인) 등.

사건 손님인 형의 방문과 형제의 과거.

배경 술라놉까촌 등.

줄거리 공휴일에 예고르를 방문한 한 사람. 그는 서로 보지 못한 지 30년도 더 된 예고르의 형 니끼따였다. 그들은 서로 닮지 않았다. 동생은 쏩호스 지배인이었던 니꼬짐 스원쩨브에 관해서 이야기를 했다. 28년도에 글레브 할아버지가 우리를 데리고 술라놉까촌을 떠날 때 이미

다 자란 형이었기에 스윈쩨브를 기억할 것이라 생각했으나 형은 그 사람이 기억에 없다고 했다. 형은 동생이 도망을 가고 할아버지는 세상을 떠났을 때가 30~31년도라고 했다. 할아버지는 마을에 꼴호스가 조직되자 견디지 못했다고 한다. 형은 신문에서 동생의 이름을 보게 되었고 동생인지 확인 차 그리고 고향산천 구경도 겸하여 왔다는 것이다.

형은 동생의 아내를 칭찬했다. 동생은 전쟁 중에 홀로 감자를 먹고 있는 계집애를 발견하였으며 전쟁이 끝나고 찾아가서 결혼한 여자가 지금의 아내라고 했다. 동생은 형이 자기를 만나보려고만 온 것이 아니라고 느꼈다. 형은 어떻게 사느냐가 문제라고 하면서 자신은 술라놉까 어디서나 살 수 있으나 너는 왜 여기서 뿌리박고 사느냐고 묻는다. 동생에게 형의 이 말은 차갑고 날카롭게 예고르의 뇌수로 들어왔으며, 동생은 물음에 답할 수 있었으나 대답하고 싶지 않았다. 옛일을 들쳐 내고 싶지 않았던 것이다.

본래 술라놉까 쏩호스 땅은 글레브 할아버지의 땅이었다. 글레브는 막돼먹은 사람이었다. 오로지 미모 하나 때문에 아들인 꾸시마를 마을에서 가장 가난한 집 딸에게 장가를 들였다. 아들인 꾸시마는 20년대 토호 폭동 때 할아버지를 대신하여 매우 잔인했다. 빈농위원장이었던 니꼬짐 스윈쩨브를 가혹하게 다루고 그를 총살했다. 폭동 진압 후 꾸시마는 재판을 받고 총살당했으며, 스윈쩨브는 살아났다. 이후 꾸시마의 아내는 자살을 했다. 예고르는 어머니의 죽음에 할아버지의 잘못이 있다고 생각했다. 29년에 할아버지는 똠쓰크주의 북방으로 정배를 가게 되고 한 해 후에 예고르는 거기서 도망을 했다. 이후 온 나라를 떠돌고 출신이 들통나면 떠나기를 반복했다. 그리고 전쟁이 나기 한 해 전에 고향으로 돌아왔다. 고향 사람들은 쏩호스 지배인인 스윈쩨브에게 예고르를 마을에서 내쫓으라고 요구했다. 그러나 스윈쩨브는 그를 받아주었던 것이다.

아침에 집을 나가 저녁에 돌아온 형은 살던 집을 찾지 못했다. 동생은 그 자리에 학교가 섰다고 알려준다. 형은 어머니의 무덤도 봤으며 스윈쩨브의 무덤도 봤다고 한다. 동생은 어머니의 무덤은 자신이 거두었으며 스윈쩨브의 것은 마을사람들이 돈을 모아 꾸몄다고 했다. 날이 밝자 일주일 정도 있겠다던 형은 자신을 정거장까지 바래달라고 한다. 떠나가면서 형은 뽈로쑤힌의 땅에서 수입을 계산하는 일에 모욕을 느끼지 않는지 묻는다. 동생은 당원이라고 당당하게 말한다. 형은 자신은 랴산에서 살며 재봉사이며 아내도 자식도 없다고 말한다. 할아버지는 동생이 떠난 이후 술라놉까촌을 잊지 말고 나중에라도 권리를 찾으라는 유언을 남겼다는 것이다. 형은 전쟁 때에 파시쓰트 편에서 경찰 노릇을 했다고 한다. 전쟁 후에는 15년 동안 구금되었다고 했다. 고향에 돌아와 예전의 우리 것들이었던 것을 돌아보며 모두가 변해버린 현실과 자신은 일생을 무엇 때문에 허송하였는지 생각했다는 것이다. 형은 그렇게 떠나간다.

주제어 손님, 형, 고향산천, 토호, 폭동, 전쟁, 파시쓰트, 구금, 허송 등.

1975

박현, 「세 빠르찌산」, 『레닌기치』, 1975.4.5, 3쪽. (발라다)

주제 용감한 아바이 빠르찌산에 대한 추억. 조장 아바이 빠르찌산의 희생.

인물 조장아바이, 나(부상당함), 꼬마 등.

사건

　① 중심사건: 벨로루씨야 수림 속에서 파시쓰트에게 쫓기는 세 빠
　　　르찌산.

　② 주변사건: 작전문건을 기다리는 부대장.

배경 벨로루씨야 수림 속.

줄거리 벨로루씨야 수림 속에서 파시쓰트에게 쫓기는 세 빠르찌산.
'나'는 부상당했고, 조장 아바이와 꼬마가 번갈아 엎고 이동 중이었다.
부대장에게 건네야 할 작전문건을 위해서 꼬마와 '나'가 희생을 하려고
하나 조장 아바이는 적을 유인하는 결사의 싸움에서 자신을 희생했다.
대원들은 조장 아바이를 추억한다.

주제어 빠르찌산, 파시쓰트, 적을 유인하는 결사의 싸움 등.

**전동혁, 「그들의 운명」, 『레닌기치』, 1975.4.5, 3쪽 / 4.8, 4쪽 / 4.9, 4쪽 / 4.10, 4
쪽. (단편소설)**

주제 부모와 자식의 상봉. 타인에 의한 두 사람의 어긋난 운명.

인물

　① 중심인물: 김미론(중학교 수학 교원), 리웨라(새로 부임한 처녀 준
　　　의), 올랴(미론의 딸), 김따냐(미론과 웨라의 딸) 등.

　② 주변인물: 미론의 누이, 미론의 어머니(까라쑤라 부락 맏아들 집에
　　　기거), 미론의 아내.

사건

　① 중심사건: 미론과 웨라의 이별과 자식과의 상봉.

② 주변사건: 딸의 대학 졸업 후 결혼한 웨라.

배경 조선 해방 직후 평양, 크술오르다, 뚜르께쓰딴시 등.

줄거리 학교 목공실에서 손가락을 벤 김미론은 새로 부임한 준의 리웨라에게 가서 치료를 받는다. 김미론은 그녀가 마음에 들었다. 이후에는 치료보다 리웨라를 만나러 다녔다. 미론은 청년 미남자로 마을 처녀들에게 인기가 많았다. 미론은 리웨라에게 청혼을 했다. 그러나 리웨라는 자신이 한 번 결혼한 경력이 있으므로 자격이 없다고 한다. 그러나 미론은 이를 개의치 않았으며 둘은 더욱 가까워진다. 미론의 누이가 이 사실을 알아차린다. 미론의 어머니는 딸에게서 미론과 웨라의 관계를 듣고 일부러 진료소에 찾아가 웨라를 보고 오기도 한다. 그러나 어머니는 장에서 싸마르깐드에서 왔다는 여자를 만나게 되고, 그녀로부터 웨라가 생과부라는 사실을 알게 된다. 이에 어머니는 둘의 관계를 반대한다.

이때 김미론은 구역군사부로부터 호출장을 받는다. 쏘련군 대좌는 조선말과 로씨야 말의 구사 정도를 물었다. 웨라와 미론은 따스껜트에 가서 사진을 찍고 금반지와 만년필을 서로에게 선물한다. 이후 미론은 징모 호출장을 받았다. 미론은 소왕령을 지나 두만강을 건너 선조들이 살던 산천을 보게 된다. 미론은 통역원으로 일하게 되고, 웨라에게 편지를 하나 일절 답장이 없었다(어머니는 중간에서 웨라에게 가는 미론의 편지를 가로챘으며, 웨라에게는 기다리지 말라고 함). 누나에게서 온 편지에는 웨라가 어딘가로 떠났다는 것이다. 웨라는 미론을 의심하게 되고, 미론의 아이를 임신한 몸으로 독신생활을 결심하고 떠났던 것이다.

한편 쏘련군 사령부로부터 조선통역군무자들이 가족을 데려올 수 있다는 허가가 나고 미론은 한 달의 휴가를 받아 고향으로 돌아왔다. 그러나 백방으로 찾아도 웨라를 찾지 못한다. 결국 어머니가 소개하는 처녀와 약혼을 하고 성례를 한다. 쏘련 군대는 1948년 섣달에 철수를 하고

미론도 돌아와 제대를 했다. 미론의 가족은 크술오르다에 정착해 살아
갔다. 이후 19년이 지났다. 미론의 아내는 위장암종병으로 죽고 딸 올
랴는 사범대학 졸업시험을 치르고 그녀의 동무 김따냐를 집으로 초대한
다. 따냐와의 대화에서 의심을 품은 미론은 따냐 부모님의 이름을 묻게
되고 따냐는 어머니는 리웨라 빼뜨로브나이고 아버지는 김미론 이와노
위추라고 말한다. 따냐는 아버지를 사진으로만 기억한다고 말한다. 미
론은 평양으로 떠나기 전 웨라와 같이 찍은 사진을 들고 와 보여주고 이
렇게 둘은 상봉한다. 이제 세 식구가 함께 살게 된다. 어느 날 미론의
어머니가 오고, 모든 사실을 들은 미론의 어머니는 자신의 잘못을 뉘우
친다. 따냐는 어머니 웨라와 같이 살자고 하고 무작정 찾아가자고 한다.
미론과 따냐는 뚜르께쓰딴시로 떠난다. 미론을 남기고 혼자 집으로 들
어간 따냐는 한참 후에 나와서 아버지 손을 이끌고 공항으로 가자고 한
다. 따냐는 집에서 웨라와 결혼한 중년의 남자를 보게 된다. 따냐는 자
신과 같이 온 사람이 누구인지를 웨라에게 밝히지 않고 편지하겠다는
말만 남기고 떠난다. 아버지와 딸은 크술오르다로 돌아온다.

주제어 조선 해방 직후 평양, 선조들이 살던 산천, 조선통역군무자,
사진, 상봉 등.

**보리스 고르바또브, 「동무에게 보내는 편지」, 『레닌기치』, 1975.4.26, 3쪽 /
4.29, 4쪽. (단편소설)**

주제 가족과 조국을 위해 전쟁에서의 승리를 다짐함.

인물 나, 친구, 마린까(친구의 딸), 옥싸나(친구의 아내), 안똔 추비린(탈
주병) 등.

사건

   ① 중심사건: 전장에서 친구에게 편지를 씀.

   ② 주변사건: 탈주병의 총살.

배경 1941년 10월 30일 밤의 전장, 도네츠 초원 등.

줄거리 1941년 10월 30일 밤 전장으로 나가기 7시간 전. 삶과 죽음에 관해서 생각하며 동무에게 지난날을 기억하는지 묻는 편지를 쓴다. 동틀 무렵까지 5시간을 남기고 친구에게 살고 싶다고 편지를 한다. 독일 파시쓰트놈들에게서 살아 온 한 병사의 애기를 들려주며, 그에게서 "노예로 된 사람의 잔등"을 보았으며, "파시슴이 나에게 가져다 주려는 것이 바로 등을 굽힌 얽매인 생활이라는 것"을 깨달았다고 한다. 동틀 무렵까지 3시간을 남기고 파시쓰트 하에서의 친구의 어여쁜 아내와 딸의 운명을 가정하며, 노예로 살기보다 차라리 영웅으로서 죽는 길을 택하겠다고 말한다. 탈주병 안똔 추비린(총살당함)을 비판하며 가족과 조국을 위해 목숨을 돌보지 않을 것임을 역설한다. 동틀 무렵까지 2시간을 남기고 자유로운 땅에서 모든 인민들과의 화목한 생활을 위해 승리를 다짐한다.

주제어 독일 파시쓰트, 파시슴, 탈주병, 가족과 조국 등.

김원봉, 「빠르찌산 김안똔과 그의 일가」, 『레닌기치』, 1975.5.17, 3쪽 / 5.20, 4쪽 / 5.21, 4쪽 / 5.22, 4쪽 / 5.23, 4쪽 / 5.24, 6쪽 / 5.27, 4쪽 / 5.28, 4쪽 / 5.30, 4쪽 / 6.3, 4쪽 / 6.4, 4쪽 / 6.5, 4쪽. (단편소설)

주제 조국을 위한 빠르찌산의 희생, 자식을 잃은 어머니의 슬픔과 용기, 전쟁으로 인한 비극과 투철한 신념의 재확인 등.

인물

① 중심인물: 어머니, 알렉산드로(맏아들), 안나(알렉산드로의 아내),
알렉쎄이(둘째 아들), 안드레이(셋째 아들), 안뜬(넷째,
뜨락또르 운전수), 아르쎈찌(다섯째), 마리야(여섯째)
등.

② 주변인물: 사르꼬이(파시쓰뜨 앞잡이) 등.

사건 김안뜬 일가의 빠르찌산 투쟁기.

배경 북부 크림의 쓸랴반쓰꼬예 등.

줄거리 둘째 아들 알렉쎄이와 셋째 아들 안드레이는 공부만하고 결혼
을 하지 않는다. 어머니는 그것이 불만이다. 눈동자가 새까만 조선 처녀
를 데려오라던 어머니 자신의 바람도 무뎌진다. 맏아들 알렉산드로는
군대 비행사이지만 군생활 때문에 며느리 안나조차 잘 볼 수가 없다. 어
머니는 남편을 먼저 보내고 6남매를 키운다. 어머니는 넷째부터는 둘째
와 셋째의 도움으로 공부를 시킬 생각이었다. 따라서 자식들을 빨리 결
혼시키고픈 자신의 마음과는 달리 맏아들은 동생들이 전문학교를 졸업
해야 한다고 한다. 1940년 맏아들은 군대에서 제대하여 크림으로 와서
우유공장지배인으로 일하며 어머니에게 온돌방을 만들어드리기도 했
다. 1941년 둘째와 셋째는 끼빠리쓰나무로 화단을 만들고 어머니에게
이 화단(꽃밭)은 어머니와 자식들의 상징이라 한다. 맏아들은 동생들을
불러 6월 25일 어머니의 55주년 생신을 얘기했다. 안뜬은 형들의 학교
생활을 고려하여 6월 22일에 잔치를 하자고 제의한다. 그리고 도맡아
생신을 준비했다. 성대한 잔치가 벌어졌다. 그러나 6월 22일 새벽 4시
독일이 쏘련을 침공했다.

전선탄원운동이 여기저기서 일어나고 형제들은 전장에 나아갈 생각
을 한다. 둘째와 셋째가 입대를 하고 어머니는 꽃밭을 더욱 열심히 가꾼

다. 알렉쎄이에게서 첫 편지가 오고 후방에 남은 가족들은 전선원호운
동에 매진한다. 한편 맏아들은 알렉쎄이의 부상을 어머니에게는 의도적
으로 전하지 않는다. 독일군이 크림을 점령하게 되고, 안똔은 빠르찌산
조직에 참여한다. 안나도 참여하며 모든 가족이 참여하게 된다. 파시쓰
뜨 앞잡이 사르꼬이는 안똔을 감시한다. 안나는 위험을 무릅쓰고 작전
을 수행했다. 그러나 삐라를 구두 굽에 숨겨 돌리던 안나가 사르꼬이에
게 붙잡힌다. 이를 안똔이 구하고 사르꼬이의 시체가 다음날 마을에 내
걸린다. 이후에 파씨스트에게 포위된 안똔은 수류탄을 품고 자결을 한
다. 독일군은 안똔의 신분 확인을 위해 탐문을 하고 안똔의 죽음이 알렉
산드로에게 알려진다. 맏아들이 이 사실을 어머니에게 알리 때 독일군
이 들이닥친다. 독일군은 가택 수색을 마치고 돌아갔다가 다시 와서 맏
아들을 체포한다. 독일군은 처참하게 죽은 안똔의 시체를 어머니로 하
여금 직접 목격하게 한다. 그러나 어머니는 자신에게는 이런 아들이 없
다고 하며 빠르찌산의 비밀을 고수한다. 일주일 후 독일군은 맏아들을
총살한다. 마침내 독일군은 퇴각하기 시작하고 5월 4일 조국이 해방되
나 둘째와 셋째의 전사 소식이 전해진다. 그러나 어머니는 울지 않는다.
　주제어 어머니와 6남매, 독소전쟁, 빠르찌산 등.

**전향문, 「만호 아저씨는 어디로 가리」, 『레닌기치』, 1975.6.7, 3쪽 / 6.11, 4쪽 /
6.12, 4쪽. (경희극)**

　주제 세대 갈등. 관습을 중요시하는 아버지와 낡은 관습을 타파하고
자 하는 자식 등.
　인물

① 중심인물: 만호, 갈랴(만호의 딸), 정순(만호의 아내), 전유라(전명
철, 갈랴의 애인), 뻬쨔(만호의 아들), 복선(유라의 어머
니) 등.

② 주변인물: 명실(뻬쨔를 이태 동안 기다림) 등.

사건

① 중심사건: 아버지의 생일과 약혼식을 준비하는 만호 가족.

② 주변사건: 집에 도착하지 않는 명실.

배경 만호 네 집 등.

줄거리 만호의 59번째 생일. 만호는 이날을 기하여 이태를 기다린 며
느리 될 사람(명실)을 초대한다. 갈랴는 과일을 사러 나가고 창문에서
만호와 정순은 갈랴가 애인인 유라를 만나는 것을 목격한다. 만호는 이
것을 보고 "제 오래비가 새파란 총각으로 있는 한 련애질은 못"한다고
하면서 황황히 쫓아 나간다. 갈랴는 만호가 나간 사이 집에 들어온다.
한편 명실이 아직 안 왔다는 전화가 오고, 정순은 갈랴에게 유라(전명
철)에 관해 이것저것 묻는다. 유라는 자신과 같은 교원이며 어머니가 앓
으셔서 혼사를 서둔다고 한다. 만호가 들어오고 갈랴에게 다시 묻는다.
만호는 오래비 장가 전에는 절대 안 된다는 입장이다. 그리고 길바닥에
서 만났으니 더 안 된다는 입장이다. 한편 유라가 자신의 어머니를 모시
고 방문을 한다(만호는 이 사실을 모름). 아들 뻬쨔가 도착하고 만호는 아
들에게 오늘 약혼이라도 해야 한다고 말한다. 정순은 만호에게 안사둔
이 왔으며 사랑으로 모셨다고 한다. 만호는 급히 예의를 차린다. 마침내
유라의 어머니 복선이 등장하고 만호는 유라의 인사를 받는다. 이로써
만호는 갈랴의 약혼식을 치르게 될 처지가 된다.

주제어 며느리, 련애질, 장가, 약혼, 길바닥 등.

연구자료 '길바닥'에서 만났다는 것은 정혼이 아니라 자유연애이다.

리정희, 「살구꽃 필 때」, 『레닌기치』, 1975.6.19, 4쪽 / 6.20, 4쪽 / 6.21, 3쪽 / 6.25, 4쪽 / 6.26, 4쪽 / 6.27, 4쪽 / 6.28, 4쪽 / 7.1, 4쪽 / 7.2, 4쪽 / 7.4, 4쪽 / 7.5, 4쪽 / 7.9, 4쪽. (단편소설)

주제 개인의 감정(사랑)보다 소중한 가족의 가치.

인물

① 중심인물: 영애, 영애의 할머니, 영기, 최윤희(영애의 동생), 상호 (영애의 애인) 등.

② 주변인물: 영애의 아버지, 영애의 어머니(친어머니 아님), 라야(영애의 친구), 똘랴(라야의 애인), 김옥녀(윤희의 동료), 따마라(영애의 동료), 영애의 친어머니(윤희의 엄마) 등.

사건

① 중심사건: 자신을 버린 친어머니와의 해후와 이별. 영기의 영애에 대한 구애. 유부남인 상호와의 사랑과 이별.

② 주변사건: 라야와 똘랴의 결혼과 이혼 등.

배경 하리꼬브, 악쭈빈쓰크, 싸할린 등.

줄거리 영애는 방학을 맞아 고향에 온다. 영애에게는 할머니와 아버지 그리고 어머니가 있으나 어머니는 친어머니가 아니다. 영애는 세 살 전부터 할머니의 슬하에서 자랐다. 영애는 자신의 친어머니가 궁금했고, 할머니는 영애가 철들면 모든 사실을 이야기하겠다고 했다. 하루는 중학교 졸업 이후 다른 곳에서 공부하는 영기가 찾아온다. 영기는 영애에게 사랑을 고백하고 바로 답변할 수 없다는 영애의 말에 몇 해라도 좋으니 기다리겠다고 한다. 영기는 홀어머니 밑에서 자랐다. 한편 영애는 할머니에게 친어머니에 관해서 이야기해 달라고 한다.

영애가 한 살 되던 해. 영애 어머니는 19살의 젊은 여자였다. 당시는 한창 전쟁복구건설이 계속 되고 있을 때였다. 영애의 아버지는 노력전선에서 돌아와 상점책임자로 일했는데, 판매원의 소홀한 태도로 하여 돈이 모자라게 되었고, 이 때문에 15년 감옥살이를 선고 받는다. 무죄를 증명하기 위해 다시 재판하여 4년만에 석방되었으나 영애의 엄마는 공부하겠다고 말하고 떠난 후였다. 영애는 자신이 버려졌다고 생각했다. 할머니는 영애에게 어머니의 사진을 건넨다.

개학을 며칠 앞두고 영애는 하리꼬브로 떠난다. 영애는 친구 라야가 좋아하는 똘랴를 함께 만난다. 라야와 똘랴는 서로 좋아하는 사이이나 영애는 똘랴가 마음에 들지 않는다. 영애네 학급은 일학년 둘째 그루빠의 책임을 맡아 영애는 최윤희, 김옥녀 등을 지도하게 된다. 영애는 공부를 안 하는 김옥녀에게 반장의 임무를 맡긴다. 하루는 영기로부터 최후 통보에 상당하는 편지가 오고, 라야는 남편과 아이까지 있는 학생인 따마라의 반대에도 불구하고 똘랴와 결혼을 한다. 영애는 윤희의 사진첩에서 자신의 친어머니를 발견한다. 윤희는 자신의 언니 이름도 영애인데 세 살 때 앓다가 죽었다고 말한다. 영애는 사실을 숨기고 다음날 영기에게 간다고 하고 친어머니가 사는 악쭈빈쓰크로 간다. 그토록 그립던 어머니와 해후했으나 자신이 영애라는 말만 하고 돌아선다. 비행기 안에서 슬퍼하고 있는데, 곁에서 자신을 위로하는 상호를 만난다. 기숙사에 돌아오니 라야는 셋방을 얻어 똘랴와 살림을 차렸다. 영애는 윤희를 자신의 방으로 데리고 온다. 한편 영애는 상호에게 자신의 고향인 싸할린에 관해서 얘기하는 등 그를 좋아하게 되고 결국 서로 사랑하는 사이로 발전한다. 그러나 상호는 유부남이었다. 상호는 영애를 더욱 사랑하게 됨으로써 아내와 딸을 생각하고 마음이 무겁다. 상호는 결국 딸의 사진을 보여주며 진실을 이야기한다. 상호는 영애만 허락한다면 영애와의 새 생활을 원한다고 한다. 그러나 영애는 열차를 타고 떠나는 상

호를 다른 사람 틈에서 지켜봄으로써 사랑을 저버린다. 영기에게 실습
차 방문하겠다는 편지가 온다. 한편 라야와 똘랴는 결국 헤어진다. 그리
고 윤희와 영애의 친어머니가 자신을 찾아온다. 그러나 영애는 두 손을
내미는 친어머니의 손을 외면한다. 그녀는 영기와 다시 해후한다.

주제어 친어머니, 젊은 여자, 유부남, 사진 등.

연구자료 이전의 작품들에서 볼 수 있었던 작위적인 가족 간의 화해가
지속되지 않는다. 개인의 감정보다 가족의 가치를 우위에 두는 모습을
확인할 수 있다.

전동혁, 「하모니까」, 『레닌기치』, 1975.7.12, 3쪽 / 7.15, 4쪽. (단편소설)

주제 빠르찌산 활동을 도운 복돌과 복돌 어머니의 용감성.

인물

    ① 중심인물: 나, 복돌, 복돌의 어머니, 김철 아저씨(빠르찌산), 이와
          노브(빠르찌산) 등.

    ② 주변인물: 로씨야 초병, 빠르찌산 대장 등.

사건

    ① 중심사건: 빠르찌산을 탈출시킨 복돌과 그의 어머니.

    ② 주변사건: 최니꼴라이(복돌)의 혁명역사를 전해 듣는 '나'.

배경 벌마을서 좀 떨어진 산기슭 등.

줄거리 복돌네 집은 벌마을서 좀 떨어진 산기슭에 있다. 이곳에는 빠
르찌산 부대원인 김철 아저씨와 이와노브가 자주 들른다. 이와노브는
하모니까(입풍금)를 잘 불고 복돌이는 이를 부러워한다. 하루는 백계군
들이 와서 김철 아저씨와 이와노브를 붙잡는다. 복돌과 그의 어머니는

로씨야 초병을 술로 유인하여 빠르찌산을 탈출시킨다. 밤이 되자 빠르
찌산 부대가 와서 백계군을 물리친다. 빠르찌산 대장은 벌마을의 조선
인들을 모아 놓고 연설을 한다. 빠르찌산들은 쏘베트 주권을 위하여 싸
우며, 조선소작농민들도 토지를 받아 지주와 자본가 없는 나라에서 동
등권을 가지고 살게 될 것이라 한다. 빠르찌산들은 복돌과 그의 어머니
를 칭찬하고 선물을 한다. 이와노브는 복돌에게 하모니까를 주고 간다.
'나'의 곁집에는 최니꼴라이 아바이가 살고 있다. 하루는 소년시절 원동
에서 듣던 「전진가」, 「쩩가노츠까」 등의 하모니까 소리를 듣는다. 곡조
에 끌려 초인종을 눌렀고, 최니꼴라이를 만난 '나'는 그에게서 하모니까
에 얽힌 '혁명력사'를 듣게 된다.

주제어 빠르찌산, 백계군, 탈출, 혁명력사, 하모니까 등.

장문일, 「오해」, 『레닌기치』, 1975.7.26, 3~4쪽. (단편소설)

주제 부부 간의 오해와 사랑의 재확인.

인물

    ① 중심인물: 뾰뜨르, 리다(뾰뜨르의 아내), 할머니(리다가 친할머니로
        생각함) 등.

    ② 주변인물: 이완(뾰뜨르의 친구), 나쟈(이완의 아내), 뾰뜨르의 아들
        등.

사건

    ① 중심사건: 남편에게 다른 여인이 있음을 오해한 아내.

    ② 주변사건: 친구 이완의 결혼 이야기.

배경 직장, 친구집, 할머니집 등.

줄거리 내무중위인 뾰뜨르는 엊그제 산아원에서 온 아이 생각에 일이 잘 되지 않는다. 그는 나이 서른이 넘어서야 첫 아들을 봤다. 이름을 '왈레리 뻬뜨로위츠'로 지을까 생각하고 집으로 왔으나 집이 텅 비어 있다. 아내는 자신을 찾지 말라고 하고 이유는 자신에게 물어보라고 되어 있다. 그는 친구 이완의 집으로 달려갔다. 그는 달려가며 친구 이완이 아내인 나쟈와 결혼한 과정을 떠올린다. 나쟈는 이완을 좋아했으나 이완보다 나이가 많았고 이완은 이를 꺼렸다. 그러나 나쟈가 다른 청년과 사귄다는 소식을 듣고 달려온 이완은 한밤에 촌쏘베트 서기장을 깨워 결혼등록을 했다. 나쟈는 수다가 심했다. 뾰뜨르는 나쟈의 말을 듣고 리다가 의지하는 할머니집으로 갔다. 리다는 일찍 고아가 되어 그 할머니를 친할머니처럼 생각했다. 할머니 또한 뾰뜨르에게 냉정했다. 리다는 사진 한 장을 내밀었다. 그것은 누님의 아들 사진이었다. 사진 뒤에는 "뻬쨔, 우리의 아들이 얼마나 컸는가 보오! 왈랴"라고 되어 있다. 왈랴는 뾰뜨르의 누이이다. 리다는 급한 마음에 나쟈가 건넨 사진을 보고 오해를 한 것이다. 이완은 자신의 아내인 나쟈의 수다스러움 때문에 생긴 일로 사과를 한다.

주제어 아들, 고아, 사진, 오해, 수다성 등.

이.다위도브, 주동일 역, 「알따이의 옛말」, 『레닌기치』, 1975.8.30, 3쪽 / 9.3, 4쪽. (단편소설)

주제 타인을 위한 선한 삶의 강조. 선이 없는 '미'의 경계.

인물

　① 중심인물: 나, 로스까, 꼬쓰쨔, 류바(꼬쓰쨔의 아내, 교사) 등.

② 주변인물: 알렉싼드르 뻬뜨로위츠 위꿀로브(쏩호스 지배인) 등.

사건

① 중심사건: 꼬쓰쨔의 아내 류바가 편지를 남기고 떠나감.

② 주변사건: 쏩호스 지배인이 유르따의 옛 이야기를 들려줌.

배경 알따이 등.

줄거리 '나'와 로스까 그리고 꼬쓰쨔와 그의 아내 류바는 꼴호스 한 천막에서 같이 살았다. '나'와 로스까는 꼬쓰쨔가 부러웠으며, 그의 아내 류바를 흠모했다. 모스크와에 살던 류바는 유족한 부모 곁을 떠나 꼬쓰쨔를 따라 할 수 없이 알따이에 왔다. '나'와 로스까는 이를 낭만적이라 생각했다. 류바의 어머니는 딸에게 돌아오라고 자주 편지를 했다. 어느 하루 교사인 류바는 편지를 남기고 더는 견딜 수 없다며 떠나갔다. 쏩호스 지배인 알렉싼드르 뻬뜨로위츠 위꿀로브가 천막을 찾아오고, 유르따의 옛 이야기 하나를 들려준다.

커다란 심장을 가진 장사가 있었는데, 장사는 남을 쉽게 믿었다. 장사는 왕의 딸을 만났고 그녀를 사랑했기에 심장을 서슴없이 미녀(왕의 딸)에게 주었다. 심장을 건사하기 힘들었던 미녀는 심장을 조각내어 여기저기 뿌렸다. 그러나 심장은 사람들을 사랑하는 마음이 그냥 남아 있기에 조금도 가벼워지지 않았다. 무거운 사랑에 회의를 느낀 미녀는 심장 전부를 돌에다 뿌렸다. 심장은 반짝이는 불꽃이 되어 밤하늘에 별이 되었다. 미녀는 얼마 지나지 않아 고독을 느끼고 심장을 돌려와야겠다고 생각했다. 이에 심장의 조각들을 찾지만 누구에게 줬는지 기억하지 못한다. 미녀는 만나는 남자들에게서 심장 조각을 떼어 갔다. 사람들은 그의 아름다움에 취해서 그렇게 했으나 그 여인의 심장에는 타인을 사랑할 여지가 없다는 것을 보지 못했다.

주제어 알따이, 꼴호스, 유족한 부모, 커다란 심장, 미녀, 타인을 사랑할 여지 등.

전향문, 「사돈 맺는 날」, 『레닌기치』, 1975.9.18, 3쪽 / 9.19, 4쪽 / 9.20, 4쪽 / 9.24, 4쪽. (경희극)

주제 사회주의 사회에서 경계해야 할 이기주의. 자식의 혼인에 따른 부모의 상반된 입장.

인물

① 중심인물: 박태원(물관리원), 정실(태원의 아내), 혜숙(태원의 딸), 병택(관개관리소 일군), 철수(병택의 아들, 공청동맹위원회 지도원) 등.

② 주변인물: 처녀1(정옥) 등.

사건

① 중심사건: 태원의 물공급사업 문제를 해명하러 온 병택.

② 주변사건: 다른 처녀를 사돈될 처녀라고 오해한 병택.

배경 현대, 논에 물댈 무렵, 꼴호스 등.

줄거리 논에 물을 댈 무렵 아침. 정실은 일찍 일어나 딸 혜숙이 논에 나가지 못하도록 신발을 숨긴다. 그러나 혜숙은 몰래 장화를 신고 나간다. 오늘은 철수와 그의 아버지가 선을 보러 오기로 했다. 사돈을 맞기 위해 분주한 정실과는 달리 남편 태원은 논에 물을 대는 것이 더 걱정이다. 태원은 자유연애를 주장하고 정실은 그럴 수는 없다고 한다. 남편은 일을 나간다. 물 문제로 물공급 일람책을 가지러 태원이 집에 오고 병택은 한 처녀에게 물어 태원의 집을 찾는다. 그리고 혜숙과 같이 찍은 처녀의 사진을 보고 그 처녀를 며느리 될 처녀로 오해한다. 그리고 처녀가

건방진 것을 보고 매우 실망한다. 관개관리소 직원인 병택은 물사용을
자랑하는 태원에게도 실망한다. 물을 물처럼 쓴다는 태원에게 병택은
머리를 수술해야겠다고 한다. 태원은 이기주의가 앞장서야 사회주의 경
쟁에서 이길 수 있다고 한다. 병택은 화가 나서 내일 구역으로 올라오라
고 하고 나간다. 혜숙이 철수가 왔다고 하며 들어온다. 태원과 정실은
금방 왔다간 사람이 사돈될 사람이 아닐까 걱정한다. 혜숙은 아버지가
물공급 사업을 잘못하여 이웃마을에서 신솔이 들어와 그 문제를 해명하
러 철수의 아버지가 왔다고 한다. 철수는 아버지가 오해한 사실을 알고
아버지를 모시러 간다. 병택은 얌전한 혜숙을 보게 되고, 두 집안은 화
해를 한다.

주제어 맞선, 물공급사업, 오해, 화해 등.

연구자료 등장인물에는 '철호'이나 본문에는 '철수'임.

**블라지미르 리진, 「아버지」, 『레닌기치』, 1975.10.4, 3쪽 / 10.7, 4쪽 / 10.8, 4쪽.
(단편소설)**

주제 아버지의 따뜻한 정. 완전무결한 인간심정의 고양.

인물

  ① 중심인물: 올랴 와쑤찌나(와랴의 친구), 와랴 나제지나(올랴의 친
      구), 뾰뜨르 빼뜨로위츠(와랴의 아버지, 가구사) 등.

  ② 주변인물: 뻬쨔 와씰리예브(올랴가 좋아하는 청년) 등.

사건

  ① 중심사건: 졸업 전 친구와 밤새 얘기할 딸의 계획과 이에 자리를
      피해주는 아버지.

② 주변사건: 청년 뻬짜 와씰리예브를 기다림.

배경 졸업 시험 후. 올랴의 집 등.

줄거리 와랴는 마지막 시험 후에 올랴에게 이제 곧 졸업하면 헤어지게 되니 오늘 저녁을 같이 보내자고 한다. 올랴는 아버지가 고기잡이를 가시려 하니 괜찮지만 집이 비좁다고 한다. 와랴는 상관없다는 듯 친구의 주소를 적는다. 와랴는 올랴가 좋아하는 뻬짜도 부르자고 한다. 집에 온 올랴는 아버지가 오늘 낚시를 가지 않는다는 말에 실망하지만 아버지는 친구한테 갔다가 늦게 오겠다고 한다. 올랴는 집을 나서는 아버지를 보며, 사실은 아버지가 아무데로도 갈 생각이 없었음을 느끼면서 미안함을 느낀다. 2년 전 어머니가 돌아가시고 아버지는 집안 살림을 해왔다. 올랴는 아버지가 나가자 집을 정돈하면서 걸상 위에 있는 나무쪼각을 치운다. 그리고 친구들을 기다린다. 와랴가 오고(뻬짜는 끝내 오지 않음) 둘은 포도주를 마시며 교사로서의 앞날을 이야기하고 모든 일에 관하여 서로 편지하고 상론할 것을 맹세한다. 올랴는 아버지가 풀로 붙여 놓은 듯한 나무쪼각을 슬그머니 치운다. 와랴는 서로 심정을 속이지 말 것을 맹세한다. 새벽녘 와랴가 갈 때가 되어 올랴와 와랴는 집을 나서면서 대패틀 곁에 쪼그리고 앉은 사람을 발견한다. 와랴가 아버지가 아니냐고 묻지만 올랴는 아니라고 한다. 그러자 와랴는 쌀쌀하게 인사하고 돌아간다. 아버지는 딸의 대화에 방해될까 저어하여 기다리다 잠이 든 것이다. 집안에 들어 온 아버지는 나무쪼각을 치웠느냐고 묻고 그것은 대학을 졸업하면 귀중품함을 만들어주려던 것이라 한다. 아버지는 자지 않고 나무쪼각을 찾는다. 딸은 아버지와 어머니의 결혼사진 앞에서 스스로를 반성한다. 올랴는 아버지에게 안겨 운다.

주제어 마지막 시험, 졸업, 아버지, 나무쪼각, 귀중품함 등.

연구자료 아버지와 아버지의 직업을 부끄럽게 생각하는 작품임.

리동언, 「아름다운 마음씨를 가진 사람들」, 『레닌기치』, 1975.10.22, 3쪽. (실화)

주제 양부모의 지극한 사랑.

인물

　　① 중심인물: 박순옥, 복송(순옥의 아들), 금옥(순옥의 딸), 황재욱(복송과 순옥의 양부모), 김순애(황재욱의 아내) 등.

　　② 주변인물: 허성칠(복송과 금옥의 아버지) 등.

사건

　　① 중심사건: 고아가 된 복송 남매의 부모가 되어준 황재욱 부부.

　　② 주변사건: 빠르찌산의 공작원이라 하여 끌려간 허성칠.

배경 원동, 구리예브시 등.

줄거리 복송과 금옥의 아버지인 허성칠은 밝아오는 새 세상의 전망을 옳게 이해하고 있었다. 그러나 빠르찌산의 공작원이라 하여 체포되어 가서 소식을 알 수 없었다. 홀로 자식을 키우던 순옥은 적백리란 병에 걸린 복송을 구하기 위하여 병원에 갔다가 비를 만나 개울에 빠진다. 이를 지나가던 황재욱이 구한다. 일본 경찰들은 순옥 또한 공작원이라 하여 끌고 간다. 떠도는 말에 의하면 감옥에서 죽었다고 했다. 복송 남매는 고아가 된다. 황재욱 부부는 아이들을 데려다 친자식처럼 키웠다. 복송은 사범대학을 졸업하고 교원이 되었으며, 금옥은 의과대학을 졸업하고 의사가 되었다. 그들 남매는 양부모를 친부모보다 더 잘 모시고 있다.

주제어 원동, 빠르찌산, 쏘베트 정권, 고아, 기른 정 등.

까.빠우쓰똡쓰끼, 「크루세와명수 나쓰짜」, 『레닌기치』, 1975.10.31, 3~4쪽.
(단편소설)

주제 사랑의 좌절과 전쟁에의 투신, 진정하고 참된 사랑.
인물
　　① 중심인물: 발라소브(화가), 나쓰짜, 뜨로 괴모브, 뜨로 괴모브의
　　　　　아내,
　　② 주변인물: 나, 루드네브(부상병 중위) 산직이(나쓰짜의 아버지), 발
　　　　　라소브의 아내 등.
사건 사랑하는 사람을 찾기 위해 간호사가 되어 전장에 나서는 여인.
사랑의 좌절과 아픔을 전장에서의 간호원으로서의 혼신적 투신으로 극
복함.
배경 외화: 알라따우 산중. 내화: 1940년 여름, 레닌그라드, 독소전쟁
등.
줄거리 부상 중인 루드네브는 크루세와 창가에 앉아 전쟁 중의 한 사
랑 얘기를 '나'에게 들려준다. 1940년 여름 화가인 발라소브는 북방의
한 농촌에 숙소를 정했다. 나쓰짜의 아버지는 사냥을 하다가 발라소브
에게 상처를 입혔고, 이를 나쓰짜가 간호한다. 그녀는 크루세와를 잘 짰
다. 발라소브에게는 레닌그라드에 아내가 있었지만 말하지 않았고 나쓰
짜는 그를 사랑하게 된다. 상처가 완쾌되자 발라소브는 처녀의 집을 찾
아 선물을 주고 나쓰짜는 이를 받는다. 이 지방에서는 초청도 받지 않은
남자가 방문하여 여자에게 선물을 주고 여자가 이를 받으면 청혼의 이
미를 갖는다는 풍습이 있다. 발라소브는 이를 알지 못했고 남자는 떠났
으며 나쓰짜는 남자를 기다린다. 결국 나쓰짜는 아버지 몰래 집을 나와
남자를 찾아 떠난다. 레닌그라드에 도착하여 발라소브의 집을 찾으나

그는 전쟁에 나갔고 그의 아내가 맞는다. 나쓰짜는 자살 기도를 하고,
이를 뜨로 괴모브가 구한다. 그는 나쓰짜를 자신의 아내에게 맡긴다. 그
의 아내는 발라소브가 그런 풍습을 알 리 없다고 설명한다. 이에 나쓰짜
는 자신이 속은 것이 아니라는 사실을 기뻐하며 발라소브를 다시 만나
기를 고대한다. 그녀는 간호원 강습소에 들어가 강습을 필하자 전선으
로 보내줄 것을 부탁한다. 나쓰짜는 전선을 누비며 발라소브를 찾았고,
이러한 얘기는 발라소브에게도 전해진다. 그는 결혼을 했으나 행복하지
않았으며 평생 참된 사랑을 공상했다. 그러나 그녀가 자신을 찾는다고
는 생각하지 못한 채 그는 전사한다. 그리고 나쓰짜가 이 부대를 찾아온
다. 그리고 독일군과 목숨을 걸고 싸운다. 나쓰짜는 전선지대에서 가장
우수한 간호원이었다.

주제어 크루세와, 선물, 참된 사랑, 간호원 등.

**김철수, 「전하지 못한 편지」, 『레닌기치』, 1975.11.15, 3쪽 / 11.19, 4쪽. (단편소
설)**

주제 삶에 대한 강인한 의지. 자식을 버린 현실 고발. 나를 구한 로씨
야 인과 그 사회.

인물

  ① 중심인물: 나의 친구, 친구의 아버지, 계모, 로씨야 아저씨 등.

  ② 주변인물: 철만(나. 조선신문사에서 일함) 등.

사건

  ① 중심사건: 어린 시절 가족으로부터 버려진 친구의 삶을 전해 듣
      는 나.

② 주변사건: 휴가를 받아 몇 해를 벼르던 길을 떠남.

배경 늦은 가을, 따스켄트로 가는 열차 안.

줄거리 '나'는 따스켄트로 향하는 열차 안에서 구면의 친구를 만난다. '나'는 며칠 전 한 친구에게서 지금 만난 친구의 과거사를 전해 듣는다. 따라서 과거사를 들려달라고 부탁한다. 그는 '나'에게 편지 하나를 건넨다. 그것은 자신의 아버지에게 쓴 편지였다. 친구는 아버지(계모 포함)로부터 버림을 받고 집에서 쫓겨나 낯모를 로씨야 아저씨의 구원과 당의 보살핌으로 애육원에 들어가 학교도 다니고 대학도 들어갔다. 그는 심장병까지 얻었지만 '나'를 버린 사람들에게 떳떳하게 살아있음을 보여준다는 결심으로 살았다. 계모의 말만 믿고 자신을 학대한 아버지에 대한 원망 속에서 어머니를 찾아 집을 나온다. 이후 40여 년이 흘렀다. 그의 편지에는 아무 죄도 없는 자식을 내쫓은 죄는 어떻게 사회적으로 처분해야 하는지 아버지의 양심에 호소한다는 내용으로 끝맺는다. '나'는 친구의 얘기를 듣고 치솟는 격분으로 이를 간다.

주제어 열차, 편지, 아버지, 계모, 학대, 우리 당 등.

강태수, 「한 아버지의 고백」, 『레닌기치』, 1975.11.29, 3쪽 / 12.2, 4쪽 / 12.3, 4쪽 / 12.4, 4쪽 / 12.5, 4쪽 / 12.9, 4쪽 / 12.12, 4쪽. (단편소설)

주제 아이들을 키우며 깨닫는 부모된 자의 자기 반성. 쏘베트 사회에 대한 고마움.

인물

　①　중심인물: 나(아버지), 아내, 웨로츠까(첫째 딸), 노나츠까(둘째 딸), 웨냐(막내 아들)

② 주변인물: 마까로브 아저씨(공장 기술자) 등.

사건

① 중심사건: 아버지된 입장에서 세 아이를 교육하는 과정과 자기
반성.

② 주변사건: 나와 마까로브 아저씨와의 대화.

배경 집, 공장 등.

줄거리 무조건 아이들을 감싸는 어머니의 사랑과 아이들에게 바른 교
육을 하고자 이것저것을 끊임없이 시도하는 '나'(아버지)는 그 과정 속에
서 결국은 아버지와 어머니의 조화로운 사랑이 필요함을 깨닫는다. 그리
고 우리 아이들이 사람이 된다면 쏘베트 사회의 덕이라고 생각한다.

주제어 자식 교육, 아버지와 어머니의 조화로운 사랑, 쏘베트 사회의
덕 등.

**전향문, 「씨비리에서 보내는 편지」, 『레닌기치』, 1975.12.13, 3쪽 / 12.19, 4쪽 /
12.20, 4쪽 / 12.23, 4쪽 / 12.25, 4쪽 / 12.27, 4쪽 / 12.30, 3~4쪽. (단편소설)**

주제 사랑과 가족에 대한 의무. 참된 인간에 대한 존경.

인물

① 중심인물: 은경(안드류샤의 아내), 안드류사(설계연구실 근무), 나
따샤(첫째), 이고리(둘째), 김꼴랴(은경과 서로 사랑하게
되는 조선 노동자) 등.

② 주변인물: 은경의 대학 동창생, 건설대 당비서 등.

사건

① 중심사건: 별거 중인 남편에게 보내는 이별의 편지.

② 주변사건: 남편의 바람.

배경 씨비리의 철도부설장 등.

줄거리 안드류샤가 은경을 만나고 간 이후 은경이 안드류샤에게 편지를 한다. 안드류샤와 은경이 만난 것은 10년 전 은경이 의학 대학에 재학할 때였다. 같이 춤을 춘 이후 은경은 안드류샤의 장점만 보였고 이후 결혼을 한다. 은경은 일찍 부모를 여의고 고모의 엄한 손아래서 자랐다. 은경은 자신에 대한 안드류샤의 사랑이 커갈수록 조심성이 커진다. 대학 동창생의 방문으로 남편의 바람에 대해 알게 된다. 남편은 이혼하자고 하고 은경이 반대하자 집을 나간다. 은경은 두 아이를 데리고 씨비리의 철도부설장으로 떠난다. 거기서 조국건설의 현장을 목격한다. 은경은 그곳에서 조선청년 노동자 김꼴랴를 만난다. 어느 날 남편이 방문을 하고 사죄를 한다. 남편은 이고리를 데리고 간다. 건설대 당비서가 김꼴랴와의 결혼을 은경에게 권유한다. 은경은 김꼴랴를 존경하고 싶다며 남편에게 돌아가지 않겠다고 하고 편지를 마무리한다.

주제어 결혼, 이혼, 철도부설장, 사죄, 편지 등.

1976

아.리빠또브, 「선물」, 『레닌기치』, 1976.1.10, 3쪽 / 1.13, 4쪽. (단편소설)

주제 아내에 대한 남편의 사랑.

인물

① 중심인물: 니꼴라이 할아버지, 두냐 할머니 등.

② 주변인물: 따야(상점 판매원), 그리사(자동차 운전수), 와쌰 벨로브
(따야의 애인) 등.

사건

① 중심사건: 아내의 생일 선물을 구입하는 남편.

② 주변사건: 상점 판매원에게 말공부질을 하는 운전수.

배경 겨울, 상점 등.

줄거리 니꼴라이 할아버지와 두냐 할머니는 8남매를 뒀으나 두냐의 생일임에도 아무두 오지 않는다. 니꼴라이는 8남매로 인해 아내에게 신경을 쓰지 못했다. 그는 처음으로 아내에게 줄 선물을 사러 나간다. 니꼴라이는 따야에게 선물에 대한 조언을 얻고 싶으나 그리사는 따야에게 말공부질을 하고 있다. 그녀는 군대에 간 애인만을 바라보고 있다. 선물을 고르고 있는데 그리사가 끼어든다. 그리사는 지나가는 말로 시계를 말했고, 130루블리의 비싼 시계가 눈에 들어온다. 매우 비싼 시계이나 한 평생 고생한 아내를 위해 시계를 구입한다.

주제어 할아버지, 할머니, 선물, 시계 등.

1977

엔.마꾸스낀, 「싸사의 판결」, 『레닌기치』, 1977.7.28, 3쪽 / 7.29, 4쪽 / 7.30, 4쪽. (단편소설)

주제 자식에 대한 부모로서의 의무.

인물

①중심인물: 시나 꾼끼나(고아), 싸사 꾼낀(시나의 고아원 동기), 쓰
웨따(시나의 공장 동기), 류바(시나의 공장 동기), 마사(시
나의 공장 동기), 싸사(쓰웨따의 아들) 등.

②주변인물: 해원 가리푸(쓰웨따의 첫애인), 세냐 쏘로낀(시나의 애
인) 등.

사건

①중심사건: 자식을 버리고 간 동료의 아이를 키우는 시나.

②주변사건: 애인을 찾아 아이를 두고 떠나간 쓰웨따.

배경 고아원, 공장 등.

줄거리 시나 꾼끼나와 싸사 꾼낀은 고아원에서 같이 자랐다. 둘은 각
자의 생활로 헤어지는데, 시나는 피복 공장 노동자가 되어 쓰웨따, 류
바, 마사 등과 44호실에서 함께 생활하게 된다. 쓰웨따에게는 많은 남
자가 따랐다. 시나가 도서전문학교 입학을 기념하는 날에 미인이었던
쓰웨따가 자신이 임신부가 되었음을 고백한다. 그러나 쓰웨따의 남자는
떠나간다. 싸사가 태어나고 44호실에서는 돌아가면서 아이를 돌본다.
쓰웨따는 첫애인인 해원 가리푸로부터 노워로씨이쓰크에 있으나 가지
못한다는 전보를 받는다. 쓰웨따는 그를 만나러 간다. 이후 쓰웨따가 직
장을 면직하고 떠났다는 사실이 밝혀진다. 그럼에도 시나는 아이를 버
릴 수 없었고, 아이 때문에 그녀를 사랑했던 쏘로낀은 시나를 떠난다.
시나는 도서관에서 일하며 싸사를 홀로 키운다. 이후 고아원시절의 싸
사 꾼낀을 만나 결혼하고 딸도 낳는다. 어느 날 쓰웨따가 찾아와 아들을
달라고 한다. 이미 싸사는 6살이다. 재판이 열리고, 쓰웨따는 자신이 아
이를 못낳게 되었다며 간청하나 싸사는 "시나 어머니가 진짜 내 어머니
입니다. 저 녀자는 남이예요. 모르는 사람한테는 가기 싫어요!"라고 말
한다.

주제어 고아원, 공장 노동자, 재판 등.

한아뿔론, 「새날이 밝아올 때」, 『레닌기치』, 1977.9.8, 3쪽 / 9.9, 4쪽. (단편소설)(미완)

인물
① 중심인물: 운범(남편), 정숙(운범의 아내), 만복(운범의 아들. 네 아들 가운데 유일하게 살아남음) 등.
② 주변인물: 운범의 사촌 형과 형수 등.
배경 산골마을 등.
줄거리 구당이요 신당이요 하는 어수선한 때에 운범은 사촌 형님의 병문안을 떠난다. 밭일을 하며 남편을 기다리던 정숙은 시내 쪽에서 들리는 대포소리를 듣는다. 매어 놓은 말이 대포소리에 놀라 날뛴다. 정숙이 말에게로 가는데, 무언엔가 떠밀려 쓰러진다. 정신을 차리니 사람들이 자신을 옮기고 있다. 운범은 사촌 형님으로부터 붉은 군대에 대한 얘기를 듣고 집으로 왔으나 집이 비었다. 운범은 들것에 실린 아내를 발견한다. (미완)
주제어 구당, 신당, 붉은 군대 등.
연구자료 미완이지만 작가의 역량을 볼 수 있다.

리정희, 「아버지의 사진 앞에서」, 『레닌기치』, 1977.9.30, 3쪽. (산문기)

주제 조국을 위해 전쟁(독소전쟁)에서 전사한 얼굴도 모르는 아버지에 대한 회상과 이 땅(씨비리)에 끓고 있는 창조의 노동.

내용 현재에서 삼십 년 전을 회상한다. 전쟁에 나간, 얼굴도 보지 못한 아버지를 기다렸던 나(미샤)와 어머니(안나). 학창 시절 '나'가 아버지 대신 사진을 아버지라 불렀듯이 '나'의 딸도 사진을 할아버지라 부른다.

한상욱, 「두 아들」, 『레닌기치』, 1977.11.16, 3쪽 / 11.18, 4쪽 / 11.19, 4쪽 / 11.22, 4쪽 / 11.23, 4쪽 / 11.26, 4쪽 / 한 회 누락 / 11.29, 4쪽 / 11.30, 4쪽. (단편소설) (미완성 유고)

주제 미완성 유고.

인물

　① 중심인물: 나(창수), 나의 아버지, 한니꼴라이(로씨야인), 춘보, 삼녀(춘보의 아내), 경옥(춘보의 딸), 경수(춘보의 아들) 등.

　② 주변인물: 춘보의 다른 아내 등.

사건

　① 중심사건: 딸을 병으로 잃고 로씨야 아이를 입양하는 삼녀.

　② 주변사건: 한 병사가 전쟁 중 어머니를 잃고 우는 아이(한니꼴라이)를 구함.

배경 독소전쟁 등.

줄거리 '나'와 니꼴라이(로씨야인)는 한 꼴호스에서 이웃하여 자랐고 친형제나 다름없다. 춘보와 삼녀에게는 경옥과 경수의 두 자식이 있다. 전쟁이 나고 춘보는 석탄캐는 로력전선에 나갔다. 춘보가 그곳에서 다른 여자와 살림을 한다는 소식이 전해진다. 이후 삼녀 아주머니와 동성

동본인 아버지는 경옥네를 한 식구처럼 보살핀다. 어느 날 '나', 경옥, 경수가 옥수수를 먹고 있을 때 춘보가 돌아온다. 그는 자식들에게 미안해한다. 춘보는 '나'의 어머니와의 대화에서 자신은 진짜 살림을 차렸으며, 이곳에는 출장을 왔다고 한다. 춘보는 지금 같이 사는 여자가 아이를 낳지 못하는 사람이라서 삼녀가 아이나 하나 주면 데리고 갈까 해서 왔다고 한다. 남편을 발견한 삼녀는 굳어진다. 경옥은 삼녀에게 안기고 경수는 춘보에게 안긴다. 삼녀는 자식들에게 선택하라고 한다. 경수는 춘보를 따라간다. 어느 날 경옥이 아프고 결국 죽는다. 삼녀는 전쟁을 원망하며, 자신과 처지가 비슷한 자밀랴(전쟁에서 아들을 잃음)를 생각한다. 어느 날 외출 후에 삼녀는 로씨야 애를 데리고 온다. 자신의 아들(꼴랴)이라 한다. (미완성 유고)

주제어 로씨야인, 이웃, 친형제, 살림, 전쟁 등.

1978

강태수, 「우정」, 『레닌기치』, 1978.1.13, 3쪽 / 1.14, 4쪽. (단편소설)

주제 동물 간의 우정.

인물 나, 개(황둥개), 고양이(와씨까) 등.

줄거리 '나'가 기르는 개와 고양이. 그들은 서로를 보살핀다. 그리고 '나'와도 가족같은 존재들이다. '나'의 출근과 마중을 개와 고양이가 같이 한다. 개가 나이가 들고 죽어간다. 개집을 지키는 고양이를 집안으로 들이고 개의 죽음을 보지 못하게 하고 개를 마당에 묻는다. 외출 후 돌아와 보니 고양이가 개의 무덤 위에 앉아 있었다.

주제어 개, 고양이, 우정 등.

명철, 「어머니들」, 『레닌기치』, 1978.2.11, 3쪽 / 2.14, 4쪽 / 2.15, 4쪽 / 2.16, 4쪽 / 2.17, 4쪽 / 2.22, 4쪽. (단편소설)

주제 전쟁 속에서 피어나는 휴머니즘. 어머니의 강한 모성애.

인물

　　① 중심인물: 영실 할머니, 백순희(며느리. 피복공장노동자), 애순(순희 딸. 정순애), 태일룡(순희의 남편), 서명옥(애순을 구하고 딸로 키움).

　　② 주변인물: 나(이야기의 전달자)

사건

　　① 중심사건: 전쟁 중 아이를 잃고 찾아 헤매는 가족.

　　② 주변사건: 아이의 천진난만한 태도.

배경 전쟁, 고아원, 평양 등.

줄거리 1857년 '나'는 모스크와로 출장을 간다. '나'는 당시 세계청년학생축전에 참석한 조선민주주의인민공화국의 한 청년으로부터 이야기를 듣는다.

　할머니, 며느리, 손녀가 피난길에 있었다. 시어머니는 더 가지 못하고 쓰러졌다. 순희는 적기의 공습이 겁나 숲 속까지만 가자고 종용했다. 순희는 먼저 딸을 소나무 숲으로 옮기고 시어머니를 옮기려고 할 때 폭격이 시작되었다. 폭격이 애순을 묶어둔 소나무 숲에 떨어졌다. 시어머니를 모시고 당도해 보니 애순이 없었다. 다행한 것은 사람이 데려간 것으로 보였다. 둘은 소개지에 도착하고, 이후 시어머니는 자책으로 인하여 손녀를 찾아야 한다는 일념으로 살았다. 어느 날 시어머니는 애순을 찾기 위해 집을 나갔다. 시어머니는 손녀를 찾았다며 같이 가자며 돌아온다. 시어머니는 아이들 틈에서 손녀를 보았으나, 그 아이는 자신을 정순애라고 했으며, 교양원 말로는 그 아이의 어머니가 서명옥이라 했다고 한다. 서명옥이 바로 애순을 구해 기른 것이었다. 그녀는 남편과 아이들을 전쟁 중에 모두 잃었다. 전쟁이 끝났다. 시어머니는 손녀를 찾아오자고 한다. 남편이 귀환하고 소개지에서 평양으로 가야했다. 일룡은 두 어머니가 되자며 순애가 클 때까지 명옥에게 맡기자고 한다. 시어머니는 그들의 고귀한 심성을 이해한다.

주제어 세계청년학생축전, 전쟁, 폭격, 고아, 두 어머니 등.

예.막씨모브, 「아들의 소식」, 『레닌기치』, 1978.3.31, 3쪽. (단편소설)(미완)

주제 미완.

인물

① 중심인물: 뻴라게야 씨도로브나(어머니), 뉴스까(아들의 첫 애인) 등.

② 주변인물: 아브로라 이와노브나(이웃), 와뉴사 또마노브(뻴라게야의 아들), 라이싸(남편의 여자), 안똔(뻴라게야의 남편) 등.

사건

① 중심사건: 아들과 떨어져 지내고 있는 어머니.

② 주변사건: 아들의 소식을 전하는 이웃.

배경 메드웨시예 고리 등.

줄거리 연금생활에 들어갔지만 뻴라게야는 계속 페르마에서 일을 했다. 그녀는 남편 안똔에게 버림받았다. 남편은 다른 여인 라이싸와 떠났으며, 아들은 어머니 곁에 남았다. 아들 또한 44년에 전장으로 나간 이후 떨어져 지냈다. 이웃 쏩호스 수의인 아브로라가 관광여행에서 뻴라게야의 아들을 만났으나 그가 외면하더라는 말을 전한다. 뻴라게야는 그녀에게 내 아들은 고향을 잊고 어머니와 조국을 배반하는 사람이 아니라고 항변한다. 아들의 첫 애인이자 지금은 다른 사람과 결혼하여 살고 있는 뉴스까가 찾아오기도 한다. (미완)

아.똘쓰또이, 「로씨야 성격」, 『레닌기치』, 1978.5.6, 3쪽 / 5.12, 4쪽 / 5.13, 4쪽. (단편소설)

주제 전쟁에서의 용맹함. 인간에 대한 믿음. 인간의 위대한 힘. 어려움 속에서 더욱 굳건해지는 로씨야 성격으로서의 인간의 위대한 힘.

인물

　①중심인물: 예고르 드료모브(탱크 부대 중위), 까쨔 말릭세와(드료모브의 애인), 예고르 예고로위츠(드료모브의 아버지), 마리야 뽈리까르뽀브나(어머니) 등.

　②주변인물: 나(이완 쑤다레브), 추윌료브(조종사), 기타 병사들 등.

사건

　①중심사건: 화상으로 잃어버린 얼굴을 하고 가족과 애인을 만남.

　②주변사건: 친구의 일화를 전달하는 나.

배경 싸라또브주 월가강 연안, 전쟁 등.

줄거리 드료모브는 탱크 부대 중위이다. 그에게는 존경하는 부모와 사랑하는 애인이 있다. 그는 전투 중에 큰 화상을 입고 예전의 얼굴과 목소리를 잃었다. 휴가를 받아 고향으로 간 그는 자신을 밝히지 않고 부모에게 아들의 소식을 전한다. 그리고 애인 까쨔도 만난다. 그녀는 자신의 얼굴을 보고 놀란다. 그는 다음 날로 자신이 누구라는 자실을 숨긴 채 고향을 떠나 복귀한다. 어머니에게서 아들이 다녀간 것 같다는 편지가 온다. '나'의 권유로 그는 고향에 사실을 전하는 편지를 쓰게 되고, 그들의 부모와 애인이 찾아와 해후한다.

주제어 전쟁, 화상, 해후, 로씨야 성격 등.

강쩨렌쩨, 「삼에 대한 이야기」, 『레닌기치』, 1978.5.19, 5쪽 / 5.20, 4쪽. (옛이야기)

주제 자연에 대한 사랑. 인광응보.

사건

　　① 중심사건: 선인과 악인의 삼 캐기.

　　② 주변사건: 비둘기를 깎아 부쳐 직접 만든 집.

줄거리 천천길과 그의 아내에게는 3살 난 아들과 1살 난 딸이 있다. 가난한 농부이지만 그의 자랑은 자신이 손수 지은 집이다. 그는 가난에서 벗어나기 위해 삼을 찾아 떠나고자 한다. 아내에게 한 달 먹을 식량을 부탁한다. 아내는 쌀을 주며 산신령에게 치성을 드리라 한다. 그는 사실 삼이 어떤 것인지 모른다. 산 속에서 삼을 찾는 가운데 산신령이 나오는 꿈을 꾸게 된다. 꿈에서 깨어나니 발 밑에 있는 이상한 꽃을 발견한다. "방초"라 소리한다. 집에 돌아온 천길은 다시는 삼을 캘 생각을

하지 않는다. 부자집 아들이 찾아와 자신이 삼을 캐러 가는데 천길에게
안내하라고 협박한다. 천길은 어쩔 수 없이 안내하고 부자집 아들과 그
일행은 동물을 죽이는 등 자연을 훼손한다. 갑자기 날씨가 변하여 부자
집 아들 일행을 징벌한다. 천길을 다시 삼을 얻게 된다.

전동혁, 「천연배필」, 『레닌기치』, 1978.6.6, 5쪽. (단편소설)

주제 천연배필의 인연.

인물

   ① 중심인물: 리정숙(딸만 넷을 낳음), 김정희(아들만 다섯을 낳음), 독
               남, 독녀 등.

   ② 주변인물: 간호사 등.

사건 딸과 아들을 서로 맞바꿈.

줄거리 딸만 내리 넷을 낳은 리정숙은 아들 낳는 것이 소원이었다. 반
대로 아들만 다섯을 낳은 김정희는 딸 낳는 것이 소원이었다. 이들은 같
은 날 산아원에서 해산을 한다. 리정숙은 다시 딸이고 김정희는 다시 아
들이었다. 그녀들은 서로 자식을 바꾸자고 한다. 그 자식들이 커서 결혼
을 하게 되는데, 두 어머니는 자신들의 비밀을 혼인 잔칫날에 밝힌다.
독남과 독녀는 자신들에게 친부모가 네 분이라고 좋아한다.

연성용, 「금빛꾀꼬리」, 『레닌기치』, 1978.6.24, 4쪽. (실화)

주제 자연을 사랑하는 마음.

인물

　① 중심인물: 꼴랴, 페쨔(꼴랴의 친구) 등.

　② 주변인물: 꼴랴의 아버지와 어머니 등.

사건

　① 중심사건: 3년째 오지 않는 꾀꼬리를 기다리는 아이.

　② 주변사건: 고무총으로 꾀꼬리 새끼를 땅으로 떨어뜨린 페쨔.

배경 우즈베께쓰딴, 나무 숲 등.

줄거리 꼴랴는 3년째 자신의 숲으로 오지 않는 금빛꾀꼬리를 기다린다. 이유는 둥지에서 떨어진 새끼 꾀꼬리를 꼴랴는 어떻게든지 구하고자 했으나, 꾀꼬리가 자신을 오해했다고 생각한다. 새끼를 토끼굴에 두기도 하고 나무에 기어 올라 집을 만들어 사과나무에 두기도 했다. 어느 날 꾀꼬리가 돌아온다. 이에 이웃에 사는 페쨔도 기뻐한다. 사실 페쨔가 고무총을 쏴 새끼가 떨어진 것이었다.

우블라지미르, 「세계문학선집에 수록된 조선고전문학」, 『레닌기치』, 1978.6.30, 6쪽. (비평)

주제 고전 시가와 산문을 소개하는 글.

내용 모쓰크와 예술문학 출판사에서 200권으로 된 『세계문학선집』을 발행한다. 여기에는 80개 나라의 3,235명의 작가들이 창작한 25,800편의 작품이 수록되어 있다.

전동혁, 「강에서 있은 일」, 『레닌기치』, 1978.7.22, 3쪽. (단편소설)

주제 돈보다 중요한 인간성.

인물 씨몬, 욕심쟁이 등.

사건

　　① 중심사건: 강에서 오도가도 못하는 배 주인으로부터 돈을 받고 도와줌.

　　② 주변사건: 돈이 부족하다면 배에 태우기를 거부했던 욕심쟁이.

줄거리 씨몬이 사는 꼴호스 마을에서 구역에 가기 위해서는 배가 가장 빠른 교통수단이다. 씨몬은 구역회의에 참가하고 돌아오는 길에 그냥 서 있는 배를 발견한다. 배주인은 와달라고 요청한다. 그는 마을에 사는 욕심쟁이이다. 씨몬은 10루블리를 받고 기름을 공급해 준다. 또 다시 서 있는 배. 욕심쟁이는 배가 고장났으니 마을까지 끌어달라고 한다. 다시 10루블리를 받고 그렇게 한다. 마을에 도착하자 그는 몰인정하다고 욕을 한다. 씨몬은 그가 맹장염에 걸린 동생을 구하기 위해 당신에게 도움을 청했을 때 당신은 돈이 부족하다며 그냥 가지 않았느냐고 말한다. 씨몬은 돈을 꺼내 그의 얼굴에 뿌린다. 욕심쟁이는 물에 젖은 돈을 줍는다.

주영윤, 「만년필에 깃든 사연」, 『레닌기치』, 1978.12.30, 4쪽. (실화)

주제 행복한 쏘베트 사회.

인물 리용수(아버지), 리주학(아들), 위딸리(손자) 등.

사건

　　① 중심사건: 아버지의 만년필을 잃어버려 남몰래 돈을 모아 구입

한 아들.

　②주변사건: 손자에게 만년필을 선물하는 리주학.

배경 싸할린 에수토루(현재 우글레고르쓰크) 등.

줄거리 일제 강점기 당시 많은 사람들이 간도와 싸할린으로 이주하던 시절. 리주학의 아버지 리용수도 싸할린으로 이주한다. 탄광노동자로 일했으며, 막장의 낙반사고로 사망한다. 리주학은 아버지의 만년필을 잃어버려 어렵게 돈을 모아 구입했던 추억이 있다. 그는 일본유학을 표기했었다. 그 아버지를 생각하며 손자에게 만년필을 선물하다. 그리고 쏘베트 정권 하에서 손자가 행복한 생활을 하고 있다고 생각한다.

1979

주영윤, 「은혜」, 『레닌기치』, 1979.1.25, 4쪽.(실화)

주제 민족을 초월한 부모의 사랑.

인물

　①중심인물: 신성숙, 박명규(신성숙의 남편), 신봉숙(신성숙과 자매간), 형태(신성숙의 아들) 등.

　②주변인물: 니꼴라이(러시아 남성), 사또 하루꼬(니꼴라이의 아내) 등.

사건

　①중심사건: 버려진 아이를 친자식처럼 키운 조선인 부부.

　②주변사건: 아이를 버리고 떠난 일본인 여성.

배경 1978년 10월 하바롭쓰크(외화), 남싸할린이 쏘련군에 의해 해방
되던 때(내화).

줄거리 러시아 남성 니꼴라이와 일본인 여성 사또 하루꼬 사이에는 아
이가 있다. 하루꼬는 남편이 죽자 아이를 버리고 귀국한다. 아이를 맡아
형태라 이름을 지어주고 결혼까지 시킨 박명규 부부. 오늘은 신봉숙의
환갑잔치이며 여기에 신성숙의 아들인 형태가 참석한다. 신봉숙과 신성
숙은 자매간이다.

김추, 「뜨거운 심장」, 『레닌기치』, 1979.2.14, 4쪽 / 2.16, 4쪽. (단편소설)

주제 타인을 위하는 살신성인의 삶.

인물

    ① 중심인물: 나, 오동무(사나이), 갈리나 이와노브나(오동무의 아
            내), 이리나(딸) 등.

    ② 주변인물: 마라트(뜨락또르 운전수), 나의 친구 등.

사건

    ① 중심사건: '나'가 잊지 못하는 한 사람에 대한 기억.

    ② 주변사건: 시간이 일러 친구를 만남.

배경 흑해바닷가 휴양소 등.

줄거리 '나'는 이 도시에 오면 불과 한 시간밖에 만나지 않았으나 떠오
르는 사람이 있다. 우연히 그를 회상하다가 거리에서 한 여자를 보고 그
녀를 따라간다. 그가 33호에 살고 있음을 확인한다. 시간이 일러 친구
를 만나러 간다. '나'는 흑해바닷가 휴양소에서 한 사나이를 만나 적이
있다. 그는 눈이 멀었다. 한 처녀가 '빠빠'를 부르며 달려오고, 그녀는

그 남자에게 선물이라며 졸업작품 '상봉'을 제시한다. 그리고 그녀는 울었다. '나'는 이 도시에서 그들과 다시 만난다. 저녁에 33호를 찾은 '나'는 그 남자의 가족을 만난다. 선생이 불행하다는 무심코 던진 말에 그의 아내 갈리나는 편지 하나를 보여준다. 그 편지는 영하 40도가 넘는 눈보라 속에서 동료(마라트)를 구하고 눈을 잃은 오동무에 대한 감사편지이다. 그녀는 남편의 심장은 이전보다 더 뜨겁게 불타고 있다고 한다. '나'는 용서를 구하고 그 집을 나온다.

명철, 「낯선 길손」, 『레닌기치』, 1979.4.11, 4쪽. (단편소설)

주제 새 세상을 만든 레닌에 대한 고마움.

인물 나, 낯선 길손(손자), 낯선 길손의 할머니 등.

사건 할머니의 소원을 풀어주기 위해 레닌 동상에 헌화하러 가는 낯선 길손.

배경 늦은 가을. 따스켄트 시장 등.

줄거리 늦은 가을 따스켄트 시장에서 만난 낯선 길손. '나'에게 도시 중앙으로 가는 방법을 묻는다. '나'는 같이 가자고 하고 그로부터 얘기를 듣는다. 그는 병환 중에 있는 할머니의 소원대로 할머니가 직접 가꾼 꽃을 체모단에 넣어 레닌 동상에 헌화하러 가는 길이라고 한다. 할머니는 죽기 전에 새로운 세상을 보게 해준 레닌을 스승이라 칭한다고 한다. 병 때문에 소원을 이룰 수 없어 손자에게 부탁한 것이라고 한다. 할머니는 남편이 죽고 아들도 전쟁 중에 사망하고 며느리도 물에 빠져 죽자 홀로 손자를 키웠다.

1980

리정희, 「샛별」, 『레닌기치』, 1980.1.1, 4쪽. (소품)

주제 젊은 청춘 남녀의 사랑.

인물 위쨔, 웨네라, 성급한 동무, 익살쟁이 동무, 지배인 등.

사건 전차에서 만난 아름다운 웨네라. 친구들과의 내기.

배경 새해 하루 전날 밤. 실험실, 공장구락부 등.

줄거리 저녁, 공장구락부에서 새해의 경축회의를 개막하던 지배인은 위쨔가 고안한 부속품이 합격되었다며 동무들과 함께 축하해주었다. 금년에 벌써 3건의 합리화고안을 제출 도입시켜 공장에 막대한 이윤을 가져왔다는 것이다. 그러던 중 열한시가 되어 친구들이 위쨔에게 서둘러 나가자고 하였다. 왜냐하면 그들은 친구들끼리 합숙 제6호실에서 새해를 맞이하기로 하였기 때문이다. 서둘러 전차에 오른 그들. 위쨔는 두리번거리다 전차에 오른 한 여성에게 시선이 멈춘다. 동무들도 그의 눈길이 멈춘 곳을 바라보았다. 성급한 동무와 익살쟁이 동무는 자신이 다가가면 그녀가 웃어줄 거라며 다가가지만, 그녀는 돌아보지도 웃지도 않았다. 그때 위쨔가 그녀에게 다가가 사실은 친구들과 내기를 했다며 한번만 웃어줄 수 없겠냐고 정중히 부탁한다. 그녀는 그의 부탁을 들어주며 예쁜 미소를 지어주었다. 내릴 정거장이 가까워지자 친구들과 내리려던 위쨔는, 그녀를 향해 전화번호를 외치며 자신을 찾아달라고 부탁한다. 숙소에 도착해 기다리던 그와 그의 친구들. 새해를 알리는 크레믈리 괘종소리가 울렸고, 그들은 새해의 첫잔을 들었다. 그때 합숙당번이 문을 열고 들어오더니 위쨔에게 전화가 왔다고 했고, 위쨔는 복도 출입구 쪽으로 달려가 떨리는 마음으로 수화기를 들었다. 기다리던 그녀의 목소리였다. 그녀의 이름은 샛별을 뜻하는 웨네라였다.

주제어 농기계부속품안, 공장구락부, 새해, 경축회의, 전화, 전차 등.

작자미상, 「박 서방과 금둥이」, 『레닌기치』, 1980.1.8, 4쪽 / 1.9, 4쪽. (동화)

주제 간절함은 돌도 생물로 변화시킬 수 있다.

인물 석수쟁이 박 서방, 박 서방의 부모님, 공 지주집 머슴, 공 지주, 새 감사, 왕 등.

사건 보석함을 만든 박 서방. 움직이는 개를 만들라고 명령하는 왕.

배경 옛날. 먹골마을, 성 등.

줄거리 여기저기 떠돌아다니며 석수쟁이 일을 하던 박 서방은 먹골마을에 오게 된다. 여기는 형편이 여의치 않아 땜질을 할 게 있음에도 선뜻 박 서방에게 물건을 내놓지 못하는 사람들이 많은 곳이었다. 그러나 박 서방은 죽 한 그릇이여도 좋다며 그들의 물건을 손수 고쳐주는 착한 사람이다. 그런 그의 소식을 들은 공 지주는 그를 불러들여 새 감사에게 잘 보이기 위해 뇌물을 만들라며 자신의 집에 가두었고, 새 감사는 보석함을 보자 뛰어난 솜씨에 박 서방을 불러 자신의 집으로 불러들였다. 그리고서는 그 보석함을 왕에게 올렸고, 그것을 본 왕 역시 박 서방을 붙잡아 성에 가두었다. 박 서방은 시골로 내려가게 해 달라고 간청했고, 왕은 움직이는 개를 만들면 보내주겠다며 억지를 부렸다. 그를 불쌍히 여긴 사람들이 모두 그를 도왔고, 금으로 치장한 개는 너무나 아름다웠다. 박 서방은 금둥이라 이름을 붙였고, 그때 금둥이가 움직이더니 왕이 있는 곳으로 뛰어갔다. 박 서방은 왕에게 시골로 돌아갈 수 있게 해달라고 부탁

했지만 왕은 더 큰 욕심에 그를 보내주지 않았다. 화가 난 박 서방은 일을 하지 않았다. 금둥이는 금, 은 할 것 없이 값어치가 나가는 모든 것들은 다 먹어치웠고, 금새 황소만해졌다. 왕은 금둥이를 죽이라했지만 칼도 먹어치우고 불에도 끄떡없던 금둥이는 왕궁을 불태웠다. 그리고 박 서방을 찾아와 삼켰던 것들을 모두 뱉어냈다. 그러자 박 서방 앞에는 비단더미와 금돈더미와 쌀더미가 쌓였고, 사람들은 모두 기뻐했다.

주제어 석수쟁이, 지주, 감사, 왕, 성, 시골, 금둥이 등.

작자미상, 「작가와 현대인」, 『레닌기치』, 1980.2.2, 1쪽.

주제 작가들은 공산주의건설에 열심히 임하는 현대인들의 모습과 생활을 예술작품에 담아야 한다.

내용 '사상, 정치교양 사업의 가일층의 개선에 대한' 실현에 있어서 산문작가, 시인, 극작가 등 문인들이 큰 기여를 할 수 있다. 소련인민의 영웅적 업적들과 사회주의사회의 발전문제들을 반영하며 사상적 원수들을 격파하는 중요한 문학 예술작품들을 만들어내야 할 것이다. 훌륭한 다민족적 쏘베트문학은 인민을 도덕적 및 미학적으로 교양함에 있어 사람들에게 맑쓰-레닌주의적 세계관, 쏘베트 애국주의 및 쁘롤레따리 국제주의를 형성함에 있다. 그런데 신문독자들은 공업, 농업 생산선구자들의 모습을 형상화한 작품들을 아주 드물게 읽게 되거나, 읽지 않게 되는 경우가 있다. 그 원인은 신진 및 기성 작가들이 근로자들의 정열을 묘사하지 못하고 옛날에 받은 인상을 그리거나 서정작품들을 지어내기 때문이다. 우리 나라의 현실에서는 노동에서 매일 새 기록을 수립하며 오늘의 기록이 내일에 가서는 기준으로 되게 하려고 애쓰는 사람들이

적지 않다. 이렇게 공산주의건설에 적극적으로 헌신적으로 참가하는 현대인들을 작가들은 예술작품에서 보여주어야 할 것이다. 그래서 사람들이 노동에 대한 공산주의적 태도를 갖도록 하며 긍정적 주인공의 모범을 따르려는 마음을 먹도록 하는 것이 문예작품들의 사명이다.

주제어 소련인민, 공산주의건설강령, 후대의 교양자, 산문작가, 시인, 극작가, 문인, 정치교양, 문학 등.

리정희, 「한 교원에 대한 생각」, 『레닌기치』, 1980.2.8, 4쪽. (수필)

주제 학생들 앞에 서는 교원들의 노력.

인물 나, 크슬오르다 국립사범대학 상급교원 석리지야, 리예브나 등.

사건 석리지야의 실망스러운 수업. 복교 후 들은 석리지야의 흥미있는 수업.

배경 크슬오르다 국립사범대학. 현재(시험이 끝나고 열차를 타고 가고 있는 시간). 과거(대학에 입학했을 때).

줄거리 '나'는 시험도 마치고 이번 학기 흥미있는 수업도 듣게 되어 뿌듯했던 시간을 회상하며 열차를 타고 가는 중이다. 지금은 크슬오르다 국립사범대학 상급교원인 석리지야와 리예브리나. 그러나 '나'가 대학에 입학했을 때 석리지야는 그렇지 않았다. 대학생들 앞에서 수업을 시작하는 그녀는 노트를 읽기만 할 뿐, 수업이 좋지 않아 지루하고 실망스러웠다. 대학을 중퇴하였다가 몇 해 후 복교했을 때, 학생들이 우루루 몰려가는 수업이 있어 얼떨결에 따라 들어가서 듣게 되었다. 얼마 후 들어오는 젊은 여자 선생은 다름 아닌 석리지아였다. '나'는 잘못 들어왔다 싶어 나가려고 마음을 먹고 있었는데, 수업이 시작되며 노트를 책상

위에 올려놓는 그녀의 모습에 역시나 싶었다. 하지만 그녀는 한 번도 노트를 보지 않았고, 눈만 감으면 고대희랍신들의 전쟁 장면들이 그려질 만큼 황홀한 신화 수업을 들려주었다. 십 년이라는 시간은 그녀에게 꾸준한 연구사업과 자수양의 시기였다. '나'는 그녀에게 앞으로도 흥미있는 강의로써 미래 교원들을 반겨줄 것을 원한다.

주제어 크슬오르다 국립사범대학, 교원, 연구사업, 자수양 등.

리상희, 「시대에 발맞추어: 지난해 신문지상에 발포된 시편들에 대한 나의 소감」, 『레닌기치』, 1980.2.15, 4쪽.

주제 1979년 『레닌기치』 신문의 문예페지에 발표된 시편들에 대한 소감.

내용 『레닌기치』 신문은 지난 해 《문예페지》와 나란히 문예란을 조직하여 독자들에게 큰 만족을 주었다. 발표된 시편들은 주로 실생활과 관련된 문제들을 주제로 하였고, 소련사람들의 위대한 업적, 로동을 찬양하며 공산주의를 건설하는 그들의 염원을 보여주며 인기를 끌었다. 원일의 「그들의 승리 영원하리라」는 깜뿌치야인민의 투쟁을 노래하며 승리를 축하했고, 「눈이 내리네」는 서정의 깊이가 감명적이라 감탄을 금할 수 없는 작품이다. 「초원」은 시어가 부드럽고 자연에 대한 정겨운 태도를 말해주었다. 남철의 「정다운 일터」에서 시인은 자신의 일터를 영예로운 것으로 생각한다. 「그 이름」은 사랑하는 처녀가 그리운 나머지 이름을 마음속에 새기고 간곳마다 그 이름을 불러본다는 간절한 뜻이 담긴 시다. 한아뿔론의 「오, 시간이여」는 지난날 인류의 희망, 투쟁과 애정의 감정을 묘사함으로써 인류는 험준한 길을 걸어왔다는 것을 상기

시켜준다. 「이 밤의 깊이를 재이다」에서는 서로 대조하지 못할 현상을
대조함으로써 시행에 숨어있는 뜻을 강조하였다. 정장길의 「눈내린 공
원에」는 짤막한 시지만 뜻과 운율이 잘 짜여졌다. 한편 리석대의 「약동
하는 봄」과 박뾨뜨르의 「기다리는 봄」은 봄의 묘사가 시인의 사색과 깊
이 결부되지 못함으로써 매일 하는 말들의 반복으로 들릴 뿐이다.

　주제어 레닌기치, 문예페지, 시, 원일, 남철, 한아뽈론, 정장길, 리석
대, 묘사 등.

조상찬, 「할머니의 이야기」, 『레닌기치』, 1980.2.24, 3쪽. (실화)

　주제 부모세대의 어려웠던 생활 모습.
　인물 김영심 할머니, 할아버지, 며느리, 셋째 손자 등.
　사건 살길을 찾아 고향을 떠나 떠돌았던 40년. 잔치연회.
　배경 현재, 과거 40여 년 전. 일본 혼슈, 호까이도 호로이와라, 싸할
린.
　줄거리 큰 잔치연회가 열리는 오늘. 할머니는 감개무량하여 지금의 잘
사는 시간이 있기까지 힘들었던 지난 시간에 대한 이야기를 가족들에게
해 준다. 살길을 찾아 고향을 떠나 일본 혼슈로 건너왔다가 거기서도 살
길이 막막하여 호까이도 호로이와라는 촌으로 갔다가 또 다시 힘들어져
싸할린으로 건너오게 되었다는 이야기. 지금은 기술만 배우지 않아도
되는, 대학공부도 하고, 마음내키는 일도 할 수 있는 행복한 시간이라며
감개무량하다고 했다. 자식들은 처음에는 잘 이해되지 않는 이야기라며
건성이었지만, 할머님의 진심된 말씀에 우리 부모들은 그렇게 살아왔구
나 라는 생각에 새삼 지금의 행복을 느끼게 된다.

178

주제어 잔치연회, 할머니, 손자, 일본 혼슈, 호까이도 호로이와라, 싸할린, 일본시대 등.

장윤기, 「어머니의 마음」, 『레닌기치』, 1980.3.15, 3쪽. (단편소설)

주제 몸은 떨어져 있어도 마음은 늘 가까이 있는 어머니의 마음.

인물 어머니(영희), 큰딸 옥순, 둘째딸 이순, 남편, 시어머니, 후처, 여동무, 의사 등.

사건 큰딸 옥순이의 결혼식. 옥순이와 헤어진 지 20년이 되는 영희. 폐결핵에 걸려 요양소로 떠나는 영희. 아들 만호에게 후처를 들일 것을 제안하는 어머니.

배경 결혼식 하루 전, 과거, 현재(결혼식 당일). 집, 요양소, 결혼식장.

줄거리 영희의 큰딸 옥순이의 결혼식 하루 전날. 영희는 둘째딸에게 옥순이의 뻘라찌예감과 남자 양복감을 건내주며 전해달라 부탁한다. 20년이나 헤어져 있어 옥순이 자신을 버린 엄마라고 영희를 받아들이지 않기 때문이다. 그러나 사실 영희는 남편 만호와 행복한 가정생활을 하다가 뜻하지 않게 폐결핵에 걸려 요양소로 가게 되었다. 그리고 시어머니는 그런병에 걸린 영희가 못마땅했고, 후처를 들이라고 아들에게 말했다. 그러던 어느 날 영희에게 직장에서 일하던 여동무로부터 편지 한 통이 온다. 남편이 후처를 맞이하게 되었다는 소식이었다. 그래서 영희는 딸들과 헤어져 있을 수밖에 없었던 것이다. 영희는 딸들을 되찾기 위해 집으로 찾아갔지만, 시어머니는 이제와 무슨 소리냐며 그녀를 문전박대한다. 배반당한 영희는 자신의 처지를 한탄하며 옥순이의 결혼식장에 찾아간다. 딸에게 자신 마음 속 이야기를 들려주고 싶었기 때문이

다. 용기를 내어 딸을 찾은 옥순이는 예전처럼 또 가슴 아픈 일을 겪을
까봐서 떨렸다. 그러나 영회를 본 옥순은 자신을 용서해달라며 어머니
가 오실 줄 알았다고 기뻐했다. 옥순과 사위될 사람에게 다시 만날 것을
약속하고 정거장으로 나왔을 때, 영회는 여지껏 느껴보지 못한 기쁨에
행복했다.

주제어 결혼식, 폐결핵, 요양소, 후처, 인연, 모녀 등.

명철, 「첫선생과의 상봉」, 『레닌기치』, 1980.4.11, 3쪽. (단편소설)

주제 선생님과의 상봉을 통해 알게 된 소련으로 오게 된 이유.

인물 리재일 선생, 나(일봉), 승룡 등.

사건 리재일 선생과의 상봉을 하게 된 나와 승룡이. 청년 때 러시아로
오게 된 리재일 선생.

배경 원동땅 조선인촌락 쏘베트학교, 러시아, 조선. 과거 3월 1일 봉
기, 현재.

줄거리 승룡이 일봉을 찾아와 리재일 선생이 만나고 싶어한다는 소식
을 들려준다. 둘은 형제처럼 반겨주는 선생을 만나, 조선두루마기를 입
고 광목버선에 고무신을 신었던 청년 리재일선생을 떠올렸다. 그리고
선생님이 어떻게 러시아로 오게 되었는지에 대해 여쭤본다. 선생의 아
버지는 3·1 봉기 때 조선 독립만세를 부른 죄로 일본경찰에 잡혀 세상
을 떠나시게 되었다고 했다. 공산주의운동이 조선에 불었고, 그때 선생
은 만국의 가난한 사람들의 스승 레닌이라는 말을 처음 들었다고 했다.
그리고 혁명가들과 함께 막쓰주의 서적을 전파하고 시위에 참가해 사형
언도를 받기도 했지만, 구사일생으로 살아나서 살길을 찾아 소련으로

오게 되었다고 했다. 우리처럼 구차한 사람들을 위해 어진 일을 하시는 레닌이 계신 곳으로 말이다. 그리고 선생은 레닌의 초상이 그려진 붉은 가위의 당증을 꺼내어 보여주며, 레닌당의 전사로 떳떳하게 늙었다며 꼴호스 사람들과 고락을 같이 나누고 보통 교원으로, 연금을 받으면서도 교육사업을 도와주고 있다고 했다. 지금은 스승이 돌아가셨지만, '나'는 가끔도 그때를 회상하곤 한다.

주제어 원동, 조선인촌락, 쏘베트학교, 3월1일 봉기, 공산주의, 레닌, 막스주의, 당증 등.

장윤기, 「늙은이의 고락」, 『레닌기치』, 1980.5.2, 3쪽. (실화)

주제 늙은이의 고락.

인물 갑순 할머니, 영감, 큰아들, 큰며느리, 둘째아들, 둘째며느리, 딸, 사위, 손주손녀 등.

사건 여생을 함께 할 자식들을 찾아다니는 갑순 할머니.

배경 자식들의 집 등.

줄거리 영감이 돌아간 후 혼자가 된 갑순할머니는 남은 여생을 어느 자식과 함께 지내야 하나 고민에 빠진다. 큰아들 집은 며느리가 쌀쌀해서 고민이고, 둘째집은 며느리는 다정하지만 예전에 큰아들이 차를 사는 데 돈을 보태준 것 때문에 둘째 아들이 화가 나 있고, 딸은 사람들이 아들 두고서 왜 딸 집에 가냐고 할 것 같아서 머뭇거려졌다. 살고 있던 집을 정리해서 마련한 돈을 자식들에게는 비밀로 하고서, 큰아들 집에 갔지만 며느리가 돈을 바라고 잘해준다는 것을 느낀 어머니는 돈이 없다고 말했고 돌연 쌀쌀맞게 구는 며느리 때문에 집을 나오게 된다. 둘째 아들 집으로 갔을 땐, 둘째 아들이 큰아들 집에 있지 뭐하러 자기네 집에 왔냐고 핀잔을 주는 바람에 나왔다. 어쩔 수 없이 딸 집으로 간 할머니는 사위와 딸이 돈이 없음에도 진심으로 잘해주자 선물로 돈을 준다.

주제어 여생, 돈, 아들, 딸, 사위, 선물, 조선사람, 준례 등.

김용택, 「추억」, 『레닌기치』, 1980.5.17, 4쪽. (소품)

주제 전사한 병사들에 대한 추억.

인물 사하로브장령, 빠사 스미르노브, 표도로브, 부크레예브, 라비제, 아브두라흐마노브 등.

사건 1945년 4월 베를린교외에서 벌어진 전투. 전쟁놀이를 하는 아이들을 보게 된 사하로브장령.

배경 따스껜트에 있는 전사한 부상병들의 합장묘.

줄거리 베를린 전쟁 당시 사하로브는 영구화점을 없애치우라는 명령을 받았다. 누가 과연 저 너머 아이들이 있는 곳으로 수류탄을 던질 수 있을지에 대해 고민을 했다. 할아버지 무릎에 앉아 놀고 있는 손녀와 뛰노는 아이들에게 점점 더 가까워질수록 나이든 병사들은 차마 못하겠다고 했고, 그때 사하로브는 죽은 빠사의 모습이 떠올라 몸을 벌떡 일으켜 수류탄을 던졌다. 파쑈놈들과 싸우던 때, 빠사는 수류탄을 가지고 적들 앞에 마주섰다. 적들은 러시아 병사가 무서움에 그만 정신이 나간 줄 알고 웃다가 사격을 가했다. 야전병원으로 실려 간 빠사는 얼마 뒤 죽었다. 사하로브는 그때 빠사가 기억이 났던 것이다. 근처에서 아이들 목소리가 들려 둘러보니, 전쟁놀이를 하고 있다. 아이들은 이기고 지는 것 없이 공격 놀이가 끝나면 팀을 바꿔 다시 재미나게 노는 중이었다. 사하로브는 그 모습을 보며 예전에 베를린에서도 이랬다면 얼마나 많은 생명을 구원할 수 있었을까 라는 생각에 아쉬움을 감출 수가 없었다.

주제어 전사, 병사, 따스껜트, 합장묘, 베를린, 비석, 파쇼, 투항, 생명 등.

박니꼴라이, 「목침에 숨긴 비밀」, 『레닌기치』, 1980.6.7, 3쪽. (이야기)

주제 정직하고 성실한 사람의 복.

인물 채창봉, 박영찬, 나머지 청년 두 명 등.

사건 품삯 대신 들고 나온 목침.

배경 방아골 등.

줄거리 품성이 고약한 채창봉이라는 부자가 사는 방아골에 건장한 청년 세 명이 지나가다 물 한 그릇을 얻고자 하였다. 채창봉은 덩치 좋은 사내들을 보자 자신의 집에서 일을 해주면 넉넉한 품삯을 지불해주겠다고 약속했고, 청년들은 농사를 지어주고 그렇게 하기로 했다. 삼년동안 열심히 농사를 지은 청년들은 약속대로 채창봉에게 요구를 했지만, 채창봉은 삼 년 동안 입혀주고 먹여주지 않았냐며 오히려 빚을 졌다고 성을 냈다. 그러자 청년들은 화가 나서 자신들이 덮고 자던 것이라도 가져가자며 그날 밤길로 길을 떠났다. 그런데 그 중 영리하고 나이가 어린 박영찬은 목침까지 가지고 떠났다. 그런데 무게가 너무 나가 확인해보니 목침 속에는 금전들이 가득하였다. 그 날 밤 청년들을 붙잡기 위해 고민하던 채창봉은 담배를 태우다 실수로 집에 화재를 내어 미처 정신도 차리지 못하고 알몸으로 뛰쳐나왔다. 하룻밤 사이에 거지가 되고만 것이다.

주제어 부자, 거지, 금전, 목침, 머슴 등.

1981

리동언, 「즐거운 날에」, 『레닌기치』, 1981.1.30, 3쪽. (단편소설)

주제 행복을 이루기 위한 투쟁과 행복을 지켜가기 위한 노력.

인물 어머니, 신부(춘자, 입양한 딸), 봉자(맏딸), 춘자 신랑, 최순애(춘자 친모) 등.

사건 빨치산 투쟁. 춘자를 입양한 어머니.

배경 결혼식장, 원동 수청구역 남향동. 현재, 원동이 해방되지 않던 시절.

줄거리 춘자의 결혼식 날, 어머니는 오늘의 행복한 날에 대해 감사하며 지난날을 떠올려 본다. 원동이 아직 해방되지 못해 조선 사람들에게 험악한 산골을 주던 시절, 원동 수청구역 남향동이란 촌에서 살았다. 그때 옆집에 28세의 최순애가 딸 춘자와 함께 이사해 왔다. 원동 빠르찌산 대원으로 목숨을 잃은 남편 때문에, 원수를 갚아야겠다고 다짐한 순애는 어느 날 붙잡혀 가게 되었고 그때 어머니는 춘자를 데리고 왔다. 한 달이 지났을 때 어느 혁명가 가족을 통해 편지 두 통을 받게 되었다. 한 통은 춘자를 잘 부탁한다는 내용으로 어머니에게 남긴 것이었고, 다른 하나는 이 다음에 행복한 세상에 살게 됐을 때 그 행복이 어떻게 이뤄진 것인지를 알고 지켜야 한다는 내용의 춘자에게 남긴 편지였다. 그리고 부모님은 새 생활을 위해 몸을 바쳤다는 내용이었다.

주제어 결혼식장, 혼인잔치, 원동, 수청구역, 남향동, 조선, 원동빠르
찌산대원, 혁명군, 백파도당, 조선의병, 시월혁명, 행복, 혁명선렬 등.

아. 꿀라꼬브, 「나팔수들」, 『레닌기치』, 1981.3.1, 4쪽. (단편소설)

주제 전장으로 떠나는 신입병을 사기를 돋우는 취주악단.

인물 왈레리 노위꼬브, 아르까지 뜨루힌, 알렌싼드르 시소브, 싸사,
클라와 등.

사건 1941년 파쇼독일과의 전쟁. 전선으로 자원하는 사람들.

배경 1941년. 군사동원부, 전선.

줄거리 왈레리 노위꼬브는 군사동원부로 가서 전선으로 가는 자원병
으로 지원하지만 군사위원은 통지서를 받을 때까지 기다리라고 한다.
왈레리 노위꼬브의 취주악단 동무 아르까지 뜨루힌도 전선으로 갈 수
있게 해달라고 하지만 똑같은 소리를 듣는다. 1941년 파쇼독일과의 전
쟁 중 사람들은 너도나도 전쟁에 참가하여 나라를 구하기 위해 주먹을
불끈 쥐던 때였다. 군사위원은 자신도 전선이 아닌 여기 남아 있는 게
좋아서가 아니라며, 주어진 자리에서 최선을 다하는 게 중요하다는 얘
기를 한다. 취주악단원들을 모아놓고 소좌는 전선으로 떠나는 사람들의
마음을 다소간이라도 즐겁게 하여주자고 한다. 이에 취주악단의 소리는
그 어느 때보다 더 높았다.

주제어 전선, 1941년, 파쇼독일, 취주악단, 군사동원부 등.

장윤기, 「아들과의 상봉」, 『레닌기치』, 1981.3.27, 3쪽. (단편소설)

주제 부모와 자식 간의 뗄 수 없는 끈.

인물 봉숙, 경순, 영남(봉숙 아들), 며느리, 나따샤(영남의 딸) 등.

사건 아내에게 아들을 주지 말 것을 친구에게 유언으로 남기는 남편.

배경 싸할린 등.

줄거리 조선 여성인 봉숙은 해방 후 곧 사회노동에 나섰다. 재봉술을 배워 직장에 출근하며 시내 조선여성들의 계몽을 위해 소인예술사업을 지도하기도 했다. 그러나 그녀의 남편인 영남은 일하기 싫어하고 술과 노름을 좋아하는 건달꾼으로 그녀에게 돈을 구해오라 위협하면서 말을 듣지 않으면 구타를 일삼는 인간이었다. 그녀는 남편과 사는 게 너무 힘들어 친척집으로 가 있을 수밖에 없었다. 남편은 그러한 봉숙에게 원한을 품고 절대로 아들을 내어주지 않으리라 마음먹는다. 그리고 남편은 그러한 생각을 고향친구에게 유언으로 남겼다. 영남은 그러한 사정은 모른 채 어머니를 상대로 증오와 저주를 지니게 되었고, 어머니를 따르지 않으며 살게 되었다. 그렇게 시간이 흘러 영남도 결혼을 하고 아이를 낳게 되었다. 이후 봉숙은 나이가 서른을 넘긴 아들과 마침내 만나기로 했다. 그러나 아들은 그 자리에 나오지 않았고, 손녀딸과 며느리만 나왔을 뿐이었다. 상심하고 돌아선 봉숙은 그 이튿날 휴가를 내서 어머니 집으로 가겠다는 아들의 전보를 받는다. 비로소 소원이 이루어지게 되자 봉숙은 큰 기쁨과 행복을 느낀다.

주제어 해방, 사회노동, 조선녀성, 소인예술단, 상봉 등.

오.세쓰찐쓰끼, 「신뢰, 희망과 사랑」, 『레닌기치』, 1981.4.17, 3쪽. (단편소설)

주제 어려운 시간에 필요한 신뢰, 희망, 사랑.

인물 어머니(의사), 아들, 빠웰 이와노위츠(주택관리), 독일어교원 등.

사건 전쟁으로 인한 기아. 폭격으로 아들을 잃은 어머니.

배경 의료실. 전쟁(레닌그라드봉쇄).

줄거리 추위와 폭격에 기아가 닥쳐오자 지칠 대로 지친 사람들은 누구이건 할 것 없이 구원을 바랐다. 더구나 기적을 낳는다는 의학은 모든 사람들의 희망이었다. 아픔에 괴로운 사람들은 어머니를 찾아와 어떤 것이든 좋으니 처방을 해달라고 했다. 어머니는 자신의 가족을 돌보듯이 모든 사람들을 돌보았다. 그래서인지 사람들은 모두 어머니를 '은인'이라고 불렀다. 그러나 어느 날 폭격으로 아들을 잃게 된 어머니는 환자들을 돌보는 것이 힘들어졌다. 환자들의 증상은 악화되어갔고, 의료실 원장은 어머니를 찾아가 다시 돌아와 줄 것을 간곡히 청했다. 이튿날 어머니는 다시 환자들을 찾았다. 그리고 다른 때와 마찬가지로 인사를 나눴다. 그녀는 인사의 말 한 마디라도 그들에게는 생의 힘이 담길 수 있는 말이기에 자신의 피처럼, 행복처럼 남에게 전해야겠다고 다짐한다.

주제어 전쟁, 폭격, 희생, 의사, 희망, 신뢰, 사랑, 은인 등.

김용택, 「울타리 속에서」, 『레닌기치』, 1981.7.18, 3쪽. (소품)

주제 이웃을 단절시키는 울타리. 땅을 그리워하는 할머니.

인물 안드류센까, 이사온 할머니, 어린 아이, 할머니 아들, 류보츠카 등.

사건 베란다 앞의 밭을 일구는 이사온 할머니와 이를 제지하는 안드
류센까.

줄거리 안드류센까와 류보츠카가 사는 곳에 할머니와 그녀의 식구들
이 이사를 왔다. 새로운 사람들에 반가웠지만, 이내 그 마음은 사라지게
되었다. 할머니가 베란다 앞의 밭을 밤새 일구는 소리 때문에 예민해졌
기 때문이다. 그리고 자신들의 베란다 앞에 있는 밭은 자신들의 땅인데
거기까지 일구는 할머니가 싫었다. 그래서 안드류센까는 그물을 쳐놓기
로 마음을 먹었다. 그리고 할머니의 아들에게 할머니가 밭에서 하는 일
을 그만둘 것을 부탁한다. 아들은 사람들과 모두 나눠먹기 위해 밭을 일
군다는 할머니의 말에도 아랑곳없이 밭에 가지 말라고 한다. 그리고 얼
마 뒤 할머니가 죽는다. 류보츠카는 늙은이들은 땅에서 떨어지면 못 산
다는 말을 한다. 그리고 주택 관리위원장이 울타리가 보기 흉하니 치우
라고 했다는 얘기를 전해준다.

주제어 이웃사람, 철창, 그물, 울타리, 밭, 늙은이, 땅 등.

오삼손, 「교수와 연구생」, 『레닌기치』, 1981.8.29, 3쪽. (소품)

주제 진실해야 할 사람의 행동과 마음.

인물 교수, 연구생 등.

줄거리 교수에게는 연구생이 한 명 있었다. 그는 특별한 재능을 가진
사람은 아니었지만, 교수의 조그마한 소원도 꼭 들어줘야 한다고 생각
했다. 자기의 연구사업을 지도하는 교수의 마음에 드는 것이라면 무엇
이든 마다하지 않고 해줬다. 교수가 어디를 가면 항상 데리러 갔고, 돌
아오는 날에는 꼭 마중을 나갔다. 그런데 웬일인지 휴가에서 돌아온 교

수는 자신을 마중하러 오지 않는 연구생에게 서운했다. 생일날에도 축하문이 오지 않았다. 3년 동안 그림자처럼 따라다니던 연구생이 자취를 감추어버린 것이다. 이유는 교수의 지도하에 논문을 준비하던 학생의 논문이 통과되었기 때문이었다.

주제어 교수, 연구생, 논문, 서운, 소원 등.

1982

박꼰쓰딴찐, 「모기가 어떻게 생겨났는가」, 『레닌기치』, 1982.2.9, 4쪽.

주제 모기가 생기게 된 이유. 올바른 교육의 필요성.
인물 부부, 세 아들, 늦둥이 고분, 백발노인, 막내아들 윤호 등.
사건 가족을 죽인 악마와 같은 여동생을 물리치는 과정.
배경 옛날 산골마을.
줄거리 아들 세 형제를 거느린 부부가 살고 있었다. 세월은 흘러 아내가 남편에게 딸이 하나 있으면 좋겠다고 했다. 그러던 어느 날 백발노인이 하루 재워달라고 했고, 부부는 후하게 대접해주었다. 노인은 부부가 딸이 없다고 탄식하는 소리를 듣고 이튿날 딸을 낳을 수 있는 방법을 일러주었다. 대신 그 애가 커서 어떤 사람이 될지는 부부에게 달렸다고 했다. 부부는 시키는 대로 했고 그 후 딸을 낳았다. 금이야 옥이야 애지중지 키운 딸은 무서울 만큼 버릇이 없었다. 그러던 어느 날 몇 마리의 소가 죽는다. 아버지는 큰 아들을 불러 밤새 지키라고 하였다. 그런데 고분이가 식칼로 소의 배를 가르고 생간을 입에 넣는 것이었다. 맏이는 그대로 얘기했지만, 아버지는 모함이라고 생각했다. 그래서 둘째에게도 똑같이 지시했지만, 똑같은 결과였다. 마지막으로 막내에게도 시켰고 막내도 똑같은 상황에 산 속으로 도망을 갔다. 거기서 만난 노부부는 막내에게 방망이와 말을 주며 집으로 돌아가는 길에 힘든 일이 생겼을 때 꼭 꺼내어 사용하라고 일렀다. 집으로 돌아온 윤호는 스산해진 집 모습에 놀랐다. 그러자 고분이가 나오며 음흉한 웃음을 지으며 나타났다. 윤호는 쌓여진 뼈들과 사람의 두 골을 찾아냈다. 부모와 형제들이 어떻게 떠났는지를 깨닫고는, 고분이의 먹이가 되기 전에 수를 써야겠다고 생각했다. 고분이가 밭에 나갔을 때 윤호는 도망을 쳤지만, 고분이는 미친 듯이 쫓아왔다. 말은 나무 꼭대기에 윤호를 앉혀놓곤 쓰러졌고, 악마는 그 새 올라와 잡아먹으려 했다. 그때 노부부가 준 방망이가 생각난 윤호가 방망이를 꺼내자, 순식간에 불이 일고 악마를 태워 죽였다. 그러자 타죽은 재가 바람에 날리더니 모기가 되었다고 한다.

주제어 부부, 아들, 백발노인, 딸, 악마, 모기 등.

홍일리야, 「환원관계」, 『레닌기치』, 1982.5.20, 4쪽. (풍자소설)

주제 성실하게 일하지 않는 사람들에 대한 풍자.

인물 나, 소년기술애호가 크루소크, 알렉싼드르 이와노위츠, 올리가 뻬뜨로브나 등.

사건 성실하게 공부하는 대신 편법으로 점수를 받는 학생.

배경 학교, 뻬오녜르 궁전, 문화궁전, 가두구락부 등.

줄거리 많은 미성년들이 기술에 취미를 두고 있다. 모든 공간에는 소년기술애호가인 크루소크가 있다. '나'도 특별 기술 까비네트가 있는 직업기술학교로 갔다. 거기서 '나'가 조립한 견본이 일등상을 받게 되었고, 교원들 사이에서도 신임을 얻게 되었다. 어느 날 전기공학을 가르치는 알렉싼드르 이와노위츠가 쁘로똔을 손질해 달라고 했고, 그는 고장이 난 곳을 찾아 고친 '나'에게 5점의 큰 점수를 주었다. 또 며칠 후 영사기를 고치기만 하면 5점을 매겨주겠다고 했다. 이렇게 차츰 '나'는 공짜로 5점을 받는데 취미를 붙였다. 그래서 친구들은 열심히 공부할 때 '나'는 제작실에서 소설책을 읽거나 공상에 잠기곤 했다. 공부하지 않아도 공식, 법칙을 외우지 않아도 머리만 잘 쓰면 최우등이었다. 영어시간에도 마찬가지였다. 그러자 점점 선생님들을 자신의 마음대로 교양할 수 있게 되었다. 체육시간도 마찬가지였다. 평행봉을 몇 번 만져보고 위험하니 고쳐야겠다며 나사를 풀었다 조였다 작업을 했다. 그리고 좀 어려운 과목들도 있었지만, 재료들을 구하고 눈앞에 내놓으면 문제 끝이었다. '나'는 직업기술학교를 최우등성적으로 졸업했고, 대학에서도 계속 공부를 할 생각이다. 대학에서 인민수재들이 요구된다는 소식을 들은 지 오래다.

주제어 직업기술학교, 삐오녜르궁전, 문화궁전, 가두구락부, 대학, 인민수재 등.

작자미상, 「사냥개의 장화」, 『레닌기치』, 1982.5.29, 4쪽. (루므니야동화)

주제 사냥개가 토끼를 쫓게 된 이유.

인물 토끼, 사냥개, 곰 등.

사건 금화 두 개의 값이 나가는 개의 장화를 신고 도망친 토끼.

줄거리 평소 가지고 싶던 모자와 저고리를 사러 가기 위해 신을 팔아서 금화 두 개를 얻은 토끼는 길을 가던 중이었다. 그때 따뜻한 털 외투에 새 장화를 신은 사냥개를 만나게 되었다. 겨울이고 맨발에 발이 시렸던 토끼는 개에게 장화를 얼마에 샀냐고 물었고, 개는 금화 두 개를 주었다고 했다. 그러자 토끼는 자신에게도 금화 두 개가 있다며 나중에 살 수 있어 잘됐다고 했다. 눈치 빠른 사냥개는 주막집에서 쉬었다 가자고 했고, 자신이 내겠으니 음식을 주문해 먹자고 했다. 그러나 돈이 없다며 토끼에게 덤을 씌웠다. 토끼는 맨발로 돌아갈 생각에 그날 밤 잠을 잘 수가 없었고, 새벽에 사냥개의 장화를 신고 도망쳐버렸다. 잠에서 깬 개는 발자국을 따라 토끼를 쫓았다. 개가 토끼를 잡았는지는 말할 수 없지만, 오늘 날 사냥개가 토끼만 봐도 쫓는 이유가 그 때문이다.

주제어 토끼, 사냥개, 금화, 죄 등.

오.뽈랴꼬브, 「사랑의 신」, 『레닌기치』, 1982.6.19, 4쪽. (단편소설)

주제 신화에 나오는 사랑의 신 아무르에 관한 이야기.

인물 워아, 리따아주머니, 리또츠카, 지마아저씨 등.

사건

① 중심사건: 워아를 사랑의 신 아무르를 닮았다고 얘기해주는 사람들.

② 주변사건: 지마 아저씨에게 화살을 쏜 워아.

줄거리 이웃에 사는 리따 아주머니는 워아를 보면 신화에 나오는 사랑의 신 아무르와 같다고 하며 예뻐해 주었다. 그럴 때면 그녀의 남편인 지마 아저씨는 아이에게 그런 말을 한다며 나무랐다. 신화를 가르치려거든 처음부터 제대로 가르치라며 아주머니와 말다툼을 했다. 워아는 아빠에게 아무르가 뭐냐고 물어보았고, 아빠는 날개달린, 워아를 닮은 사내라고 알려주었다. 그는 활을 쏘는데 그가 쏜 화살이 사람한테 맞으면 그 사람은 다른 사람을 사랑하게 되는 것이라고 알려주었다. 아빠에게 아무르에 대한 이야기를 들은 워아는 다음날 싸움이 나서 토라져 있는 지마 아저씨의 등으로 몰래 화살을 쏘았다. 지마 아저씨는 그때 마침 수상한 머리를 보았고, 사람들은 누군가 지마를 암살하려 들었다고 했다. 그때 지마는 워와의 손을 잡아끌고 들어왔다. 그리고는 왜 화살을 쐈냐고 워아의 어머니가 꾸짖자, 자신을 아무르 같다고 하지 않았냐며, 아무르가 화살을 쏘았는데도 왜 자꾸 싸우냐며 울음을 터뜨렸다. 그제서야 사람들은 절대 싸우지 않겠다며 귀여운 워아를 끌어안았다.

주제어 신화, 아무르, 사랑, 화살 등.

명철, 「흠집의 사연」, 『레닌기치』, 1982.6.29, 4쪽. (단편소설)

주제 조국을 위해 헌신한 조부모님들.

인물 금옥(할머니), 박니꼴라이(할아버지), 며느리, 아들, 손자, 손자며느리, 증손자 등.

사건 할머니 오른편 뺨에 거뭏게 난 흠터.

줄거리 할머니는 가족들에게 입버릇처럼 하는 말이 하나 있다. 그것은 '참 좋은 세상'이라는 말이었다. 그리고 할머니 오른쪽 뺨 위에 거뭏게 난 흠터에 대해 묻는 것을 가족들은 모두 조심스러워했다. 그러던 어느 날 할머니는 이제는 너희도 알아야 될 때가 되었다며 가족들에게 그 상처에 대한 얘기를 들려주었다.

금옥은 박니꼴라이와 결혼한 후 어촌에서 시부모를 모시고 살고 있었다. 풍족하지는 않았지만 행복했다. 그러나 인정사정없이 다 빼앗아가는 배주인 때문에 어쩔 때는 밥을 못 먹을 때도 있었다. 그런데 어느 날, 아버지와 남편이 짐을 꾸리며 무언인가 준비를 했다. 그리고 다음 날 남편은 다른 남자들과 며칠 어딜 다녀오겠다며 집을 나섰고 배를 타고 떠났다. 그러나 며칠이 지나도 돌아오지 않았고 엎친 데 덮친 격으로 비바람이 몰아쳤다. 걱정이 된 시아버지가 배를 타고 찾으러 떠났고 며칠 뒤 알아보기 힘든 얼굴로 돌아왔다. 그러나 남편은 곁에 없었다. 그리고 또 며칠 뒤 풍파 속을 뚫고 남편의 배가 돌아왔다. 그러나 도착하자마자 헌병들이 들이닥쳐 남편과 장정 몇 명을 체포하였다. 그때 시아버지는 숨겨놓은 총의 방아쇠를 당길 준비를 하였지만, 난생 처음 총을 손에 쥔 그는 머뭇거렸다. 그때 누군가 시아버지에게 방아쇠를 당겼고, 시아버지는 쓰러졌다. 그리고 남편은 끌려가며 그들에게 맞고 있었다. 금옥은 남편을 붙잡았고 어떤 헌병은 금옥이 매달린다며 총으로 얼굴을 내리쳤다. 그때 생긴 흉터가 지금의 이 흉터라고 했다. 이 얘기를 들은 손주 녀석 에지크는 증조할아버지 같은 용감한 사람이 되겠다고 했고, 할머니는 기특하다며 머리를 쓰다듬어주었다.

주제어 흉터, 원동, 빠르찌산부대, 무기, 헌병 등.

강겐리예따, 「일곱 번째 태양」, 『레닌기치』, 1982.9.18, 4쪽. (동화)

주제 단 하나의 고마운 태양.

인물 까라껨뻬르(검은노인) 할머니, 메르겐바이, 따스불라트, 카를리가스(제비) 등.

사건 일곱 개의 태양을 향해 쏘는 활.

194

배경 카사흐쓰딴, 알라따우 산 등.

줄거리 카사흐쓰딴에는 알라따우라는 산이 있다. 이곳에는 일곱 개의 강이 흐르고 있는데 강가에는 사람들이 살고 있었다. 그런데 어느 날 일곱 개의 태양이 하늘에 떠올랐다. 하나도 뜨거운데 일곱 개가 떴으니 모든 것을 태워버리려 들었다. 사람들은 근심에 사로잡혔다. 그때 지혜로운 까라껨뻬르(검은 노인) 할머니가 일어나서는 해를 향해 활을 쏘아야 한다고 했다. 그때 메르겐바이라는 활 잘 쏘는 사람이 일어섰고, 그에게 화살을 만들어주겠다는 사람도 나타났다. 그렇게 시간이 흘러 화살은 완성되었고 메르겐바이는 일곱 개의 화살을 등에 매고 태양을 향해 활을 겨누었다. 쏘는 화살마다 모두 명중이었다. 마지막으로 일곱 번째 태양을 향해 활을 겨누어 쏘았을 때, 때마침 지나가던 제비에 맞아 태양을 없애지 못했다. 실패하고 마을에 돌아오니 마을에는 샘이 다시 솟고 강에 물이 흐르고 자연이 살아나 있었다. 사람들은 어둠에 놀라지 않았다. 깨진 태양조각들이 하늘에 무수히 흩어져 반짝였기 때문이다. 그리고 하나의 태양을 없애지 못했기 때문에 이 세상 만물이 죽지 않을 수 있었다며, 제비에게 아름다운 이름을 지어주고 대대손손 노래를 불러주자고 했다. 그래서 생긴 이름이 칼를릐가스다. 일곱 번째 해는 단 하나의 해가 되어 땅을 덥혀주고 사람들에게 기쁨을 주고 있다.

주제어 태양, 제비 등.

김영신, 「가정싸움」, 『레닌기치』, 1982.12.25, 3쪽. (유모르소품)

주제 부부싸움은 칼로 물 베기. 부부의 사랑.

인물 정미하일, 아내 등.

사건 부부싸움 시 짐을 꾸려 집을 나가는 남편과 그럴 때마다 남편을 붙잡는 아내.

줄거리 미하일은 자존심이 세다. 그래서 부부싸움을 할 때마다 격분이 가라앉지 않아 어디라도 떠나야겠다며 짐을 꾸려 집을 나선다. 오늘도 그랬다. 그러나 추운 겨울 날씨에 모든 목적을 잃어버렸다. 지금이라도 집으로 들어가고 싶지만 자존심이 허락지 않는다. 변덕이 많고 거만하던 아내도 자신이 짐을 싸면 금방 풀이 죽고는 놀란 표정으로 용서를 빌기 시작했다. 그러면 미하일은 언제 그랬냐는 듯 얼었던 마음이 녹아 서로 더 애정을 주고 비위를 맞춰주려 했다. 사실 이런 싸움의 원인은 아내가 자신을 지나치게 사랑하기 때문이다. 남편을 천재로 여기는 아내 때문에 미하일은 한 번씩 이런 가정싸움과 짐 꾸리기로라도 자기 입장을 지켜야 했던 것이다. 자신은 너무나 평범한 존재였기 때문이다. 그때 인기척 소리가 들렸다. 바로 아내가 나무에 기대어 서서 흐느껴 우는 소리였다. 미하일은 자존심 때문에 친구 집으로 간다고 했고, 친구 집으로 올라가서는 초인종도 누르지 않은 채 그냥 내려왔다(친구가 집에 없다는 핑계를 대면서). 그러자 아내는 잘됐다며 집으로 돌아가자고 했다. 미하일은 부끄러웠지만 마음이 녹아드는 것을 느꼈다. 그리고 아내를 슬그머니 끌어안았다.

주제어 부부싸움, 화해, 애정 등.

1983

오블라지쓸라브, 「귀빰」, 『레닌기치』, 1983.6.29, 4쪽 / 7.2, 4쪽. (단편소설)

주제 귀빰에 얽힌 강제수용소 생활의 고통.

배경

　①외화: 현재, 블라지워쓰또크, 모스크바 등.

　②내화: 군복무시절, 1941년, 벨로루씨야의 강제수용소 등.

인물 명삼(아버지), 워아(아들), 와씰리 미하일로위츠, 파시쓰트 등.

사건

　①중심사건: 군복무 시절 하모니카 때문에 빰을 맞은 사건.

　②주변사건: 친구의 빰을 때리고 집으로 온 아들.

줄거리 아들이 친구의 빰을 때렸다는 일을 알게 된 명삼은 아들을 불러 앉혀 지금이야 그런 시절이 아니지만 남을 함부로 모욕하는 건 사리에 맞지 않는 일이라며 그러지 않아야 된다고 말을 하는 중이다. 그러면서 자신도 젊은 시절 누군가에게 빰을 맞아 보았다며 이야기를 들려준다.

명삼이 군복무할 때 제대를 얼마 앞두고 공청동맹열성자부대에 뽑혀 블라지워쓰또크로 가게 되었다. 기차역에서 아직 도착하지 않은 사람들을 기다리다 명삼은 하모니카를 불렀다. 한참 신이 나 이 노래 저 노래를 연주하고 있는데 문득 누군가 급히 달려오더니 명삼의 빰을 때렸다. 그러더니 갑자기 용서해달라고 했다. 그 사람은 자신의 이야기를 들려주기 시작했다. 1941년 모스크바 부근에서 전투가 맹렬했을 때, 파씨스트들에게 포로가 되어 벨로루씨야의 한 강제수용소에 감금되어 갖은 고초를 다 겪었던 이야기를 들려주었다. 포로병들을 모두 불러 세워놓고 그 추운 날씨에 삔까리라는 별명을 가진 하사는 하모니카를 불며 그들을 괴롭혔다. 하모니카 소리는 그에게 뼈 속에 배도록 가증스럽고 귀가 따가운 소리였다고 했다. 그래서 그때부터 하모니카 소리만 들으면 치가 떨리고 정신이 아찔할 정도로 격분이 솟는다고 했다. 아들은 아버지의 이야기를 듣고 자신이 얼마나 경솔했는지를 깨닫게 된다.

주제어 모욕, 하모니카, 뺨, 벨로루씨야의 강제수용소, 1941년 등.

김보리쓰, 「갈림길에서」, 『레닌기치』, 1983.7.27, 4쪽. (소품)

주제 함께 하는 삶의 중요성.

인물 표도르, 레나(따마라 동무), 따마라(아내), 쎄르게이(레나 남편) 등.

사건 교통가고와 이를 함께 수습하는 사람들.

배경 쏩호스 중앙마을, 신작로 등.

줄거리 표도르와 레나, 따마라, 쎄르게이는 길을 떠날 채비를 마치고 길을 떠났다. 그들을 가는 동안 우리 시대 이런저런 환경에서 용감성을 발휘하는 사람에 대한 이야기를 나누었다. 불시에 변을 당하면 어떻게 행동하면 좋겠냐고 표도르는 쎄르게이에게 물었다. 쎄르게이는 겪어보지 않아 잘 모르겠다고 했다. 표도르는 우리 사회에 가장 귀중한 것은 인간이라고 답했다. 그러며 자신들의 쏩호스 돼지우리가 타던 때를 떠올렸다. 그때 모두 함께 불을 껐는데, 집단성의 중요성에 대한 이야기도 나누었다. 그렇게 길을 가던 중 신작로 갈림길에 다다랐을 때쯤이었다. 승용차 두 대가 맞부딪쳐 교통사고가 나 사람들의 시체가 길섶에 엎어진 광경을 목격하게 되었다. 그러자 따마라는 어서 빨리 가자고 하였고,

레나와 쎄르게이는 내려서 도와주자고 하였다. 쎄르게이는 아내와 함께 내렸다. 표도르는 고개를 떨구고 사고당한 자동차 곁을 지나갔다. 그러나 조금 뒤 다시 차를 돌려 그들에게로 향했다. 따마라는 뭐하는 짓이냐며 소리쳤지만, 격분에 일그러진 얼굴과 타는 듯한 남편의 눈빛에 입을 뗄 수가 없었다.

주제어 쏩호스, 용감성, 사람, 집단성 등.

남철, 「민들레꽃 필 무렵」, 『레닌기치』, 1983.8.31, 4쪽. (단편)

주제 5월 투쟁을 기억하는 민들레꽃.

인물 어머니(해금), 아들, 손녀, 정운(남편), 리동철, 황원호(관리위원장) 등.

사건

　① 외화: 민들레꽃에 얽힌 추억을 생각함.

　② 내화: 백파잔당들에게 습격을 당한 시절 잿더미 속에서 발견한 민들레 꽃.

배경 원동, 왜놈들과 백파잔당들을 쓸어버리고 새 생활이 피어나던 네 번째 새봄 등.

줄거리 어머니는 아들이 학사학위논문을 통과하고 내일 집에 도착한다는 전보를 다시 한 번 더 꺼내어 읽었다. 옆자리에 앉아 콧노래를 흥얼거리던 손녀는 창 밖에 피어난 민들레꽃에 감탄하였고, 손녀와 함께 삼촌이 좋아하는 민들레꽃을 꺾으며 어머니는 옛날 일을 회상하였다.

왜놈들과 백파잔당들을 쓸어버리고 새 생활이 피어나던 원동 땅에서의 네 번째 봄. 해금은 아들을 낳았다. 하루, 정운은 꼴호스공청동맹비

서인 리동철 집으로 농민상조회회의를 하러 갔다. 그리고 그날 밤 졸병이 들이닥쳐 해금에게 남편이 회의를 하러 어디로 갔는지 대라고 했다. 그러나 공청동맹원으로서 그럴 수 없었던 해금은 회의장소와는 먼 곳으로 그들을 유인했고, 잠시 뒤 들통이 난 그녀에게 두목은 채찍으로 내리쳤고 그녀는 어린 아이를 있는 힘껏 끌어안았다. 백파들은 회의장소를 알아내 습격을 가했다. 동철이는 쓰러졌고, 백파들은 사람들을 향해 총질을 했다. 빠르찌산부대의 지휘관들이었던 정운과 원호는 어둠 속에서 당황하지 않고 사람들을 진정시켰다. 그리고 그들은 적들을 유인하기 시작했다. 마을은 순식간에 불길에 휩싸였다. 임시로 마련한 곳에서 해금은 아이를 안고 있었다. 습격의 후과를 수습하느라 그동안 살피지 못한 아내를 발견한 정운은 피멍이 든 아내의 얼굴에 가슴이 아팠다. 해금은 아이의 이름을 지어주자고 했다. 5월을 영원히 잊지 않기 위해 러시아말로 5월을 뜻하는 마이라고 부르자고 했다. 그리고 우등불빛에 비친 민들레를 보았다. 침울한 현실 속에서도 돌 틈을 뚫고 빛을 따라 돋은 민들레 꽃. 그들은 그 위에 새집을 짓고 새 생활을 시작하였다.

비행장에서 내린 마이는 어머니와 조카에게 다가왔다. 조카는 삼촌이 제일 좋아하는 민들레꽃을 선물했다. 마이는 투쟁의 5월, 시련의 5월을 회상했다. 나이가 어려 잘 모르지만 부모님께 들은 이야기에서 자기 이름의 사연을 알고 있는 마이였다.

주제어 민들레꽃, 5월 투쟁, 백파잔당, 공청동맹원 등.

리영광, 「벌판이 내다보이는 이곳에」, 『레닌기치』, 1983.9.28, 4쪽. (소품)

주제 자유와 평등을 위해 함께 싸운 전우들에 대한 기억.

인물

  ① 중심인물: 꼬왈렌꼬브.

  ② 주변인물: 율다세브, 아칠로브 율다스, 부겔리츠, 미쬬힌, 쓰뜨
라신쓰끼, 천일천 등.

사건 자유와 평등을 위해 함께 싸운 전우를 기림.

배경 기념비 앞, 모스크와 교외, 우스베끼쓰딴, 위쓸라강반, 뽈사, 조
선, 두만강 등.

줄거리 꼬왈렌꼬브는 세월이 흘러 머리가 하얗게 시어 나이가 80이
되었다. 그는 자신의 친우들이 안치되어 있는 기념비 앞에 왔다. 그리고
는 이렇게 찾아오는 게 아마 이번이 마지막이겠지 하며 곧 자신도 이곳
으로 오겠다는 혼잣말을 하면서 친우들의 기억을 더듬었다. 평등과 자
유를 희망하던 친구들, 파시쓰트들과 싸우던 친우들, 춤을 잘추던 율다
스, 아흐메드바이바쓰마츠를 때려부시고 부자들을 없애버리면 집으로
가겠다던 쓰뜨라신쓰끼, 조선에서 싸무라이들이 보기 싫어 왔다는 천일
천, 조선해방전에 참가했던 꼬왈렌꼬브 모두 참되고 믿음직한 동무들이
었는데 한 전투에서 모두 전사하였다. 꼬왈렌꼬브는 소베트정권의 정권
대표 아칠로브에게 자신의 쁘레쓰냐식구들도 여기 저 벌판이 보이는 곳
에 묻어달라는 부탁을 했다. 그들은 차에 타서 라디오수신기를 켰다. 모
스크와방송국에서 외국소식을 전해주었다. 아프가니쓰딴 민주주의공화
국에서 또 한 무리의 반혁명도당이 격멸되었다는 소식이었다. 바쓰마츠
들을 때려부신다는 소식이었다.

주제어 세계혁명, 자유, 평등, 파시쓰트, 조선, 싸무라이, 조선해방전,
소베트정권 등.

강겐리예따, 「보이지 않는 소리내기」, 『레닌기치』, 1983.11.26, 4쪽. (동화)

주제 좋은 소리가 세상에 울려 퍼지게 하자.

인물 주전자, 남비, 주걱, 국자, 숟가락 등.

배경 부엌 등.

줄거리 부엌에 사는 것들 중 제일 으뜸은 남비라며 남비는 자신의 모습을 뽐냈다. 그러면서 남비의 뚜껑을 들었다놓았다하며 소리를 냈다. 그러던 중 소리내기는 뚜껑을 떨어지게 해서 못을 건드리자 국자가 떨어지며 요란한 소리를 내었다. 그때 주인아저씨가 큰일이 난 줄 알고 법석을 떨었다. 아주머니는 아무 일도 아니라고 했다. 한참 잠잠하던 소리내기는 다시 시작되었다. 소리내기는 아저씨가 쾅 닫은 유리창 소리에 그릇장의 유리그릇들이 소리를 내게 했다. 소리내기는 이 집에 산 지가 오래되었다. 집안이 너무도 조용하고 적적한 것 같아 어린애들 대신 좀 장난을 부리는 중이었다. 소리내기는 게으른 주부가 사는 집에 가면 깨끗이 씻어놓지 못한 그릇들에 달려들어 소리를 내며 꾸지람을 한다. 요즘 소리내기들은 모이면 공연한 소리로 남들을 놀래키지 말고 듣기 좋은 유익한 소리를 내자고 회의를 한다. 그래서 집안소리내기는 남이 다 자는 밤이면 집집마다 찾아다니며 약수물 소리 대신 수도꼭지를 약간 열어 놓는다. 물방울 떨어지는 소리가 약수물 떨어지는 소리처럼 울려나도록 말이다.

주제어 소리내기, 유익한 소리 등.

1984

리상희, 「건설의 행진곡」, 『레닌기치』, 1984.2.24, 4쪽. (평론)

대상 연성용 작품집《행복의 노래》.

내용 연성용의 시편들은 쾌활하고 활기발발하기에 청년들의 행진곡과 같이 웅장한 감정을 자아낸다. 연성용의 시편들의 특징은 술어들이 일상적으로 말하는 언어이기에 읽기가 쉽고 까다롭지 않은 점이다. 단편소설「영원히 남아있는 마음」은 매 사람의 성격묘사가 뚜렷하고 문장구성은 복잡하거나 장황하지않아 거칠 바 없이 흥미있게 읽힌다. 이번 작품집에는 희곡작품이 발췌가 아닌 전문으로 세 작품이 실렸다.

강겐리예따, 「제 노래를 찾은 새끼곰」, 『레닌기치』, 1984.2.25, 4쪽. (동화)

주제 자기 노래를 찾고자 하는 아기곰을 달래는 엄마곰의 위로.

인물 엄마곰, 아기곰 찌스까, 나무개구리, 어치 등.

사건 여러 생물들의 노래를 듣고는 자기의 노래를 찾고자 하는 아기곰.

배경 숲.

줄거리 분주한 아기곰 찌스까가 숲에서 노래를 잘하는 나무개구리를 만났다. 나무개구리와 어치는 노래 없이 사는 찌스까의 처지를 안타까워하면서 노래를 찾으러 가자고 제안한다. 하지만 하루종일 헤매어도 찾지 못하고 지쳐 돌아온 찌스까에게 엄마곰은, 겨울잠을 자는 굴로 노래가 찾아올 것이라고 한다.

주제어 제 노래 등.

박영걸, 「옛말 남긴 개」, 『레닌기치』, 1984.2.25, 4쪽.(실화)

주제 어미개와 새끼고양이의 사랑.

인물 어미개 빨마, 새끼 고양이 등.

사건 어미 잃은 고양이 새끼를 진심으로 키운 개 빨마 등.

배경 1975년. 따스켄트주 갈라빈스끼구역 엥겔쓰명칭 꼴호스 등.

줄거리: 한 집에 살던 개(빨마)와 고양이가 한 시에 새기를 둘, 셋씩 낳았다. 어느 날 고양이가 먹이를 구하러 나갔다가 죽고 말았다. 개 빨마는 새끼고양이들도 제 젖을 먹여 키웠다. 고양이들이 자라자 동리 아이들이 각각 데려가 키우기 시작했다. 그러자 빨마는 새끼고양이들을 찾아 헤매며 밤낮으로 슬피 울고, 잘 먹지도 않았다. 나중에 새끼고양이들이 빨마를 찾아오고, 그제서야 빨마는 건강을 회복했다.

뽀뜨르 알표스낀, 「끼쎌료브」, 『레닌기치』, 1984.4.25, 4쪽 / 4.27, 4쪽. (단편소설)

주제 허풍쟁이 욕심쟁이 같은 끼쎌료브의 진심.

인물

　① 중심인물: 엠마, 아브제예브(목수), 끼쎌료브(목수), 이웃 노파 등.

204

② 주변인물: 뽀미도르, 보로다 등.

사건 엠마의 요청으로 이웃 노파네 창틀과 바닥을 수리.

배경 어느 도시.

줄거리 어느 날 아브제예브는 엠마에게 일감 의뢰를 받고, 자기 힘으로는 부칠 듯하여 끼쎌료브와 함께 간다. 막상 일은 엠마의 집이 아니라 이웃 노파 집의 창문과 바닥을 고쳐주는 일이었는데, 끼쎌료브가 품값을 너무 많이 부르고 술도 청하자 아즈제예브는 부끄러워한다. 하지만 막상 정산할 때가 되니 끼쎌료브는 마신 술이 품값에 해당한다면서 돈을 받지 않았다. 끼쎌료브는 늦게 돌아왔다고 아내에게 얻어 맞은 상처를, 엠마의 남편에게 맞았다면서 동료들에게 우스갯 이야기를 늘어놓았다.

장윤기, 「불운」, 『레닌기치』, 1984.5.31, 4쪽 / 6.2, 4쪽. (단편소설)

주제 오랫동안 끊이지 않는 불운의 뿌리.

인물

① 중심인물: 점선, 경삼, 진철 등.

② 주변인물: 점선과 경삼의 아이들, 마을 사람들 등.

사건

① 중심사건: 경삼과 점선의 회갑잔치에 진철이 찾아옴. 과거에 경삼의 오해로 진철과 잠깐 살 수밖에 없었던 점선.

② 주변사건: 진철의 협잡질.

배경 싸할린.

줄거리 점선의 회갑잔치에 진철이 찾아온다. 20여 년 전, 어린 아이들을 버리고 점선은 진철과 함께 집을 나갔던 일이 있다. 진철과 경삼은 일제시대에 조선에서 모집군으로 싸할린으로 온 사람들이다. 진철은 대대장으로 임명되자 모집군들 인정사정 없이 감시하여 원성을 샀다가, 해방이 되자 모집군들 손에 맞아 죽을 뻔한 것을 경삼이 말려 살렸다. 경삼은 점선을 만나 가정을 이루었다. 그런데 진철의 행동은 그 후로도 진실하지 못하였고, 투전놀음을 일삼으며 경삼네로 자주 출입하며 점선을 홀리려 들었다. 경삼이 없는 틈에 찾아온 진철은 점선의 손목에 시계를 채워주겠다고 실갱이를 벌이는데, 마침 돌아온 경삼이 이 광경을 보고 오해를 해서 점선까지 쫓아내버렸던 것이다. 주변 사람들의 설득에도 경삼은 마음을 돌리지 않았고, 먼 친척 오빠네로 간 점선을 진철은 계속 찾아왔고, 갈 곳이 없는 점선은 결국 진철을 따라 산골 벌목장으로 가게 된다. 진철은 그곳에서도 협잡질로 다른 사람의 돈을 갈취했고, 점선은 두고온 아이들을 가끔 보러 다녔다. 맏이 길수의 결혼식을 계기로 재회한 점선과 경삼은 재결합하게 되고, 진철은 협잡질이 들통나서 내무서에 잡혀가 7년 감금형을 받았다. 회갑잔치에 찾아온 진철 때문에 며칠 앓던 점선이 병석에서 일어났으나, 진철이 무서워서 밖으로 나가지도 못하였다.

주제어 불운, 공포, 증오, 일제시대 모집군, 싸할린, 협잡 등.

연구자료 사할린 강제 징용. 일제는 1937년 만주전쟁에서의 필요 때문에 1939년부터 모집을 했다. 관알선의 형태도 있었고 강제 징용의 형태도 있었다. 사할린으로 연행된 사람들은 탄광, 비행장, 도로 건설에 투입되었고, 이중 일부는 일본으로 이중징용을 당하기도 했다. 사할린 강제징용 인원은 15만 명으로 추산되며 1946년 말부터 미소협정에 의해 일본으로의 귀환길이 열렸지만, 일본정부는 조선인들을 방치하여 일본국적도 상실하게 된다. 한국정부의 노력도 적극적이지 못했다.

조정봉, 「우연의 길이였던가」, 『레닌기치』, 1984.7.6, 4쪽 / 7.7, 4쪽. (단편소설)

주제 부모의 억지로 인한 결혼으로 여러 사람이 마음이 상하게 됨.

인물

① 중심인물: 김영일, 홍애선, 애선의 남편 등.

② 주변인물: 애선의 어머니 등.

사건

① 중심사건: 행방불명됐던 옛 애인 애선과 우연히 재회한 영일.

② 주변사건: 애선 어머니가 애선을 억지 시집을 보냄. 애선의 맹장
염 발병.

배경 씨르다리야강 옆 마을.

줄거리 휴가 중인 영일에게 밤늦게 한 남자가 찾아와 아내의 급환을
알리며 도움을 요청한다. 환자는 행방불명이었던 영일의 약혼녀 애선이
었다. 영일은 놀란 마음을 진정하고 맹장 수술을 잘 마무리했다. 애선과
맺어진 과거를 회상하는 영일. 애선이 열여섯이 되던 해 의학전문학교
학생이던 영일과 언약을 맺었는데, 애선이 사범전문학교 3학년에 진급
했던 해 여름방학 때 애선이 갑자기 사라진 것이다. 정신이 든 애선은
그간의 사정을 전한다. 과부인 어머니가 갑자기 한 남자를 데리고 와서
그에게 시집가라고 했던 것이다. 애순의 현재 남편은 영일이 옛날 애선
의 애인을 것을 알아보고 아내가 쾌차하기를 기다려 떠난다. 애선은 알
마아따로 가서 학업을 하거나 안되면 꼴호스에라도 들어갈 생각으로 기
차에 오른다. 영일은 애선을 말리다가 애선이 뜻을 굽히지 않자 함께 기
차에 오른다.

주제어 씨르다리야강, 맹장염, 아울쏘베트, 알마아따, 기차 등.

강태수, 「기억을 더듬으면서」, 『레닌기치』, 1984.11.2, 4쪽 / 11.3, 4쪽. (단편소설)

주제 춘일과 애순(아쌰)의 사랑과 아쌰의 죽음.

인물

　　① 중심인물: 나(춘일), 애순(아쌰) 등.

　　② 주변인물: 브리가지르, 애순의 어머니 등.

사건

　　① 중심사건: 나와 아쌰의 만남과 아쌰의 죽음.

　　② 주변사건: 외화 획득 사업.

배경 이른 봄. 항구도시.

줄거리 철째 5개년 계획을 실행하기 위해 주말도 제대로 쉬지 않고 일하던 때, 바닷바람이나 쐬러 벼랑가에 갔다가 책을 읽는 한 처녀를 보았다. 그 처녀에게 마음이 가서 신경을 쓰다 보니, 어떤 날 벼랑으로 나오는 것을 알게 되었고, 이야기를 나누는 사이가 되었다. 그녀가 바로 아쌰이다. '나'와 아쌰는 함께 책을 읽으며 더욱 돈독한 사이가 되었다. '나'는 국가의 외화 획득 사업으로 약 두 달 동안 목재 재벌 작업을 떠나게 되어, 아쌰와 아쉬운 이별을 하였다. 돌아오는 날이 되어 아쌰에게 전보를 쳤으나, 마중을 나오지 않은 아쌰. 다음날 아쌰네 집으로 찾아갔더니, 아쌰의 어머니가 아쌰가 죽었다고 알려준다.

주제어 5개년계획, 남녀평등, 자유결혼, 남녀칠세부동석, 예쎄닌, 뚜르게네브, 시, 3· 8절, 외화 획득 문제 등.

연구자료 종합작품집 『행복의 고향』(1988)에 「기억을 뚜지면서」라는 제목으로 게재.

1985

김빠웰, 「신비로운 꽃」, 『레닌기치』, 1985.1.26, 4쪽. (소품)

주제 어린이의 눈에 비친 자연의 아름다움.

인물 빠블루스까, 할머니, 유모 등.

사건

　① 중심사건: 서리꽃을 처음 본 빠블루스까.

　② 주변사건: 화가가 된 빠블루스까.

배경 첫서리가 내린 날.

줄거리 유치원에 가려고 나왔을 때 밤사이에 사방이 흰 꽃밭으로 변한 것을 본 빠블루스까. 할머니가 서리꽃을 뜯어 집에 가져다 둔다는 말씀을 믿고 기대하지만 실망하였다. 할머니가 빠블루스까를 안고 쓰다듬으며 달래자 잠이 든 빠블루스까는, 서리꽃 꿈을 꾸는지 행복한 표정이다. 어른이 된 빠블루스까는 화가가 되었고, 서리가 내린 도시풍경을 즐겨 그린다.

주제어 유치원, 서리꽃, 감수력, 화가 등.

김블라지미르, 량원식 역, 「메아리」, 『레닌기치』, 1985.4.13, 4쪽 / 4.16, 4쪽 / 4.17, 4쪽. (단편소설)

주제 아버지의 은인에 대한 보은.

인물

① 중심인물: 나(알리세르), 아버지(이르가세브), 븨쓰뜨로와 마리야 표도로브나.

② 주변인물: 지질탐사대원, 나의 친구들(보리쓰, 쓸라와, 윅또르, 따냐).

사건

① 중심사건: 전쟁 때 부상당한 아버지를 치료하고 아버지의 아들까지 낳아 기르다가 그 아들이 죽고 곤고한 처지에 놓인 마사를 돌보려고 떠나는 나.

② 주변사건: 나의 생일 잔치, 따냐와 나의 이별.

줄거리 어느 날 한 남자가 찾아와 아버지를 찾으며, 자신의 친구가 죽었고, 그 친구의 어머니가 전쟁불구자로서 혼자 남았다는 소식을 전한다. 죽은 친구의 부탁으로 '나'의 아버지를 찾아온 것이라며, 아버지가 바빠서 만나지 못하니, '나'에게 대신 그 친구가 전해달라던 편지를 주고 떠났다. 편지를 뜯어보고 사정을 알게 된 '나'. 그 편지는 전쟁 때 아버지를 치료하고 아버지의 아들을 낳아 기른 여인이 쓴 것이었다. 찾아온 지리탐사대원의 죽은 친구가 바로 '나'의 형인 셈. '나'는 아버지의 부상을 치료해준 위생 간호병, 아들도 잃고 불편한 몸으로 사는 마사에게로 가서 대학에 들어가겠다는 편지를 남기고 집을 나선다.

주제어 전선, 입풍금, 전쟁불구자, 전공메달. 위생 간호병, 꾸이븨세브 등.

명철, 「전사의 편지」, 『레닌기치』, 1985.4.30, 4쪽 / 5.1, 4쪽. (수필)

주제 전쟁 중에도 꽃 핀 알렉쎄이와 마리야의 사랑.

인물

① 중심인물: 알렉쎄이, 옥희(마리야).

② 주변인물: 알렉쎄이의 아버지, 나, 안드레이(마리야의 아들).

사건

① 중심사건: 알렉쎄이와 마리야의 서신 교환, 알렉쎄이 전사 후 마리야를 찾아온 알렉쎄이의 아버지.

② 주변사건: 연금생활을 하며 전쟁이야기를 후세에게 전하는 마리야.

배경 1942년 전쟁 중. 전쟁 후 전승절.

줄거리 알렉쎄이가 옥희(마리야)에게 보내는 편지. 전쟁 전에 어린 마음이었던 자신을 반성하고 옥희에 대한 사랑을 쓴다. 이 편지를 보낸 후 한 달도 못되어 전사한 알렉쎄이. 전쟁이 끝난 후 전승절에 늙은 길손, 즉 알렉쎄이의 아버지가 옥희를 찾아온다. 옥희를 위로하고 아내가 생전에 옥희에게 주고자 했던 선물을 전하고는 길을 떠나는 노병. '나'는 길에서 우연히 동료 교원이었던 마리야를 만나, 그가 살아온 내력을 들었다. 연금생활에 들어간 마리야는 후학들에게 전쟁에 대해 증언을 한다.

주제어 전선, 원쑤, 파쇼도당, 전사, 옴쓰크, 전승절, 위대한 조국전쟁, 연금생활 등.

연구자료 위대한 조국전쟁은 1941~1945년 동안 진행된 독일과의 전쟁. 전승절은 구소련 지역에서는 2차 대전에서 독일군에게 승리한 5월 9일을 전승절로 크게 기념한다.

남경자, 「지마의 비밀」, 『레닌기치』, 1985.5.30, 4쪽. (소품)

주제 살아 있는 생명을 불쌍히 여기는 어린 마음.

인물 지마, 어머니 등.

사건 어머니 몰래 살아 있는 잉어를 강에 풀어줌.

배경 봄날, 웨쓰놉까강.

줄거리 산수에서 5점을 받아 기분 좋게 집으로 돌아온 지마. 집에서 들리는 이상한 소리의 원인을 찾아보니, 목욕통 안에 잉어가 펄럭이고 있어서, 물을 채워준다. 웨쓰놉까강으로 잉어를 가져가 놓아준 지마. 지마는 며칠 뒤에 어머니에게 그 사실을 고백한다.

주제어 잉어, 웨쓰놉까강 등.

1986

김빠웰, 「빠블리크의 꾀」, 『레닌기치』, 1986.1.31, 4쪽 / 2.4, 4쪽 / 2.5, 4쪽 / 2.6, 4쪽. (단편 소설)

주제 친부모의 재결합을 바라는 아이의 마음.

인물

　　① 중심인물: 빠블리크, 이리나(빠블리크의 어머니), 쎄르게이(빠블리크의 아버지).

　　② 주변인물: 아나똘리(이리나의 약혼자), 빠블리크의 할머니, 할아버지, 동네 아주머니들.

사건

① 중심사건: 새아버지가 될 사람을 데리고 찾아온 어머니, 생부와 어머니의 재결합을 위한 빠블리크의 꾀.

② 주변사건: 비가 와서 빗길을 내는 할아버지, 아버지가 없다고 놀리는 뻬찌까.

배경 비오는 시골.

줄거리 비오는 날. 할아버지를 도와 물길을 돌리느라 흠뻑 젖은 빠블리크. 몸을 녹이면서 할머니로부터 내일 어머니가 새아버지될 사람을 데리고 온다는 소식을 듣는다. 동네 아주머니들과 친구 뻬찌까는 빠블리크가 쎄르게이와 친하게 지내는 것을 놀린다. 어머니와 함께 온 아나똘리는 빠블리크를 아니꼽게 쳐다본다. 빠블리크는 아나똘리와 낚시를 하지만 그가 선량한 사람으로 느껴지지 않는다. 엄마와 쎄르게이 아저씨가 만나 나누는 이야기를 듣고, 쎄르게이 아저씨가 자기 생부인 것을 알게 된 빠블리크. 엄마와 쎄르게이 아저씨가 만나는 장소에 아나똘리를 살짝 데리고 가서, 빠블리크는 아나똘리에게 엄마를 두고 혼자 떠나라고 요청한다. 아나똘리는 혼자 떠나고, 이리나는 빠블리크와 쎄르게이가 함께 말을 타는 것을 본다.

주제어 소낙비, 도시멋쟁이, 뽀드끼듸스, 말 등.

김아나똘리, 「나의 아버지의 이야기」, 『레닌기치』, 1986.2.25, 4쪽 / 2.28, 4쪽.

주제 돈을 벌고자 로씨야 땅으로 이주한 세대의 험난한 인생.

인물

① 중심인물: 작은할아버지, 아버지(안드레이, 석호), 큰아버지(미하

일, 맹호).

　② 주변인물: 훈장, 동네사람들.

사건

　① 중심사건: 형을 찾아왔다가 조카들을 맡게 된 작은할아버지의 훈육기.

　② 주변사건: 형수의 재혼, 작은할아버지의 방황.

배경 로씨야 땅.

줄거리 1918년에 돈벌이를 위해 큰할아버지를 찾아 만주를 거쳐 로씨야 땅에 온 작은할아버지. 조선에 처자식을 두고 온 큰할아버지는 로씨야땅에서 새살림을 차리고 자식도 셋이나 낳아서 살고 있었는데, 작은할아버지는 본처에게 돌아가라고 강권하자, 큰할아버지는 결정을 못하고 병을 얻어 눈을 감고 말았다. 작은할아버지는 졸지에 형수와 조카 셋을 떠맡게 되었다. 형수는 재가하고, 작은할아버지는 조카 셋을 줄 수 없다며 지켰다. 돈을 벌어 조카들을 데리고 조선으로 돌아가려 했으나, 국내전쟁으로 국경이 닫혀버리자, 상심한 작은할아버지는 아편과 투전에 빠져버렸다. 세 조카를 공부시키려고 마을 훈장에게 맡겼으나, 첫째 맹호는 전혀 공부에 흥미가 없어 밖으로만 다닌다. 집나갔던 맹호를 붙잡아 공부를 안 하겠으면 손을 자르겠다고 협박해도 굴하지 않자 작은할아버지는 포기를 한다.

주제어 로씨야, 블라고쓸로웬늬촌, 국내전쟁, 아편, 투전, 공부, 농업 등.

연구자료 단편집 『새벽녁 들추리의 맛』에서 발췌. 이제 70세가 된 아버지(안드레이, 석호)로부터 그간 들은 이야기를 '나'가 정리하는 형식이다.

남해연, 「사랑의 힘」, 『레닌기치』, 1986.4.15, 4쪽 / 4.16, 4쪽. (기록단편)

주제 야생동물과 사람간의 교류.

인물

　①중심인물: 니꼴라이 와씰리예위츠 이와쎈꼬, 까로(승냥이), 경태
　　　노인.

　②주변인물: 경태노인의 부인, 꼴랴의 친구와 형제.

사건

　①중심사건: 경태노인이 키우던 야생 승냥이를 사서 키운 꼴랴.

　②주변사건: 승냥이가 씨닭을 죽임, 승냥이의 야수성을 없애주려
　　　는 노력, 주인에게 해 끼치는 사람에게 공격적인 승냥
　　　이.

배경 알마아따.

줄거리 군복무를 마치고 농사를 지으러 고향으로 돌아오는 길에 꼴랴
는 짐승의 비명 소리를 듣는다. 경태 노인이, 주워서 키운 새끼 승냥이
가 씨닭을 물어 죽였다고 무지하게 때리는 것이었다. 꼴랴는 경태 노인
을 설득해 담배 몇 갑 값을 치르고 승냥이 그 새끼를 집으로 데리고 와
서 '까로'라는 이름을 지어주고 사랑으로 키웠다. 까로의 야수성을 없애
주기 위해 애쓰기도 하고 까로도 꼴랴의 말을 잘 따랐다. 하루는 옛주인
인 경태 노인이 꼴랴가 없는 틈에 왔다가 까로에게 물리고, 꼴랴의 친구
들이 꼴랴에게 손짓을 하거나 해도 까로는 금방이라도 달려들 기세였
다. 어느 날 까로는 목줄을 끊고 집을 나갔고, 숲 속에서 총에 맞은 채
로 발견되었다.

주제어 승냥이, 야수성 등.

김승익, 「범과 독수리의 결투」, 『레닌기치』, 1986.5.30, 4쪽. (동화)

주제 산짐승과 사람의 교류.

인물 포수, 노루 가족, 범, 독수리 등.

사건

①　중심사건: 범에게 잡아먹힐 뻔한 노루를 구해준 포수.

②　주변사건: 범과 독수리의 싸움.

배경 겨울 숲.

줄거리 한 포수가 사냥을 하러 산속에 가서 점심을 먹고 자다가, 새들이 요란하게 지저귀는 소리에 깨었다. 갓난 노루와 그 어미를 큰 범이 노리고 있었다. 포수는 범에게 총을 놓으려 하는데, 갑자기 큰 독수리가 내려와 범과 싸웠다. 그 사이에 포수는 새끼노루를 굴로 피신시켰다가, 동리에 외양간을 짓고는 그 노루들을 데려와 겨울을 나게 한 후 놓아주었다. 해마다 겨울이면 노루들이 포수를 찾아오곤 한다.

주제어 노루, 범, 독수리, 포수, 총, 외양간 등.

남경자, 「건망증이 도움이 될 때」, 『레닌기치』, 1986.5.30, 4쪽.

주제 실로 묶어 이 빼기.

인물 로마, 로마의 어머니 등.

사건 로마의 이 빼기.

줄거리 이빨 빼기를 두려워하는 로마에게 어려서 실을 이와 발에 매여 뺐다는 이야기를 들려주고 비슷한 방법으로 이를 빼도록 도와준다.

주제어 이, 실 등.

남경자, 「남 잡이가 제 잡이」, 『레닌기치』, 1986.5.30, 4쪽.

주제 자기가 파놓은 함정에 제가 빠지기.

인물 제니스까, 제니스까의 가족.

사건 제니스까의 장난.

줄거리 날계란을 먹고 그 껍질을 문 위에 올려놓아 다른 사람 놀리기를 즐기던 제니스까가 자기 꾀에 제가 빠진 후에는 껍질을 꼭 휴지통에 버린다.

주제어 달걀 껍질, 문 등.

강태수, 「대담한 률곡」, 『레닌기치』, 1986.5.30, 4쪽. (동화)

주제 이율곡의 대담성.

인물 이율곡, 송아지 동무들, 선생.

사건 물벼락을 쓴 율곡, 공동묘지에서 선생의 대통 찾아오기.

배경 율곡이 열 살도 채 되기 전.

줄거리 율곡을 놀려주려고 친구들이 물벼락을 씌웠으나, 아무일도 없다는 듯 태연한 율곡. 선생이 공동묘지에 두고 온 대통 때문에 근심하자, 그 밤에 율곡은 바로 찾으러 간다. 선생이 그를 살펴볼 겸 앞질러 가서 나무 위에서 목덜미를 잡아도 율곡은 두려워하지 않는다. 오히려 그것이 귀신이 아니냐는 선생의 물음에, 손목을 쥐어보니 맥박이 뛰는 것이 쌍놈이 분명하다고 율곡은 말한다.

주제어 율곡, 대담성, 송아지동무들, 물벼락, 대통, 공동묘지, 맥박 등.

원일, 「락엽이 질 때」, 『레닌기치』, 1986.10.30, 4쪽 / 10.31, 4쪽. (단편소설)

주제 불효 자식과 불우한 노년 생활.

인물

　① 중심인물: 홍로인, 아들 내외.

　② 주변인물: 손자 꼴랴, 손녀 까쨔.

사건

　① 중심사건: 아버지의 연금을 가로채고 제대로 모시지 않는 아들
　　　　　내외가 아버지를 떼놓 이사를 함.

　② 주변사건: 젊은 시절 자식이 없어 아내를 구박하던 홍로인, 할아
　　　　　버지를 홀대하는 부모를 보며 울분에 찬 손자 꼴랴.

배경 알마아따, 부룬다이.

줄거리 80세에 가까운 홍로인은 아내가 세상을 떠난 후부터 부쩍 외롭고 힘들다. 자식 내외도 손주도 자신을 신경쓰지 않는다. 작년 봄에는 돈이 없어졌다며 며느리가 시아버지 홍로인을 범인으로 몰기도 했다. 며느리는 이모저모로 시아버지를 구박했다. 손 귀한 집안이라 자식이 하나뿐인 자신의 신세와, 젊어서 없는 자식 문제로 안해에게 생트집 부린 일이 생각난다. 아들이 알마아따에서 대학에 붙고 거기서 취직을 하므로, 농촌을 떠나 아들과 살림을 합치게 되었던 것이다. 늘 바쁜 아들 내외라서 아내의 무덤에 혼자 다녔는데, 한식날에는 이상하게 아들 내외가 서둘며 함께 산소에 다녀오더니, 집을 팔자고 한다. 그리고 홍로인은 부룬다이에 단칸집을 샀으니 거기서 살라고 한다. 낙엽이 질 때 군대에서 휴가 나온 손자 꼴랴는 집에 할아버지가 안 계시자 급히 찾으러 갔으나 할아버지는 이미 세상을 떠났다. 할아버지의 장례를 치르고 꼴랴는 아무에게도 말하지 않고 군대로 떠나갔다.

218

주제어 연금, 국가집, 셋방살이.

연구자료 원일은 리진의 필명.

이.니꼬노브, 「그저 꽃을 선사한 탓에」, 『레닌기치』, 1986.12.1, 4쪽. (유모르소품)

주제 별일 없이 꽃을 선물한 남편을 의심하는 아내.

인물 나, 아내, 직맹위원장을 비롯한 직장 동료들 등.

사건 아무 일 없이 아내에게 꽃을 선물했다가 오해를 사고 낭패를 봄.

배경 우차쓰또크.

줄거리 ‘나’는 꽃에 알레르기야가 있다. 그 내력은 다음과 같다. 어느 날 쩰레위소르를 보다가 꽃을 사들고 온 남자를 보더니 아내가 부러워하였다. 외도하고 방탕한 끝에 화의하려는 모습이었기에 ‘나’는 기가 찼다. 별일 없이도 꽃을 선사할 수 있음을 보여주고자 꽃을 사갔더니, 아내는 뭘 잘못했냐며 울고불고 난리를 치면서 친정으로 가버렸다. 이튿날 직장에서도 ‘나’의 행동에 대해 비판이 있었다. 곧 누명이 벗겨졌고 뻬뜨로와가 전체 여자를 대표하여 입을 맞춰줄 때 마침 아내가 그 광경을 보고는 또다시 오해를 했다. 직맹위원장이 ‘나’의 무고를 인정하는 증명서를 써주었으나, 아내는 아직 돌아오지 않고 ‘나’는 증명서만 가지고 산다.

주제어 꽃, 알레르기야, 사흐마트학교 등.

1987

최영근, 「글쓰기 좋아하는 사나이」, 『레닌기치』, 1987.1.31, 4쪽. (유모르소품)

주제 이유 없이 남을 비방하는 사람의 최후.

인물

　① 중심인물: 알렉쎄이 이와노위츠.

　② 주변인물: 동네 사람들, 직장 동료들, 지역감찰소 심사원.

사건 자기에게 조금만 나쁘게 해도 말을 지어내 신소를 쓰는 이와노위츠.

줄거리 알렉쎄이 이와노위츠는 자기가 좋아하는 여자를 다른 남자가 끌어안고 있는 꿈을 꾸고는 현실과 분간을 못하고 질투한다. 출근하는 길에 현관에 놓인 유모차에서 아이가 울자, 그 부모를 신소할 궁리를 한다. 연구소에 도착하니, 탈의실에서 일하는 로인이 친절하게 옷을 받아준다. 거칠던 노인이 이렇게 변한 것은 한 곳에 신소를 쓴 때문이다. 동료들이 자기를 따돌리듯 인사를 잘 안 받아주자, 동료들을 혼내울 꿍꿍이를 했다. 이와노위츠는 기사장에게 불려가, 신소나 시비 같은 것을 쓰는 데 시간을 쓰느라 본신사업을 제때에 마치지 못하기 때문에 꾸중을 듣고는, 그 기사장에 대한 신소를 쓸 생각을 한다. 며칠 뒤 지역감찰소에서 이와노위츠를 불러서 가니, 그의 신소들이 정직하고 올바른 사람들에 대한 비방과 중상이므로 재판에 넘기겠다고 한다. 이와노위츠는 설명서를 쓴다.

주제어 신소, 노총각, 본신사업, 구역감찰소, 설명서 등.

명철, 「성수의 감회」, 『레닌기치』, 1987.3.3, 4쪽. (단편)

주제 전쟁 시기 깨끗한 정열로 사랑했으나 주변의 시기로 어긋난 두 남녀.

인물

　① 중심인물: 성수, 까쨔.

　② 주변인물: 까쨔의 할아버지, 금석, 금석의 누이, 리따아주머니.

사건

　① 중심사건: 성수와 까쨔의 사랑과 이별.

　② 주변사건: 성수의 발병, 금석 누이의 이간질.

배경 여름 휴가, '우'도시, (과거)전쟁의 포성이 멎지 않은 때.

줄거리 휴가를 얻어 첫 직장생활을 하던 '우'도시로 가며 과거를 회상하는 성수. 과거에 이곳에서 황무지를 개간하는 일을 하다가 다치고 병을 얻었을 때 간호해준 까쨔라는 간호원과 사랑하는 사이가 되었다. 할아버지 손에 자란 까쨔는 할아버지의 주선으로 동네 청년 금석과 혼인을 올렸지만, 혼사 3일 뒤 금석은 노력전선으로 떠나고, 넉 달 후 사망통지서가 왔다. 성수와 까쨔 사이를 안 좋게 본 금석의 누이가 금석이 곧 돌아온다는 소문을 내어, 성수는 남편 있는 여자를 따라다니는 사람으로 오해를 받게 되었다. 자초지종을 알게 된 성수는 까쨔에게 다른 곳으로 떠나자고 제안하지만, 까쨔는 할아버지가 병석에 있어 안 된다고 거절한다. 성수는 화김에 다른 여자와 결혼하고, 오랜 시간이 지나 아내와 사별 한 후, 병석에 있는 삼촌 문안도 할 겸해서 '우'도시로 온 것이다. 성수는 까쨔의 소식을 전해 듣고, 후에 연금생활을 하게 되면 농촌으로 돌아올 생각을 한다.

주제어 시굴리승용차, 문화주택, '로지나'꼴호스, '조국'꼴호스, 카사흐차반, 진펄 등.

김보리쓰, 「사과나무」, 『레닌기치』, 1987.4.2, 4쪽. (단편소설)

주제 생명에 대한 애착과 과거의 기억을 오래 간직하려는 상길 노인.

인물 상길 노인, 아파나씨, 안드류사, 상길 노인의 아내 등.

사건

　　① 중심사건: 이웃집 아파나씨가 사과나무를 베어냄, 그 아들 안드
　　　　　　　　류사가 접눈 붙이는 법을 배우고자 찾아옴

　　② 주변사건: 과거에 이웃이 합심하여 사과나무를 심음.

배경 가을.

줄거리 상길 노인은 옆집 노인과 함께 사과 묘목을 사다가 물을 주며 어렵게 키웠다. 그런데 그 이웃노인이 세상을 떠나고, 이웃집 아들 아파나씨가 사과줏기가 귀찮다며 사과나무를 찍어 넘어뜨렸다. 상길 노인이 만류하는데도, 그 아들은 자기 식구는 너댓 그루면 충분하니 상관 말라며 찍어버린다. 상길 노인은 아파나씨의 아버지와 다른 이웃들과 함께 좋은 종의 사과나무 묘목을 사려 이 시장 저 시장을 찾아다니고 서로 도우면서 심고 가꾸던 일을 회상하며 마음 아파한다. 이튿날 새벽, 옆집 소년 안드류샤가 찾아와 할아버지에게 접눈하는 법을 배우고 싶다고 한다. 상길 노인은 제 아버지와 다른 안드류샤의 마음을 보며 흐뭇해 한다.

주제어 사과, 사과나무, 과실나무, 딸기나무, 접눈하는 법 등.

원일, 「소나기」, 『레닌기치』, 1987.7.1, 4쪽 / 7.3, 4쪽 / 7.8, 4쪽 / 7.9, 4쪽 / 7.10, 4쪽. (단편소설)

주제 도시 여자와의 사랑과 향촌에 대한 의무 사이에서의 갈등.

인물 리윅또르, 미라, 니나, 겐나지 등.

사건

　　① 중심사건: 미라와의 결혼에 갈등하는 윅또르.

　　② 주변사건: 윅또르의 대학 시험과 대학 농장 실습. 어릴 때의 방
　　　　황.

배경 알마아따.

줄거리 대학 4학년의 마지막 시험에서 리윅또르는 토지개량학 시험을 못치러서 속상하다. 마침 함께 군대에서 복무한 겐나지의 초대를 받고 그 집에 갔다가, 미라라는 여자를 알게 되었다. 어머니가 해산 중에 돌아가시고 외가에서 버릇 없이 자란 윅또르는 말썽을 부리는 아이였지만, 군대에 다녀오면서 뒤늦게 철이 들어 성실하게 일하는 한편 공부를 해서 대학에 진학하게 된 것이다. 윅또르가 마음을 잡게 된 데에는 어린 시절 함께 공부하던 니나가 따쓰껜트에 가서 의학대학에 다니는 모습도 자극이 되었었다. 미라와 사귄 후 며칠이 지나 윅또르는 대학 실습농장으로 가서, 부대장 임무를 맡아 열심히 수행하였다. 전기화학을 공부하는 미라는 촌으로 가서 살 수 있냐는 윅또르의 질문에, 나쁘지 않지만 대학공부까지 했으니 도시에서 일을 찾는 게 나을 것이라는 의견을 피력한다. 졸업을 앞두고 미라에게 결혼 신청을 했으면서도, 윅또르는 며칠 전에 본 향촌의 쩰레레쁘르따스에서 고향의 모습과 니나의 모습을 보고는 마음이 흔들렸다. 미라와 결혼등록소에 갈 시간을 넘기고도 윅또르는 나타나지 않고 미라는 계속 초초해 하는데, 이 때 윅또르는 가까

운 우편국에서 결혼을 연기하는 것이 좋겠다는 글을 여러번 썼다가 찢어 버리곤 하였다. 망설이다가 몇 분의 시간이 남지 않아 막 뛰어 가려고 할 때 공교롭게도 소나기가 쏟아진다.

주제어 기숙사, 시험, 생일놀이, 대학생부대, 대학 실습농장, 향촌 쏩호스, 결혼등록소 등.

황유리, 「나의 할머니」, 『레닌기치』, 1987.8.29, 4쪽 / 9.2, 4쪽. (단편소설)

주제 1937년을 겪으며 힘들게 살아온 할머니의 내력.

인물 할머니, 나, 아버지와 어머니 등.

사건

   ① 중심사건: 할머니의 흰머리를 다시 돌이킬 수 없음, 할머니의 환갑 잔치.

   ② 주변사건: 1937년에 할아버지가 체포되고 할머니 혼자 다섯 아이를 데리고 낯선 곡장으로 와 갖은 고생을 했음.

배경 1950년대.

줄거리 어린 시절 '나'는 할머니의 센 머리를 보면서, 흰 머리칼을 죄다 뽑아서 젊게 만들어드리겠다고 한다. 1937년에 할아버지가 체포되고, 할머니는 다섯 아이를 데리고 낯선 고장으로 와 갖은 고생을 했기 때문에, 이런 사람은 동화에 나오는 신선의 물로도 젊어질 수 없다는 것을 알 게 된다. 옆집 수라 할머니네는 재봉틀이 있었는데, 철없던 '나'는 우리 할머니와 수라 할머니네 재봉틀을 바꾸자는 제안을 했다가, 모진 꾸지람을 들었다. 할머니가 57세에 심하게 앓자, 환갑잔치를 당겨서 하기로 하고 준비를 시작했다. 환갑 잔치를 준비하는 중에, 돼지를 키우

224

면서 할머니는 완쾌가 되었고, 금년에 90세의 생일을 맞았다.

주제어 할머니의 백발, 1937년도, 재봉침, 베를린전, 크슬오르다 사범대학, 환갑 등.

1988

김보리쓰, 「집으로 가는 길」, 『레닌기치』, 1988.2.27, 4쪽 / 3.1, 4쪽 / 3.3, 4쪽. (실화)

주제 처음 만난 우스베크인들이 베풀어 준 호의.

인물 나, 이쓰로일(우스베크인), 이쓰로일의 아버지, 삽까트 등.

사건

   ① 중심사건: 버스가 고장나서 전혀 면목이 없는 이쓰로일 네서 묵게 됨.

   ② 주변사건: 삽까트가 자기 집에서 머물기를 요청, 여관의 빈 방이 없음.

배경 마르하마트 시, 8월.

줄거리 두 해 전에 부모님을 찾아가보기 위해 페르가나로 가는 길에 만원 버스가 고장이 나자, 쌉까트는 1킬로미터 떨어진 자기의 집에 가서 머물라고 청했지만, 나는 고사하고 여관으로 갔다. 그러나 여관에는 빈 방이 없었고, 뒤따라온 이쓰로일이 자신의 집으로 가자고 이끌어서 끌려갔다. 16년 동안을 우스베크인들과 한 거리에서 살면서도 한번도 우스베크인의 집에서 자 본 적이 없는 나는 마음이 놓이지 않았다. 그러나 이쓰로일의 아버지가 편안하게 대해 주시므로, 나는 우스베크인들의 생활을 이해하게 된다. 이쓰로일로부터 이 마을에 존경받은 조선 로인 가족이 있다는 이야기를 듣는다. 자장가 같은 도랑물소리를 들으며 편안하게 쉬고 간다.

주제어 마르하마트, 압또부쓰, 다락, 뜰악, 정원, 집오래 등.

박미하일, 「찍가노츠까」, 『레닌기치』, 1988.3.30, 4쪽 / 4.2, 4쪽. (단편소설)

주제 까를루사에 대한 그리고리 노인의 우정. 마리나에 대한 까를루사의 연정.

인물
  ① 중심인물: 까를루사, 그리고리 로인.
  ② 주변인물: 마리나 일리이나, 마을 사람들.

사건
  ① 중심사건: 무도장에서 까를루사가 독무를 춤
  ② 주변사건: 고아원에서 자란 까를루사, 낚시터에서 그리고리 노인을 만남, 고아원 원장님과의 편지.

배경 우랄 강변 '쎄쓰쩨르냐' 마을.

줄거리 고아원에서 자란 까를루사를 그리고리 노인이 무도회장에 데리고 왔다. 이 날은 그리고리 노인의 70세 생일이었고, 까를루사는 그를 축하하기 위해 '찍가노츠까' 춤을 멋지게 추었다. 알고 보니 70세 생일이라는 것은 까를루사의 무대를 만들어주기 위한 꾀였다. 그리고리 노인은 준의사 마리나를 짝사랑하는 까를루사를 위해 내일 까를루사와 함께 마리나네로 가기로 약속하였다.

주제어 손풍금, 쬐가노츠까(집시들의 민속춤), 낚시, 왈츠 등.

리웨체쏠라브, 「저 멀리 산이 보인다」, 『레닌기치』, 1988.4.29, 4쪽. (단편)

주제 소련 원동에서 소베트 정권을 위하여 투쟁한 고려인국제주의자들의 활약.

인물

　①　중심인물: 혜순 아주머니, 원춘 로인.

　②　주변인물: 마리야, 혜순 아주머니의 손자, 원춘 로인의 어머니와 안해.

사건

　①　중심사건: 원춘 로인의 사망.

　②　주변사건: 일제와 백파를 대항하여 싸운 원춘로인의 업적, 전쟁 고아 마리야를 키운 일.

배경 봄.

줄거리 혜순 아주머니는 흰 옷 입은 노인이 나오는 꿈을 꾸고, 원춘 로인은 어린 날의 자애롭던 어머니와 젊은 날의 안해, 친척 등을 회상한다. 남의 나라에서 온 놈들을 몰아내기 위해, 원쑤들을 반대하여, 쏘베트정권을 위해 고생하고 애썼던 일을 떠올렸다. 긴 세월 동안 안해와 아들을 잊지 않다가, 위대한 조국전쟁시에 길에서 얻은 딸 마냐를 키웠다. 혜순 아주머니는 학교에서 돌아온 손자로부터 원춘 로인이 넘어져서 아이들이 집에까지 데려다 주었다는 소식을 들었다. 음식을 가지고 문안을 온 혜순에게 원춘 로인은 자신에게 남은 재산(권총집과 연옥)을 건네고 눈을 감았다. 장례 후 1년이 지나서야 마리야는 돌맞이 제삿날에 왔다. 마리야는 꿈에 아버지가 대통을 들고 흰옷 차림으로 자주 나타났다는 이야기를 하고, 혜순 아주머니는 그것이 자신의 꿈과 비슷하여 놀란다.

주제어 흰 옷, 조선, 일본놈들이 식민지, 쏘련 원동지방, 백파군, 세계혁명, 월로차엡까, 위대한 조국전쟁 등.

리드미뜨리, 「수직」, 『레닌기치』, 1988.5.31, 4쪽. (단편)

주제 잘 알지도 못하면서 고양이를 의심했던 어리석음.

인물 예고르까, 예고르까의 어머니, 미스까 등.

사건 삐오네르의 비둘기를 맡아 기르는 예고르까.

줄거리 예고르까는 잠자리에서 일어나 휘파람을 불어 비둘기의 숫자를 세어보고는 또 한 마리의 비둘기가 없어진 것을 알았다. 오는 일요일은 아동보호절이니 비둘기를 모두 운동장으로 가져오라는 교장선생님 말씀에, 예고르까는 자기가 비둘기를 돌보겠다고 나선 것을 후회했다. 예고르까는 바론이라는 고양이가 비둘기를 잡는 범인이라고 생각해서, 그 고양이를 섬에다 갖다 버리고 온다. 그런데 이튿날도 비둘기는 또 줄었기 때문에, 바론이 범인이 아님을 알고 데리러 갔으나 찾을 수가 없었다. 밤에 예고르까는 숨어서 살펴보다가, 소리개가 와서 비둘기를 공격하는 것을 보고, 덤비다가 사다리에서 떨어지고 말았다. 그 때 바론이 갑자기 나타나 솔개를 공격하고 비둘기를 구해낸 후, 다시 달아나 버렸다. 숨어서 상처를 핥던 바론을 찾은 예고르까는 데려와서 상처를 치료해주고 우유를 부어주었으나, 바론은 원망하는 듯 쳐다볼 뿐이다.

주제어 디둘기, 삐오네르, 아동보호절, 고양이, 소리개 등.

228

리만식, 「이붓 어머니」, 『레닌기치』, 1988.6.25, 4쪽. (실화)

주제 난 정보다 키운 정이 크다는 속담을 보여준 이붓 어머니의 사랑.

인물

　① 중심인물: 김안드레이, 조올리가.

　② 주변인물: 현안나, 소야, 레나, 료와.

사건

　① 중심사건: 새어머니 조올리가의 헌신.

　② 주변사건: 조올리가의 헌신을 믿지 못하는 최좌수.

배경 조국전쟁시기. 따쓰껜트 주 껠레스.

줄거리 김안드레이와 현안나 부부가 세 남매를 낳고 키우다가, 안나가 몹쓸 병에 걸려 세상을 떠났다. 홀아비 안드레이는 아이들만 두고 돈을 벌러 가고, 다섯 살 맏이 소야는 이웃을 찾아다니며 엄마를 찾았다. 이 가족의 불쌍한 상황을 보면서 마을 사람들이 모두 안타까워하고 재혼을 권유하였다. 아이를 못 낳아 이혼을 하고 혼자 사는 조올리가와 안드레이의 재혼을 위해 이웃사람들이 애를 써서 성사되었다. 조올리가는 살림을 알뜰히 하고 아이들을 사랑으로 돌봐주었다. 세 남매가 성장하여 결혼하고 손자들을 수둑히 낳을 때까지 안드레이와 올리가는 행복하게 살았다.

주제어 홀아비, 조국전쟁, 후처, 혼사중매, 이붓에미 등.

오쌈쏜, 「한 집에 두 어머니가」, 『레닌기치』, 1988.6.25, 4쪽. (단편소설)

주제 풍습이 다른 두 민족 어머니 간의 갈등.

인물 리마리야로파, 호나 프로이모브나, 아들 네 가족들, 이웃 사람들.

사건

  ① 중심사건: 우크라이나의 풍속대로 노년을 딸네서 보내려고 온 사돈과 조선의 풍속대로 노년을 아들네서 보내려고 온 마리야의 갈등.

  ② 주변사건: 손주들이 할머니는 한 분뿐이라며 먼저 온 외할머니 한테만 할머니라 부름, 마을 사람들 보기에 민망하여 거짓말로 둘러댐.

배경 스베로들로브스끼.

줄거리 겨우내 아들네서 지낸다던 리마리야 로파가 기후가 맞지 않는다면서 돌아왔다. 속사정은 우크라이나에 살고 있던 사돈댁이 먼저 와 있었기 때문이었다. 아이들도 외할머니를 할머니라고 부르고 친할머니인 자기는 그저 아주머니라고 불렀다. 여러 가지로 우크라이나의 풍습과 조선 풍습이 서로 갈등을 일으키자 마리야 노파는 더 버티지 못하고 떠나온 것이다. 떠나올 때 아들에게 돈을 남기고 매달 일정 금액을 부쳐서 사람들 눈에 뵈게 하라고 이른다.

주제어 우크라이나, 로씨야 말, 걸상, 물고기 따개질 등.

리한표, 「부모의 초상」, 『레닌기치』, 1988.7.26, 4쪽 / 8.3, 4쪽 / 8.8, 4쪽. (단편소설)

주제 부모님의 아낌없는 사랑과 아들의 불효.

인물 일수, 일수 어머니, 젊은 부부.

사건

　① 중심사건: 어머니께 불효한 것을 반성하고 모시러 감.

　② 주변사건: 젊은 부부가 남인 일수 어머니를 공양하고 병간호함.

　　　　　　어릴 적 넘치는 사랑을 베풀어주신 부모님과의 추억.

줄거리 어머니의 생일날을 맞아 고향집에 온 일수는 어머니의 집에 어머니는 안 계시고 젊은 부부가 살고 있어서 놀란다. 이 젊은 부부는 대학 때부터 이 고장으로 여러 차례 왔기 때문에 졸업 후 이곳으로 올 생각을 하고 있었다. 그러다 시장에서 무를 파는 일수 어머니를 만나 집을 구한다는 말을 꺼내자, 일수 어머니는 자신의 집에서 살면 어떠냐고 권고했고, 반년 동안 같이 살다가 일수 어머니는 병을 앓은 이후로는 젊은 부부의 만류에도 양로원으로 가셨다는 것이다. 함께 살면서 젊은 부부는 일수 어머니를 성심껏 공양했고, 일수 어머니는 그것에 감사하면서도 아들의 명예를 손상시킬 것을 걱정하였다. 사랑으로 키운다는 것이 자기밖에 모르도록 키운 셈이 된 일수는, 결혼 후 문화주택과 별장까지 갖게 되면서부터는 영 발걸음을 끊게 되었다. 일년내 생일날에나 한 번 마지못해 찾아올 뿐이었다. 젊은부부로부터 내력을 듣고 어머니가 쓰던 방으로 들어간 일수는, 과거를 회상하며 장가를 든 후에는 장모와 처의 말만 줄 듣고 어머니에게 불효한 자기를 책망하고 반성하였다. 그리고 어머니를 모시러 양로원으로 향하였다.

주제어 대학건설대, 공청결혼식, 양로원, 문화주택, 별장, 회갑연 등.

연성용, 「어머니」, 『레닌기치』, 1988.8.31, 4쪽 / 9.1, 4쪽. (단편소설)

주제 조선 아이를 성심껏 키운 러시아 새어머니의 진실한 사랑.

인물

　①중심인물: 웅주 아나똘리예위츠, 꼴랴, 안나 필리뽀브나, 뻬쨔.

　②주변인물: 웅주의 누이, 옥싸나, 따찌야나.

사건

　①중심사건: 새어머니 안나가 진실한 사랑으로 가족들을 돌봄.

　②주변사건: 웅주의 누이는 힘들게 살면서도 이민족 의붓어미에게

자랄 꼴랴가 걱정되어 데리고 가려고 한다.

배경 위대한 조국전쟁시기인 1942년, 중아시야 어느 한 도시.

줄거리 웅주 아나똘리예위츠라는 중학교 교장인데 아내 분옥이 몸을 풀다가 세상을 떠나난 불행 속에서도 학교건설사업에 몰두하였다. 네 살 된 아들 꼴랴는 주야간에 유치원에 맡겼다. 어느날 꼴랴가 급성 폐렴에 걸려 병원에 입원하자, 같은 학교 러시아인 교원인 과부 안나 필리뽀브나가 자원하여 꼴랴를 돌봐 주었다. 안나와 정이 든 꼴랴는 퇴원할 때 안나를 '마마'라고 부르며 떨어지지 않아서, 안나가 웅주네 집에 함께 와서 꼴랴를 재우고야 갈 수 있었다. 안나의 남편과 아버지도 전쟁에서 사망하고 혼자서 어린 뻬쨔를 키우며 지내다가 웅주네 학교에서 교편을 잡으면서 웅주를 사모하게 되었다. 그러나 친척들은 다른 민족과의 결혼을 찬동해 주지 않았다. 그러나 결국 꼴랴를 매개로 웅주와 안나 사이가 가까워지고 결혼까지 하게 된다. 주위의 걱정과는 달리 웅주와 안나, 꼴랴와 뻬쨔는 행복한 가족을 이루었다. 안나는 꼴랴가 옥싸나와의 사이에서 아이를 낳자 그 아이를 키워주며 꼴랴가 계속 공부를 지속하도록 한다. 웅주는 사범대학 부교수가 되고, 옥싸나는 의사가 되고, 뻬쨔는 조선처녀 따찌야나에게 장가를 들고, 웅주와 안나는 연금생활을 하게 되었다. 안나의 환갑날에 두 아들 부부는 성심껏 환갑 잔치를 마련하였고, 안나는 넘치는 행복을 느꼈다.

주제어 위대한 조국전쟁, 유치원, 급성폐염, 빠르찌산 부대, 파쑈, 다른 민족과의 결혼 등.

박미하일, 「배 내리는 역전에서」, 『레닌기치』, 1988.10.27, 4쪽. (단편소설)

주제 딸애를 기다리는 중년 남자의 모습.

인물 한 남자, 신문 판매원 여자, 락타를 부리는 소년.

사건

　　① 중심사건: 막연하게 딸을 기다리는 중년 남자.

　　② 주변사건: 그 남자의 모습을 보며 사연을 상상하는 신문 판매원 여자.

배경 비 내리는 역전.

줄거리 텅 빈 플래트홈에서 꽃묶음을 들고 혼자 서성이는 한 남자가 있다. 락타를 가득 실은 열차가 들어오자 락타를 다루는 소년과 이야기를 나눈다. 딸애가 찾아오는 것만 같아서 때때로 이렇게 기다린다는 남자는, 소년을 자기 집으로 초대한다. 지금은 그럴 수 없다는 소년의 말에 주소를 적어주면서 다음에 꼭 들르라고 당부하고 떠나간다.

주제어 기차, 플래트홈, 락타, 따쓰보가트, 꽃묶음, 패랭이꽃 등.

리드미뜨리, 「암콤」, 『레닌기치』, 1988.12.24, 4쪽 / 12.28, 4쪽. (단편소설)

주제 새끼를 잃고 강아지를 새끼로 착각한 암콤.

인물 오쓰따쁘, 큰할아버지, 곰, 강아지.

사건

　① 중심사건: 새끼를 잃고서는 강아지를 새끼로 착각해 데리고 가
　　　려다 실패하고는 사라진 암콤.

　② 주변사건: 여러 곳에 살고 있는 친척 덕에 원동을 비롯한 온 나
　　　라를 여행한 오쓰따쁘.

줄거리 서로 멀리 떨어져 살고 있는 많은 친척들이 있어서 오쓰따쁘는
10살밖에 안 되었지만 온 나라를 여행하였다. 알따이에서 산림지기를
하는 큰할아버지에게 나들이를 가서, 곰처럼 생긴 강아지 능소니와 함
께 낚시를 하다가 곰을 보았다. 다행히 곰은 눈앞까지 왔다가 그냥 가버
렸고, 정신없이 집으로 돌아온 오쓰따쁘는 의리 없이 혼자 먼저 도망쳐
온 강아지를 책망하였다. 곰을 봤다는 오쓰따쁘의 이야기를 들은 큰할
아버지는, 얼마전에 새끼곰을 하나 잡아서 동물원에 바쳤는데 그 후로
그 암콤이 성이 나서 새끼곰을 찾아다니는 것이라면서, 혼자 돌아다니
지 말 것을 당부한다. 그날 저녁 암콤이 집 근처까지 와서는 강아지 능
소니를 핥더니 물어가려고 하다가, 능소니가 저항하자 울부짖고는 혼자
삼림 속으로 사라져 다시는 나타나지 않았다.

주제어 원동, 까라꿈사막지대, 알따이, 산림지기, 곰 등.

1989

김부르트, 「허물」, 『레닌기치』, 1989.1.28, 4쪽 / 1.31, 4쪽 / 2.1, 4쪽. (단편소설)

주제 임종에 처한 어머니를 찾아와 불효를 후회하는 아들.

인물

　① 중심인물: 니꼴라이 쎄묘노위츠, 어머니, 라이싸.

　② 주변인물: 알라 안드레예브나, 아버지, 할머니.

사건

　① 중심사건: 임종을 앞둔 어머니를 보며 니꼴라이가 불효를 후회
　한다.

　② 주변사건: 승진의 기회 때문에 시어머니가 위독하다는 전보에도
　갈 수 없다고 하는 알라, 2년간 집을 떠났던 아버지의
　외도, 돌아와서도 외도를 하다가 칼을 맞은 아버지.

줄거리 니꼴라이는 임종을 앞둔 병약한 어머니를 보며, 어머니가 아버지의 구박을 견뎌가며 억척스럽게 일하던 옛일을 떠올리고 울부짖는다. 없는 살림에 어머니는 고생을 하지만, 아버지는 어머니를 구박하며 외도를 일삼았다. 2년 간이나 집을 떠났다 돌아온 후 한동안 가정을 돌보던 아버지는 다시 술과 외도로 날을 보내다가, 불륜 상대 여자의 남편에게 칼을 맞고 앓다가 세상을 떠났다. 니꼴라이가 다섯 살 때, 빨래에 점심 준비에 어린 아이까지 돌보느라 어머니가 정신이 없는 차에, 김칫독을 묻으려고 파놓은 구덩이에 꼴랴가 빠진 일이 있었다. 거꾸러지면서 머리를 다쳐서 이마에서 피가 흐르자 놀란 어머니는 휘발유를 발라주었다. 그 때의 흠집이 아직 남아 있는데, 운명을 앞둔 어머니가 그 흠집을 만지더니 아들을 알아보았다. 니꼴라이는 어머니의 사랑을 새삼 깨달으면서 결혼 후 어머니에게 불효한 것을 뉘우친다.

주제어 남새밭, 농산물계획량, 조선사람, 벼농사, 침전염, 목화걷이, 원동, 북깝까스, 오입질, 부칭 등.

김광현, 「부부」, 『레닌기치』, 1989.2.25, 4쪽 / 3.1, 4쪽 / 3.2, 4쪽 / 3.3, 4쪽. (단편소설)

주제 청송 로인과 선희 로파의 50년간의 부부생활 이야기.

인물 청송 로인과 아내 선희 로파, 자식들.

사건

　　① 중심사건: 몸이 불편한 남편을 두고 아들네로 떠난 아내.

　　② 주변사건: 아내와의 50년간 부부 생활에서 있었던 여러 일들.

배경 1938년 까라딸강가, 조국전쟁 시기, 중가르알아따우지맥 광산, 1948년.

줄거리 혈압과 현관경련증으로 신음하는 남편을 집에 혼자 남겨 두고 선희가 아들네 집으로 떠난다. 이렇게 박정한 거동을 하는 마누라의 태도와 부닥치자 청송 로인은 어째서 마누라가 이렇게 행동하는가를 생각하며 과거를 회상한다. 여러 일들 중에서 연옥이라는 미모의 여자와 눈이 맞아 집에서 나가기까지 하여 새살림살이를 한 사실이 양심에 가책이 되었다. 물에 빠진 선희를 구하고 인연이 깊어진 사연도 추억이 되었다. 7남매를 낳고 살았지만, 청송로인이 '가장'이라는 낡은 개념과 구습의 영향으로 지나치게 엄격하게 행동한 것을 잘못이라고 뉘우친다. 또한 딸 정애가 친정에 왔다가 술에 취해 들어온 남편에게 잔소리 하는 것을 보고 남편을 괄시한다고 생각되어 딸의 뺨을 때린 일도 후회되었다. 이렇게 자식들 교양 문제로 부부간에 말썽이 생기곤 했다. 이런 모든 것을 잘 참아오던 선희가 얼마전부터는 마뜩치 않으면 신경질을 부리니, 청송노인은 마지막 애정까지 저버릴까 의문이 든다. 그러나 선희는 남편의 병이 걱정되어 곧 돌아오겠다는 전화를 남편에게 건다.

주제어 브리가다수탁식건축사업, 이썩꿀호수, 머리 넘은 딸, 가시집,

연금생활, 노력전선, 중가르알아따우지맥, 조국전쟁 등.

리영광, 「가을 비 내릴 때」, 『레닌기치』, 1989.3.31, 4쪽 / 4.1, 4쪽. (단편소설)

주제 순옥로파의 과거 회상.

인물

   ① 중심인물: 순옥로파.

   ② 주변인물: 당귤장수 젊은이, 수위, 아들 꼰쓰딴찐과 손주들, 수
           직원.

사건

   ① 중심사건: 순옥로파가 비가 와서 류크가 잘 팔리지 않자 일찍 장
사를 접고 숙소로 돌아오며 과거를 회상한다.

   ② 주변사건: 남편이 죽고 아들네로 옮겼을 때의 갑갑함.

배경 쏘쓰놉쓰크시, 가을.

줄거리 순옥 로파는 젊었을 때는 열심히 일을 하면서 살다가 남편이 세
상을 떠나고 아들이 집으로 모셨으나 순옥은 집안에 가만히 앉아서 있을
수가 없었다. 마치 갇힌 새처럼 느껴졌기 때문이다. 결국 아들과 딸들이
만류하는 것도 뿌리치고 다시 농장으로 떠나고 말았다. 거기서 류크 농
사를 지어서 시장에 내어다 팔았다. 남편이 세상을 떠나자 팔아버린 농
촌에 있는 집을 다시 사고 싶은 마음에서였다. 이날따라 비가 내리고 류
크는 잘 팔리지 않았다. 여관으로 돌아오면서 옛 일을 회상하였다. 방에
돌아와 걸상에 앉았다가 피곤했던지 잠이 들었다. 꿈속에 남편이 나타나
자기를 불러 대답을 하려고 하였으나 어쩐지 말소리는 나오지 않았다.

주제어 비, 시장, 루크, 토굴집, 꼴호스, 터밭, 남새 등.

리정희. 「소나기」, 『레닌기치』, 1989.4.11, 4쪽/ 4.12, 4쪽 /4.13, 4쪽 / 4.14, 4쪽.
(단편소설)

주제 봉건적인 구습 속에서 소경 남편을 섬기며 살아온 한 여인의 삶.

인물 복순, 탄부, 자식들, 이웃아낙네들.

사건

　① 중심사건: 자신에게 친절한 탄부를 보며 마음이 동요되어 집을 떠나려다가 포기하는 복순.

　② 주변사건: 복순의 장사, 영화구경을 다니는 이웃 아낙네들.

배경 화태(싸할린), 바닷가.

줄거리 복순은 어려운 집안에서 태어나 열두 살에 소경의 아내로 팔려갔는데, 돈을 많이 벌 수 있다는 화태(싸할린)로 이사가는 시댁을 따라서 복순도 고향을 떠나게 되었다. 시부모에 보기 싫은 남편을 섬겨야 하는 고달프고 섧기만 한 생활이었다. 괴로울 때면 복순은 해변 언덕 위의 소나무를 찾아가 의지하고 서서 한탄하였는데, 이 또한 시어머니의 구박거리가 되어서 여의치 않았다. 소련군에 의해 남화태가 해방된 후, 복순도 남들처럼 직장에 다니고 싶었지만, 남편과 시어머니의 꾸지람에 단념하였다. 텃밭 채소를 팔아 생계를 유지하자니 고생이 심했다. 복순의 단골인 탄부의 친절에 마음이 동요되어 집을 떠나고 싶어 한다. 구습을 지키며 자신을 억제하며 사는 삶을 벗어나고 싶은 것이다. 충동적으로 가방을 싸던 복순은, 자식들을 생각하며 챙겼던 가방을 다시 풀어버린다.

주제어 화태(싸할린), 쏘련군대, 문화궁전, 일본식판자집, 벽돌집, 사회주의 경쟁 등.

엠.우쎄르바예와, 「강제이주」, 『레닌기치』, 1989.5.3, 4쪽.

대상 1937년의 강제이주.

내용 정와씰리와 마리야 부부는 조선사람들의 이주에 대한 소식을 듣고 불안해 한다. 다음날 역전은 목적지도 모르고 불안해하는 조선 사람들로 흥성거렸다. 와씰리의 가정은 카사흐쓰딴으로 실려 왔다. 조선민족은 까라딸강변에 땅을 파고 땅굴집을 지었다. 질병이 돌아 아이들이 많이 죽었다. 살아 남은 사람들은 꼴호스를 조직하고, 신형문을 조직자로, '달니 워쓰또크'(원동)을 꼴호스의 이름으로 내세웠다. 조선인들은 이동에도 제한을 받았다. 1937~1938년에는 조선사람뿐만 아니라 카사흐인들도 탄압을 당하였다. 사람들은 공포 속에 살았고, 반세기가 지난 오늘에도 과거에 대해 말하기를 주저하고 있다. 정와씰리 가족은 1955년에 고향인 원동으로 이사하였다. 지금 청년들이 비극적인 이주의 후과를 감촉하고 있는지는 알 수 없다. 과거를 들추기는 미련하다고 할 수 있지만, 범인들과 죄상을 매장해서는 안 될 것이다.

주제어 1937년, 연해주, 조선사람들, 고향흙, 선조들의 묘지, 우스또베, 땅굴집 등.

한진, 「공포」, 『레닌기치』, 1989.5.23, 6쪽 / 5.24, 4쪽 / 5.26, 4쪽 / 5.27, 4쪽 / 5.28, 4쪽 / 5.30, 4쪽 / 5.31, 4쪽. (단편소설)

주제 조선민족의 강제이주와 더불어 진행된 문화 말살 정책.

인물 리선생, 새 학장, 김선생, 화부, 아내.

사건

① 중심사건: 소수 민족 문화 말살책의 일환으로 소각될 뻔한 조선 서적을 구한 이야기.

② 주변사건: 리선생의 꿈, 새벽에 붙들려간 사람들, 양떼를 도살장으로 이끄는 염소, 제비가 집을 지음.

배경 씨르다리야강변 마을.

줄거리 1937년 가을 쏘련연해주의 조선사람들 수십만 명이 류형수를 실어내는 차량에 실려 목적지도 모르는 채 쫓겨나듯이 이주되었다. 이주 과정에서 많은 로인과 어린 것들이 죽어 철로변에 묻혔다. 리선생은 새벽에 개짖는 소리에 깨서 그 시간에 잡혀간 사람들을 생각하며 두려워한다. 조선사범대학에 새로 임명된 학장은 리선생에게 불온한 사람을 알면 신고하라고 종용한다. 일본놈의 앞잡이라고 잡혀간 김선생이 들려준 이야기 중에, 양떼를 도수장으로 이끄는 염소 이야기를 떠올린다. 리선생의 집에 제비가 둥지를 틀자, 리선생은 이를 신한촌의 제비로 생각하며 상서로운 것으로 받아들이며 기뻐한다. 리선생은 일요일에 우연히 들른 학교에서 수직군 겸 화부로 일하는 사람이 조선의 고서적을 태우고 있는 것을 보고는 말릴 방법을 궁리한다. 그 때, 화부의 아들이 작은 아버지의 사고 소식을 전하는 바람에 그는 집으로 간다. 그 때를 틈타 리선생은 남은 책의 목록을 적고 상자에 꾸려 알마아따 국립도서관으로 보냈다. 이 책들의 존재는 위대한 조국전쟁이 끝나갈 무렵 세상에 알려지게 되었고, 지금은 뿌스낀 국립도서관 특별장서실에 보관되어 있다. 리 선생에 대한 이야기는 쏘련의 조선사람들 속에 전설처럼 전해진다.

주제어 꿈, 차량, 공포, 조선사범대학, 크슬오르다, 죄수, 신한촌, 염소, 제비, 원동, 조선고전서적, 일본간첩, 알마아따 국립도서관 등.

송라브렌쩨, 「삼각형의 면적」, 『레닌기치』, 1989.7.8, 4쪽 / 7.11, 4쪽 / 7.12, 4
쪽 / 7.13, 4쪽. (단편)

주제 신기한 어머니의 바느질 솜씨.

인물 나의 어머니, 나, 안해, 나의 아들, 이웃 사람들.

사건

① 중심사건: 그 옷을 입은 사람에게 좋은 일이 일어나게 하는 신비
한 능력을 지닌 어머니의 바느질 솜씨와 그를 시기한
사람들 때문에 능력을 잃게 된 어머니.

② 주변사건: 이주의 제한이 풀려서 대학 진학이 가능해진 니꼴라
이, 이주 당시 헤어진 가족을 찾은 어머니, 이주 당시
의 황무지에서 서로의 체온으로 밤을 견디는 모습.

배경 우쓰또베.

줄거리 '나'의 어머니는 삯바느질을 하는데, 손님들에게 성심성의로
옷을 만들어줄 뿐만 아니라, 그들의 운명까지도 긍정적으로 변모시키는
신비한 능력을 지니고 있다. 짐자동차에서 옆 사람의 찢어진 소매를 기
워지느라 빨개진 어머니의 손을 보고, 카작 노인이 몇 년 전의 일을 회
상한다. 강제이주 당시의 기억으로 조선민족이 황무지에 부려져 추위를
견디는 참혹한 모습과, 당국의 명령으로 함부로 도와줄 수 없었던 안타
까움을 토로한다. 어머니의 신통력을 시기한 사람들과 국영양복점 재봉
사들의 고발로, 어머니는 벌금을 문 뒤 개인영업을 그만 둔다. 공동작업
장에 들어가서도 어머니는 다른 사람보다 작업능률이 앞서고, 그런 어
머니를 시기하는 사람들 때문에 결국은 재봉일을 그만두고 단추 다는
일을 하게 된다. 어머니는 눈이 나빠지고, '나'는 어머니를 집으로 모셔
와 개인영업을 할 수 있도록 면허를 낸다. 그러나 어머니의 신통한 능력

은 이미 시들어 버렸다. '나'의 아들이 자라서, 할머니의 능력을 이어받
은 능력을 보이자 어머니는 기쁨의 눈물을 흘린다.

주제어 조선여자, 공민증, 거주등록, 이주, 잠불역, 옷을 짓는 면허,
재봉침, 신소 등.

리드미뜨리, 「지나친 노력」, 『레닌기치』, 1989.9.27, 4쪽. (동화)

주제 피아노 연습을 강요하는 어머니를 속인 꾀.

인물 알리크, 어머니 등.

사건

　①중심사건: 피아노 연습을 하기 싫어서 혼나고도, 녹음한 소리로
　　　어머니를 속이고 밖으로 나간 알리크.

　②주변사건: 이웃아주머니가 찾아와서 어머니와 이런저런 이야기
　　　를 나눔.

줄거리 알리크는 피아노를 치지 않겠다고 했다가 어머니한테 얻어맞
고는 울면서 피아노 앞에 앉았다. 어머니는 알리크에게 연습을 하라고
이르고는 마실 온 이웃아주머니와 담소를 나누는데, 알리크가 자꾸 "음
악 공부해요"라는 소리를 자꾸 한다. 그 소리가 반복되자 어머니는 알
리크의 방문을 열어보았다. 방에 알리크는 없고 녹음기에서 같은 소리
가 반복되고 있었다.

주제어 삐아니노, 음악학교, 빠가니니, 녹음기 등.

주영윤, 「루명」, 『레닌기치』, 1989.12.26., 4쪽 / 12.27, 4쪽. (실화)

주제 2세들이 타민족과 결혼하는 것에 대한 고려인 부모들의 편견.

인물 창식, 옥순, 남수, 니나, 순실, 싸샤.

사건

　　① 중심사건: 남수와 결혼한 니나가 낳은 싸샤를 러시아아인의 자식
　　　　　　　　이라고 누명을 씌움.

　　② 주변사건: 순실의 간사하고 방종한 성격에 부모를 돕지 못하는
　　　　　　　　남수, 창식의 장례식에 찾아온 니니에게 용서를 구하
　　　　　　　　는 옥순.

배경 싸할린 크라쓰노뽈리예촌, 하바롭쓰크.

줄거리 창식과 옥순 부부는 2차대전 때 일본의 징용으로 사할린에 왔다가 그곳에서 결혼하였다. 부부는 딸이 로씨야인 총각과 결혼하겠다고 하자 만류하지만 결국 딸은 로씨야인과 결혼하고, 부부는 조선사람이 적게 사는 산골에 살다가는 파랑눈 며느리가 들어오겠다며 하바롭스크 하산지구로 이사를 한다. 아들 남수에게 조선처녀와 결혼할 것을 당부하는데, 부모의 말에 순종하는 남수지만, 소련의 헌법이나 도덕법규가 민족 평등과 친선을 구가하고 있다면서 부모의 말에 반대한다. 건설전문학교에 입학해 꾸릴열도로 실습을 나간 남수는, 그곳에서 니나라는 로씨야 처녀와 사귀게 되었다. 부모의 반대에 부딪쳐 남수와 니나는 학교 기숙 식당에서 조촐하게 결혼식을 올렸다. 남수가 군대에 간 후, 니나는 혼자 아들을 낳아서 키웠는데, 엉뚱하게 러시아 남자와 어울린다는 소문이 나고, 남수 부모의 이간질에 결국 남수와 이혼하게 된다. 남수는 순실이라는 조선처녀에게 새 장가를 들었지만, 순실은 교활하고 간사하여, 시부모에게 물질을 뽑아내기까지만 친절하다가, 이후에는 장

례식에조차 나타나지 않았다. 남수 부친의 장례식에 니나는 아들 싸샤를 데리고 와서 시어머니를 위로하였고, 시어머니 옥순과 남수는 그제야 자신들의 잘못을 깨닫고 반성한다. 싸샤는 자랄수록 남수를 닮아갔다.

주제어 징용, 사할린, 로씨야인, 결혼식, 건설대대, 장례식 등.

1990

김게르만, 「외국 과학 및 문학서적들에 반영된 쏘련조선인들」, 『레닌기치』, 1990.1.30, 2쪽.

주제 쏘련 조선인들을 연구한 외국 과학 및 문학서적들의 정리.

내용 시기별로 외국 서적에 나타난 쏘련 조선인들에 관한 연구들을 설명하면서 인정 및 비판하고 있다.

시기	문학 서적	내용
1950년 중엽	서부독일 쏘련연구자 꼴라르스, 《로씨야와 그의 아시야인민들》	서방에서 처음으로 재쏘조선인들에 대한 보도, 원동에 살고 있는 조선사람들을 위한 학교와 기타 교육망에 대한 자료, 출판물, 문학, 경리및 경제활동에 대한 자료.
1970년대	《쏘련에서의 조선인》, 《미산》 현규환, 《재쏘한인사적고찰》	외국 탐구자들은 쏘련조선인들의 과거와 현재를 연구하는 일련의 론문들과 책을 발표.

1980년대	1.서부독일 낄종합대학 교수 김연수,《쏘련과 한국문제》(기행문) 《쏘련식으로 우는 아이》(재쏘조선인들의 시집) 발표. 2.미국공민 신연자,《쏘련의 고려사람들》(기사) 3.헬씽끼종합대학 동방언어학부장 교수 고송무《쏘련 중아시야의 고려인》(논문) 4. 미국 가르와르드종합대학 학자 로쓰 킹, 조선사람들의 말 연구 5. 가와이종합대학 조선연구학중앙 교수 이끼하라 데루,《재쏘조선인》(논문집)	쏘련조선인의 과거와 현재에 대한 연구사업에 한국출신들인 서방나라 학자들이 가장 큰 적극성 발휘.

주제어 재쏘조선인, 쏘련조선인, 쏘련인민, 아시야인민, 강제이민, 외국 탐구자 등.

량원식, 「청중들을 기쁘게 한 대음악회」, 『레닌기치』, 1990.2.3, 4쪽.

주제 카사흐공화국 국립조선극장에서 열린 대음악회 소식.

내용 얼마 전 카사흐공화국 국립조선극장에서 열린 대음악회에서는 「메아리」 악단과 「양산도」 무용단의 예술을 볼 수 있었다. 「양산도」 무용단은 김림마가 조직, 지도하며 알마아따 에쓰뜨라다전문학교 조선과 학생들로 이루어진 집단이다. 「메아리」 음악단은 송게오르기가 지도하고 있다. 가수 문류드밀라는 '고향집', '어여쁜 소녀들'을 노래로 불러 청중들의 우렁찬 박수를 받았다. 윤게오르기는 삐아니노 독주로 청중들의 많은 절찬을 받았다. 송게오르기의 오랜만에 부른 노래는 사람들의 마음을 사로잡았다. 누구 한 사람도 불만족스럽지 않았을 음악회임을 자신있게 말하고 있다. 고려인 젊은이들의 민족문화에 대한 현실인식을 엿볼 수 있다.

주제어 카사흐공화국 국립조선극장, 대음악회, 「아리랑」 가무단, 「메아리」 음악단, 「양산도」 무용단, 알마아따, 에스트라다음악집단, 에스뜨라다 전문학교 등.

오쌈쏜, 「수치를 면하기 위하여」, 『레닌기치』, 1990.2.28, 4쪽. (단편)

주제 부모와 자식 간의 사랑이 사라지는 현실.

인물 박마르파(로파), 아들, 며느리, 라리싸 아브두라흐마노브나(양로원 원장) 등.

사건 한 노파의 자살.

배경 양로원. 한밤중.

줄거리 며느리는 시어머니인 박마르파를 싫어하였다. 둘은 자주 충돌했고 아들은 자기 친어머니를 양로원에 맡기기로 하였다. 양로원에는 마선(재봉침)도 있고 쩰레위도 있고 모든 조건은 다 잘 구비되어 있다. 그런데 한 가지 부족한 점은 다정하게 누구와 말을 할 수 있는 사람이 없다는 것이다. 또한 마르파는 남의 집에서 아무리 호화롭게 산다 해도 검은빵을 먹으면서라도 제 집에서, 제 아들 집에서 사는 것이 낫다고 생각하지만 아들은 어머니의 이런 심정을 모른다. 새 환경 속에서 마르파는 입맛이 없다. 그러면서 주일마다 찾아온다는 아들의 약속 때문에 주일날을 기다린다. 그런데 일요일이 되어도 아들은 나타나지 않았다. 두 번째, 세 번째 주일날도 오지 않았다. 이런 수치는 하루속히 면해야 한다고 생각한 마르파는 어느 한밤중 빨래줄을 풀어 들어왔던 것이다.

주제어 고려할머니, 양로원, 료양소, 우승기, 검열원, 로파, 수치. 자살 등.

량원식, 「록색거주증」, 『레닌기치』, 1990.2.28, 4쪽 / 3.1, 4쪽 / 3.2, 4쪽 / 3.3, 4쪽. (단편) (미완)

주제 이민족으로서 고려인들의 억압받는 무국적자의 삶.

인물 김명식(기록영화 연출가), 아미르 싸께노위츠(대의원), 로사 쑬따노, 이완(운전수), 내무원, 시르또부(출국사증 및 등록부 책임자) 등.

사건 무단 출장과 행동의 제약.

배경

　① 공간: 잠블주 루고위예의 양마장과 알마아따시 내무서 등.

　② 시간: 제10차 5개년계획의 마지막 해. 여름부터 늦가을.

줄거리 명식은 온순하고 검박한 기록영화 연출가이다. 그러나 무국적자로서 마음대로 다닐 수 없기 때문에, 로동과정에서 남다른 불편을 느낀다. 어느 날, 대학 때 같이 공부한 여자 로사 쑬따노가 새 단체 책임자로 들어온다. 그녀는 명식에게 열흘 내로 끝내야할 촬영이 있다며 출장을 부탁한다. 반가움이 컸던 그녀가 부탁하는 입장에서 명식은 거절하지 않는다. 그리고 내무부의 허락 없이 출장을 떠난다. 하지만 내무부 직원이 출장 지역으로 찾아와 명식에게 동행을 요구한다. 명식은 촬영을 다 마치지 못하고 하는 수 없이 알마아따시 내무서로 들어온다. 출국사증 및 등록부 책임자는 명식에게 벌금을 내도록 하고, 책임자 이름으로 청원서를 써오도록 한다. 밖으로 나온 명식은 과거 싸할린으로 끌려

와 현재는 무국적자로 사는 고생도 싫고, 동창생이자 여자책임자인 로사를 곤란케 하기도 싫었다. (미완)

주제어 무국적자, 싸할린 강제이주, 록색거주증 등.

심화자료 일제에 의한 싸할린 강제이주.

김수남, 「새끼노루와 옹달샘」, 『레닌기치』, 1990.3.16, 4쪽. (조선동화)

주제 자기 발견의 중요성.

인물 새끼노루, 새끼승냥이, 엄마 노루, 사슴아저씨 등.

사건 새끼노루가 자신의 뿔로 새끼승냥이를 물리침.

배경 깊은 산골 어느 날.

줄거리 엄마를 기다리던 새끼노루는 어느 날 새끼승냥이를 만난다. 그러나 승냥이의 이빨과 발톱을 보자 겁을 먹고 도망을 친다. 사슴아저씨가 그러한 새끼노루에게 마시면 장수힘이 솟는다는 옹달샘을 알려준다. 새끼노루는 옹달샘 물을 마시고 기다렸지만 장수힘이 솟지 않았다. 그러나 옹달샘에 비친 자신의 모습을 보고 자신에게 뿔이 있다는 사실을 알게 된다. 자신감을 얻은 새끼노루는 뿔로 승냥이를 걷어차 죽이고 엄마 노루에게 안긴다.

주제어 노루, 승냥이, 사슴, 옹달샘, 장수힘, 뿔 등.

리진, 「라일라크」, 『레닌기치』, 1990.3.24, 4쪽.

주제 라일라크 꽃에 대한 정보.

내용 어디에서나 가장 사랑받는 봄꽃인 라일라크에 대한 정보 제공의 기사문이다. 열대와 극지대만 제외하고 어디에서나 자라며, 로씨야말로는 '씨렌'이며 '좁은 통 또는 관'이라는 고대 희랍어에서 유래했다. 영어로는 라일라크, 즉 보라빛, 연보라빛이라는 형용사로도 사용된다. 프랑스에서는 리라, 이란 말로는 여우꼬리이다. 꽃날개 모양이 가느다란 통 혹은 관 모양이다. 조선에서 라일라크를 닮은 꽃은 수수꽃다리이다.

주제어 라일라크, (봄)꽃, 관상식물, 씨렌(라일라크의 로씨야말 이름) 등.

한철주, 「꿈속에 날아가는 잠자리」, 『레닌기치』, 1990.3.27, 4쪽.

주제 연극 '꿈속에 날아가는 잠자리' 감상.

내용 얼마 전 카사흐공화국 국립조선음악희극극장에서는 박미하일 작 「꿈속에 날아가는 잠자리」의 초연이 있었다. 연극의 등장인물에는 주인공 꼴룸브와 두 명의 딸 아다와 마르따, 아다의 남편 빠웰이 있다. 꼴룸브 역은 카사흐공화국 인민배우 김블라지미르 예고로위츠가, 돈밖에 모르는 아다 역은 배우 진류드밀라가 훌륭하게 창조하였다. 아다의 남편 빠웰 역은 공훈배우 문알렉싼드르가 이행하였는데 그가 창조한 형상에는 배우의 잘못이 없지만, 연출가의 해석이 마음에 들지 않는다. 그리고 인물의 부정적 형상을 보면서 관중들이 아주 흥분된 감으로 대하게 되는 것은 조선무대에서는 지나치게 과격하다고 본다. 부분적인 결함이 있지만 전반적으로 보아 본 연극은 오늘날의 현실 속에 있는 부정적인 현상들을 노골적이고 솔직하게 보여주어 자라나는 세대들에게 있어서 큰 교양적 가치를 가진다고 보았다. 연극이란 관객들을 지나치게 자극해서는 안 되고, 인물의 형상, 역, 연기가 조선 사람들의 취미에 좀 더 맞아야 한다.

주제어 카사흐공화국 국립조선음악희극극장, 연극, 희곡 등.

량원식, 「조명희 선생에 대한 몇 가지 새로운 자료」, 『레닌기치』, 1990.4.4, 4쪽.

주제 조명희 선생에 대한 일화와 새롭게 밝혀진 그의 죽음에 대한 자료.

내용 어느 날 밤 조명희 선생을 내무원 세 사람이 데려간 후 소식이 계속 끊겨진다. 조명희의 아내와 세 자식은 1956년 조명희 선생의 사망신고를 받게 되지만, 조명희 생의 사망 날짜와 사망 원인에 대해 정확하게 알지 못하고 있었다. 그러다 얼마 전 왈렌찌나 명희예브나(조명희의 딸)는 조명희의 죽음과 관련된 자료를 신문사에 보내왔다. 명희예브나는 하바롭쓰크시 안전위원회 고문서과에서 보내온 새로운 사망신고를 받았는데 그 문서에는 사망일이 1938년 4월 15일로 되어 있다. 사망원인은 「총살」이라고 써 있었다. 설명서에는 조명희가 일본을 위한 간첩행위에 협력했다는 허위적인 비방 내용이 있었다. 마지막으로 조명희 선생의 생애와 창작경력에 대한 연구사업과 함께 조명희 선생의 작품이 러시아어로 번역되어 많은 독자들에게 보급되었으면 한다. 원동에나 따스껜트에 동상을 세우는 문제도 적극 추진시켜야 한다.

주제어 조명희, 쁘롤레따리아, 알리세르나워이명칭문학박물관, 원동, 간첩행위, 총살 등.

찾아보기